btb
Aus Freude am Lesen

btb

Buch

Ulrich Lofart, 37 Jahre alt, Junggeselle und Verwaltungsjurist, verliebt sich im Supermarkt in Dorothee, eine junge Unternehmensberaterin. Zwar verliert er sie durch eine Ungeschicklichkeit aus den Augen, doch später findet er wieder Kontakt zu ihr: durch eine Annonce an der Pinnwand »Von Kunden für Kunden«. Und erstaunlich rasch entwickelt sich eine Beziehung zwischen den beiden. Aber von nun an bleibt Lofart wenig erspart. Denn einer wie er lebt nicht sicher, und ganz besonders unsicher wird es für ihn neben Dorothee. Bald steht er beruflich wie in Liebesdingen mitten im Chaos.
Inmitten der Tücken des ganz normalen bundesrepublikanischen Alltags erzählt Burkhard Spinnens *Langer Samstag* eine urkomische Liebesgeschichte der nicht ganz alltäglichen Art. Sie handelt von der gegenwärtigen Überforderung des Menschen durch das schiere Leben.

Autor

Burkhard Spinnen, geboren 1956 in Mönchengladbach, lebt in Münster. 1991 erschien sein Geschichtenband *Dicker Mann im Meer,* für den Spinnen mit dem Aspekte-Literaturpreis ausgezeichnet wurde; 1994 das Buch *Kalte Ente.*

Burkhard Spinnen

Langer Samstag

Roman

btb

Umwelthinweis:
Alle bedruckten Materialien dieses Taschenbuches
sind chlorfrei und umweltschonend.

btb Taschenbücher erscheinen im Goldmann Verlag,
einem Unternehmen der Verlagsgruppe Bertelsmann.

1. Auflage
Genehmigte Taschenbuchausgabe April 1997

Umschlaggestaltung: Design Team München
Umschlagmotiv: Guido Pretzl, München
Satz: IBV Satz- und Datentechnik GmbH, Berlin
T.T. · Herstellung: Augustin Wiesbeck
Made in Germany
ISBN 3-442-72066-4

1

Es war der Donnerstag in der letzten Woche der großen Schulferien. Ulrich Lofart war ganz außergewöhnlich früh wach geworden und weit vor der üblichen Zeit mit dem Rad zur Arbeit aufgebrochen; da fiel ihm vor dem Supermarkt ausgangs seines Viertels ein großes, sauber handgemaltes Plakat ins Auge, rote, kräftige Buchstaben mit schwarzem Rand auf hellgelbem Grund:

Wir bauen um, der Verkauf geht weiter!

Lofart hielt an. Das Schild klebte, als einziges, von innen an der Scheibe. Er stieg vom Rad und schob es um die Straßenecke. Dort war der Haupteingang des Supermarktes, und da klebten noch zwei solche Schilder. Bei einem war die Schrift gegen den rechten Rand hin etwas gestaucht.

Lofart stieg wieder auf. Er besaß seit einiger Zeit den Hauptschlüssel zum Bürogebäude der ELWA, jetzt fuhr er ohne Umweg dorthin, brachte das Rad von der Parkseite her in den Keller und erledigte, bevor die anderen kamen, eine Menge liegengebliebener Arbeit. Gegen zehn war sein Schreibtisch fast leer, und er konnte den Rest des Tages darauf verwenden, über eine Art Planspiel nachzudenken, das ihm die Direktion in der letzten Woche vorgelegt hatte: Ob es, zum Beispiel nach einer Fusion, möglich sei, die Arbeit seiner Abteilung, der Rechtsabteilung, in den allgemeinen Ablauf zu integrieren? Was dann zu tun sei? Selbstverständlich bei Wahrung der Effizienz.

Nach dem Mittagessen ging Lofart durch die Flure, oder er saß in den Foyers bei den Aufzügen und beobachtete, wie die Angestellten vorbeigingen. Natürlich waren da Hintergedanken im Spiel. Soviel war ihm klar. Am Ende testete die Direktion bloß, wo sich Personal einsparen ließe. An einer wirklichen Umstrukturierung konnte jedenfalls keinem gelegen sein; nichts war ja im Moment schlimmer, als die gewohnten Abläufe zu stören. Nur die Kosten, die mußten gesenkt werden. Lofart lachte heimlich. Da könnte er also leicht für Aufregung sorgen.

Als die Kernarbeitszeit zu Ende war, ging er noch einmal in seine Abteilung, machte sich ein paar Notizen, auf dem Weg hinaus verabschiedete er sich von Froitzheim, seinem Stellvertreter. Und weil ihm trotz allem der Tag gerade erst angebrochen schien, beschloß er ganz plötzlich, schon auf der Rückfahrt, bei dem Supermarkt anzuhalten und so lange darin zu bleiben, bis er alle Dinge, die in seinem Haushalt fehlten, zusammengekauft hätte. Die Idee gefiel ihm so gut, daß er laut vor sich hin pfiff. Angekommen, schloß er das Rad an einen Ständer und sah nach, ob er genügend Bargeld und für den Notfall Schecks dabeihatte. Dann trat er ein.

Von den Bauarbeiten im Supermarkt bemerkte Lofart, obwohl er sich umsah, zuerst nichts Bestimmtes. Nur die Gemüseregale, an denen er, da er ganz anderes im Sinn hatte, rasch vorbeiging, schienen ihm weniger gefüllt als sonst; aber das mochte eine Täuschung sein. Halt machte er dann vor dem Regal mit den Toiletteartikeln. Hier war kein langes Suchen: Zahnpasta konnte man nie genug im Haus haben, und Rasiercreme! Beides vergaß er regelmäßig zu erneuern, immer wieder mußte er sich tagelang mit winzigen Resten behelfen, und jedesmal schnitt er am Schluß die Tuben, nachdem er sie schon mehrfach entrollt und zur Öffnung hin gequetscht hatte, am unteren Ende mit einer Schere auf, weitete sie zu einer Röhre und schabte sie mit einem Löffel aus. Eigentlich unmöglich! Als er jetzt von jedem fünf Tuben in seinen Einkaufswagen warf, zudem verschiedene Marken, fühlte er etwas wie eine Sicherheit, das könne nie wieder geschehen. Er legte eine große Packung Toilettenpapier und, obwohl er das sonst nie im Hause hatte, feuchte Reinigungstücher daneben; zu der Vorratspackung gab es einen Spender, der an der Wand zu befestigen war. Als er nun noch Seife und Shampoo nahm, beides in großen Sparpaketen, war der Wagen schon halb gefüllt, und bevor er weiterging, stapelte Lofart alles so, daß es nach oben hin beinahe glatt abschloß.

An die Toiletteabteilung grenzte die für Haushaltwaren. Mülltüten! hätte er beinah laut gesagt, und Müllsäcke, in denen er, wenn die großen Tonnen wieder einmal voll sein würden, seinen Abfall an die Straße stellen könnte, statt ihn zurück in die Wohnung tragen oder ihn im Keller deponieren zu müssen, wo er ihn regelmäßig vergaß. Einmal hatte ihn tatsächlich eine Nachbarin auf den Gestank angesprochen. Und Glühbirnen! Lofart ging im Kopf alle Lampen seiner Wohnung durch, Kerzenform oder normal, matt oder klar, die ungefähre Wattzahl. Welch eine Vorstellung, beim Ausfall jeder einzelnen Birne den richtigen Ersatz im Haus zu haben! Lofart schnippte laut mit den Fingern.

Endlich kam er vor eine Wand zu stehen, wo kleine Gebrauchsartikel, in durchsichtigen Boxen oder mit Folie auf Pappen gezogen, übereinander an Metallhaken hingen. Eine Zeitlang wußte er nicht, was tun. Und mit einem Mal kam ihm sein ganzes Unternehmen lächerlich vor. Er wollte schon den hochbeladenen Wagen heimlich verlassen, eine

Kleinigkeit nehmen und damit zur Kasse gehen; doch dann beschloß er, auch die Artikel an der Wand rasch, aber konzentriert durchzugehen. Er nahm schließlich einen *Pritt Stift* herunter, Heftpflaster, ein kleines Etui mit Nähnadeln und Garn in verschiedenen Farben, einen Öffner für Büchsenmilch, eine Schachtel Heftzwecken mit bunten Kunststoffköpfen, eine Packung Photo-Klebe-Ecken und doppelseitig klebende Haftpunkte. Schließlich suchte er unter den lose in einem Fach liegenden Wegwerffeuerzeugen eines aus, von dem er annahm, daß sich der Preisaufkleber gut würde entfernen lassen.

Das alles hatte er, so gut wie möglich, in dem jetzt übervollen Einkaufswagen arrangiert, als er beim Aufschauen eine junge Frau sah, die gerade den Mittelgang in Richtung der Fleisch- und Käsetheken ging. Sie schien Lofart, obwohl sie gleich hinter dem nächsten Regal verschwunden war, sehr schön. Kurz entschlossen wollte er ihr folgen, doch eines der drehbaren Vorderräder hatte sich quergestellt, er mußte zwei-, dreimal dagegentreten. Und als er den Wagen endlich in den Mittelgang geschoben hatte, war die Frau nicht mehr zu sehen.

Lofart fuhr nun selbst zu den Fleisch- und Käsetheken; nichts von der Frau! Aber hier sah er, was der Beginn der Umbauten sein mußte. Die Theken waren bis auf wenige Waren leergeräumt, die kleinen, weißen Schilder mit den roten Aufsteckbuchstaben lagen zu Haufen, leere Chromtabletts waren aufgestapelt, und eine Verkäuferin schüttete gerade die Reste von Fleisch- und Nudelsalaten in eine große Kunststoffschüssel. Auf dem Boden vor der Fleischtheke stand ein weiteres *Wir bauen um*-Schild, kleiner als die hinter den Scheiben, und ein roter Pfeil wies auf eines der angrenzenden Kühlregale, wo jetzt das Fleisch lag, fertige Stücke auf flachen Styroporschalen und in Folie geschweißt. *Pausenlos Sonderangebote* stand auf den roten Pappschildern darüber.

Lofart drehte zur Seite ab. Die Spirituosenabteilung begann hier und lief um die Ecke in den äußeren Hauptgang, der parallel zum mittleren auf die Kassen stieß. Lofart fuhr hinein; hier war die Frau auch nicht. Er überlegte kurz. Der Grundriß des Supermarkts war denkbar einfach: drei Hauptgänge, vorne die Kassen, hinten Fleisch- und Käsetheke, dazwischen fünf, höchstens sechs durchgehende Quergänge. Hier jemanden zu finden durfte kein Problem sein; er mußte nur den Mittelgang auf- und abgehen und die Quergänge kontrollieren. Keine Zickzackfahrten, und natürlich immer ein Auge auf die Kasse. Vielleicht kaufte die Frau ja nur eine Kleinigkeit.

Lofart schob den Wagen zurück zum Mittelgang, und beim Kassenbereich begann er systematisch zu suchen. Nichts auf der ersten Tour, merkwürdig genug! Aber auf dem Rückweg sah er die Frau im dritten Quergang, in der Abteilung für Fertiggerichte. Sie stand fast bewegungslos vor den Regalen. Welch ein Glück, dachte Lofart. Eine bessere Chance hätte er nicht bekommen können. Er ließ den Wagen an der Ecke des Mittelgangs stehen und ging langsam auf die Frau zu. Dann wandte er sich zu den Regalen, stützte die Hände in die Seiten und zog laut den Atem ein. »Komm, Inspiration«, sagte er, daß die Frau ihn hören mußte, »sag mir, was es heut abend zu essen gibt!« Dann sah er zur Seite und lächelte.

»Miracoli«, sagte die Frau, ohne den Blick vom Regal zu nehmen. Lofart konnte sie jetzt anschauen. Sie war mittelgroß, hatte glatte, halblange blonde Haare, ihre Haut war blaß, und die Augen waren beinahe grün. »Da«, sagte sie und wies mit dem Kopf. Lofart sah noch, daß ihre Nase einen Fingerbreit unterhalb der Wurzel einen leichten Bogen

nach außen machte, von da an war sie gerade und schmal wie das Gesicht.

»Und was braucht man dazu?« sagte er. »Ich will nicht zu Hause vor dem Herd stehen, und mir fehlt die entscheidende Zutat.«

»Salz«, sagte die Frau. »Und vielleicht einen Stich Butter.«

»Kein Problem. Und der Geschmack?«

»Kennen Sie nicht?«

Lofart nahm eine andere Packung aus dem Regal und wies auf ein Symbol. »Mikrowellentauglich«, las er. »Mein persönliches Zauberwort. Seitdem ich begriffen habe, daß man vorher mit der Gabel hineinsticht, entgehe ich Tag für Tag dem Hungertod.«

»Und also?« sagte die Frau. Wo denn das Problem liege?

»Ich sagte ja, im Geschmack.« Im Idealfall stimmte die Temperatur, und es lägen keine tiefgefrorenen Bröckchen mitten in der kochendheißen Soße. Lofart seufzte. Aber schmecken würde doch alles gleich.

»So dürfen Sie nicht reden.«

Lofart schien es, als wollte die Frau nach ihrem Einkaufswagen greifen. »Ich nehme es zurück«, sagte er rasch.

»Gut.« Die Frau nahm eine Dose aus dem Regal. Die war bauchig wie eine Terrine und dort, wo Name und Schrift standen, mit einem blau-weißen Muster bedruckt. »Nehmen Sie«, sagte sie, und als Lofart etwas erwidern wollte, stieß sie ihm die Dose kurz vor die Brust. »Ich garantiere dafür.« Sie schlug leicht auf die Oberseite. »Öffnen Sie nur den Ringpull, und stellen Sie sie ins Wasserbad.« Sie hob einen Zeigefinger. »Aber Sie müssen unbedingt Bohnenkraut hinzugeben, hören Sie, haben Sie das im Haus, Bohnenkraut?«

Bevor Lofart antworten konnte, war sie ein paar Schritte

zurück in den äußeren Hauptgang getreten. Dort, an der Stirnseite des Regals für die Fertiggerichte, standen die Gewürze. Sie griff zweimal zu. »Hier!« Sie winkte Lofart zu sich. »Bohnenkraut. Immer gut im Haus zu haben. Und Pfeffer.« Sie las vom Etikett der kleinen Büchse ab, *Pfeffer schwarz gemahlen*, und reichte ihm die beiden Teile. Für den Fall, er besitze keine Pfeffermühle. Was ja vorkommen solle. So! Und nun müsse sie leider weiter. Sie nahm noch eine Packung aus dem Regal und schob dann ihren Wagen in Richtung Mittelgang.

Als sie an ihm vorbeiging, machte Lofart eine kleine Verbeugung. »Danke!« sagte er.

»Keine Ursache.« Sie winkte.

Einen Moment lang wollte Lofart ihr folgen. Sie waren ja gewissermaßen noch im Gespräch. Es dürfte nur nicht zuviel Zeit bis zum nächsten Satz vergehen. Doch dann fiel ihm sein Einkauf ein. Den könnte er auf keinen Fall herzeigen. Und wenn er alles stehenließe, mitten im Gang, würde man ihn vielleicht ansprechen. Außerdem steckte jetzt eine Menge Arbeit darin.

»Elend!« sagte Lofart leise, dann glaubte er die Lösung gefunden zu haben. Schnell fuhr er vor zu den Kassen und stellte sich bei der kürzesten Schlange an. Glück gehabt! Die Frau war nirgends zu sehen. Vielleicht würde sie noch einige Zeit brauchen, und er könnte sich draußen auf der Straße etwas abseits halten und ihr unauffällig folgen. So erführe er wenigstens ihre Adresse und vielleicht sogar ihren Namen.

Aber zuerst dauerte es, bis er an der Reihe war. Dann kostete das Registrieren seiner vielen kleinen Einkäufe Zeit, ebenso, sie in mehreren Tüten zu verstauen. Und schließlich mußte er, da eine Tüte zu reißen drohte, einen Karton besorgen. Fast hätte er die Frau vergessen, und er war froh, endlich mit allem aus dem Supermarkt zu sein. Jetzt galt es, den Karton und die Tüten am Rad festzumachen. Lofart verfluchte sich. Er hängte je eine Tüte an den Lenker und bog die Klammer am Gepäckträger zurück, um den Karton damit festzuklemmen. Es gelang nicht gleich, der Karton drohte hinunterzurutschen; in diesem Moment ging die Frau vorbei.

Lofart sah gerade auf, die Frau lächelte ihn an. Er lächelte zurück, sagte nichts und versuchte eine entschuldigende Geste, aber die mißlang, weil er die Hände nicht von der Klammer und dem Karton nehmen konnte. Die Frau bog in die nächste Seitenstraße; und als er endlich sicher war, daß der Karton halten würde, schob er das Rad langsam nach Hause. An Fahren war nicht zu denken.

Den Rest des Nachmittags und einen Teil des Abends verbrachte Lofart damit, seine Einkäufe in Schränke und Schubladen zu verteilen. Dabei geriet er, ohne es recht zu wollen, in ein allgemeines Aufräumen. Und immer zog eines das andere nach sich. Anfangs war er sehr ratlos, aber dann nahm er immerhin den Karton aus dem Supermarkt und legte kurz entschlossen alle kleineren Sachen hinein, von denen er im Moment nicht wußte, ob und, wenn ja, wo sie in Zukunft aufbewahrt werden sollten. So ging es ganz gut. Gegen sechs öffnete er eine Flasche Rotwein und schaltete den Fernseher an, und als um acht in der Tagesschau ausführlich von einem politischen Skandal im Ausland berichtet wurde, unterbrach er das Aufräumen und blieb vor dem Gerät sitzen. Gegen zehn ging er, ein wenig angetrunken, zu Bett; er wollte noch lesen, doch die Zeilen standen bisweilen ein wenig schief. Müde war Lofart nicht. Und einschlafen wollte er auch nicht. Er legte das Buch zur Seite, sah ins Zimmer und versuchte sich so genau wie möglich an die Frau aus dem Supermarkt zu erinnern. Hatte er sich also jetzt verliebt? Wenn ja, dann wäre es nach langer Zeit das erste Mal.

Vor einigen Jahren, kurz nach seinem Eintritt in die ELWA, hatte man Lofart zu einer Fortbildungsmaßnahme geschickt, in eine wunderbar gelegene österreichische Stadt, am Fuße der Berge und nahe der italienischen Grenze. Aber er hatte sich dort gelangweilt; die Seminare nahmen fast alle Zeit ein und verlangten überdies Nachbereitung. Kein Gedanke an längere Ausflüge, in die Berge etwa; und selbst wenn er abends in die Weinlokale gegangen war, hatte er fürchten müssen, am nächsten Morgen nicht ausgeruht zu sein und sich noch mehr von der trockenen Materie aus den Begleitheften aneignen zu müssen. Er saß daher zwischen den Seminaren und meist auch abends nur für ein oder zwei Stunden auf dem Marktplatz, neben einem großen Brunnen, und sah nach den Passanten.

Da waren ihm dann einmal, schon gegen Ende der Maßnahme, gegenüber auf einer Bank drei junge Mädchen aufgefallen, wahrscheinlich Schülerinnen eines Internats; sie trugen die gleichen weißen Blusen und kurzen, blauen Faltenröcke mit breiten Trägern, die im Rücken über Kreuz liefen. Alle drei hatten sie langes, dunkelbraunes und gewelltes Haar, dunkle Augen und dunkle, fast olivfarbene Haut. Sie sprachen laut miteinander, Hochdeutsch in der Klangfarbe der Gegend. Zuerst hörten sie einander Geschichtsdaten ab und dann französische Vokabeln. Und nur wenn eine passen mußte und die anderen lachten, dann fiel sie schimpfend in den Dialekt, von dem Lofart kein Wort verstand.

Solche Frauen, hatte er damals gedacht, gibt es bei uns nicht. Frauen, wie die drei es einmal sein werden. Alles werden sie mit großer Selbstverständlichkeit tun. Vielleicht sind sie nicht eben sanft oder nachgiebig; aber durch die Ruhe, die sie ausstrahlen, werden sie immer so wirken. In vielem wären sie ganz überzeugt und ließen sich nicht beirren, mag sein sogar in einem Aberglauben. Dafür würden sie sich um das, was sie für unwichtig hielten, gar nicht erst kümmern.

Gleich darauf hatte sich Lofart damals gesagt, daß er so nicht denken durfte! Natürlich waren die Menschen verschieden, von Geburt an; und vielleicht tatsächlich auch von Land zu Land. Aber man durfte nur dann die einen mehr und die anderen weniger schätzen, wenn es ohne solche Gründe war, allenfalls, wie man Blau mochte und Grün nicht. Und keinesfalls durfte man verallgemeinern. Das liefe auf Mord und Totschlag hinaus.

Die drei Mädchen gegenüber hatten später einander aus ihren Aufsätzen vorgelesen, und die ganz links saß hatte den Arm um die Schultern der Mittleren gelegt.

Nein! sagte Lofart sich da, es war doch *die Schönheit südländischer Frauen.* Das könnte niemand ihm ausreden. Und zum Beweis: er würde, ganz sicher, schoß es ihm durch den Kopf, nur hier erleben, was den Namen Leidenschaft verdiente. Die Frau, der er hier verfiele, würde ganz ruhig und in sich gekehrt sein, er würde ihr nicht nachstellen, sie keinem anderen abjagen, sie nicht einmal aus irgendeinem Lebenskreis ziehen müssen; und es läge alles allein an ihm.

Lofart war damals, sehr erregt von diesem Gedanken, aufgestanden und durch die Einkaufsstraßen gegangen. Es herrschte viel Betrieb. Doch lange sah er nicht einmal eine Dunkelhaarige unter den Passantinnen, und die Verkäuferin in dem Zeitschriftenladen, den er endlich betrat, war zwar dunkel, aber groß und schlank, und sie trug ein T-Shirt mit dem Bild eines Rennfahrers und einem großen Schriftzug. Lofart hatte dann, als er schon zu lange in dem

Laden stand, eine *BILD*-Zeitung gekauft, es war die einzige deutsche Zeitung, die es gab; und sehr beschämt war er zurück ins Hotel gegangen, um sich an seine Übungsbögen zu setzen.

2

Am übernächsten Tag, dem Samstag, machte Lofart morgens einen Spaziergang durch sein Viertel. Halb und halb hatte er sich eingestanden, daß er nach der Frau suchte. Auf einem kleinen Umweg ging er zum Supermarkt, vor dem stand seit gestern eine fahrbare Baubude, und von dort langsam weiter den Weg, den die Frau gegangen war. Natürlich, sagte er sich, war es aussichtslos, was er da anfing. Er sollte besser eine Anzeige aufgeben oder auf einen Zufall warten.

Dann schüttelte er den Kopf darüber. Er war jetzt fast genau seit sieben Jahren allein, zuletzt war es kurz nach seinem dreißigsten Geburtstag zu Ende gegangen. Ute! Er wußte heute nicht einmal mehr, wo sie lebte und was sie machte. Oft malte er sich aus, wie es sein würde, endgültig allein zu bleiben, und warf sich dann jedesmal vor, er sei ganz unnötig verzagt, oder schlimmer noch, er kokettiere. Und außerdem, daß in der Zwischenzeit diese Krankheit ausgebrochen war, taugte nicht als Argument; vor nichts konnte man sich besser schützen.

Lofart versuchte sich vorzustellen, wie die Frau aus dem Supermarkt lebte. Daß sie vor den Fertiggerichten gestanden hatte, ließ darauf schließen, daß sie allein war. Oder war das zu schnell geschlossen? Er schätzte die Frau nicht über dreißig, vielleicht entschieden darunter, ihre Stimme hatte resolut, aber jung geklungen. Wie es wohl hätte sein können, wenn nicht alle Umstände gegen ihn gewesen wären? Er hätte sie vielleicht überredet, ihn in das Eiscafé an dem Platz vor der Kirche zu begleiten. Zuerst hätten sie von ihren Berufen geredet. Sie wäre anderswo geboren und erst seit kurzem in der Stadt, beinahe immer noch ohne festen Bekanntenkreis, einmal abgesehen von den Kollegen im Büro. Oder studierte sie? Nein, auf keinen Fall. Schließlich wären sie auf gemeinsame Interessen zu sprechen gekommen.

Lofart hatte mittlerweile den kleinen, fast quadratischen Park erreicht, der zwischen alten Bürgerhäusern lag. In der Mitte stand ein Kriegerdenkmal, ein sterbender Soldat, dem eine Frau in wallenden Gewändern den Kopf stützte; rundherum waren Bankreihen, auf denen ein paar Frauen saßen, neben sich Kinderwagen mit bunten Blumenmustern. Lofart setzte sich auf eine freie Bank und sah zur gegenüberliegenden Fassadenreihe empor. Zwei Dächer dort waren kürzlich ausgebaut worden, sie trugen jetzt breite Gauben mit gläsernen Seiten. Es hatte in der Lokalzeitung gestanden, Vorher- und Nachher-Photos und eine historische Aufnahme. Eine vorbildliche Baumaßnahme, hatte es geheißen. An den Seiten der Gauben führten Ausstiege auf eine kleine Plattform aus Gitterrosten mit einem Geländer, von dort liefen Tritte zum Dachfirst empor. In der Zeitung war das erklärt worden, es war der Fluchtweg, wenn bei einem Brand das alte, hölzerne Treppenhaus in Flammen stünde.

Hier, dachte Lofart, könnte die Frau leben. Sie hat die Wohnung durch einen Zufall bekommen, noch bevor der Ausbau abgeschlossen war. Vielleicht hat sie den Vermieter kennengelernt oder ist, als sie die Bauarbeiten bemerkte, einfach zu ihm gegangen und hat sich erkundigt; und er hat ihr, von ihrer Unbefangenheit eingenommen, die Wohnung gleich in die Hand versprochen. Und sie hätte darauf tatsächlich, ohne viel Dank für das Entgegenkommen, gleich ein paar Sonderwünsche angemeldet.

Lofart lachte leise. Vielleicht sollte er hingehen und irgendwo klingeln: Wohnt hier eine junge Frau, Mitte oder Ende Zwanzig, kurze, blonde Haare, das heißt, mittelkurz, grüne Augen, blaß und eine Nase – er würde die Profillinie mit dem Finger in die Luft zeichnen müssen: So? – Nein!

Er sah auf die Uhr; bevor die Geschäfte schlossen, wollte er noch einiges besorgen. Doch der Einkauf am Donnerstag hatte ihn fast sein ganzes Bargeld gekostet. Lofart stand auf. Ein paar Straßen weiter lag seine Bankfiliale. Mit der Scheckkarte öffnete er die Tür zum Vorraum, in dem der Geldautomat stand. Er schob die Karte ein und tippte seine Geheimnummer; die Zahl ließ sich leicht merken, beim Eintippen entstand ein x: links oben, rechts unten, rechts oben, links unten. Als die Aufforderung erschien, einen Geldbetrag auszuwählen, schloß sich die Tür zum Vorraum.

Gelegentlich, und nicht unbedingt immer in der Schlange vor dem Bankschalter, überkam Lofart die Furcht, einmal in eine Geiselnahme zu geraten. Über die genaueren Umstände machte er sich dabei kaum Gedanken. Vielleicht stürmten die Geiselnehmer herein und drängten ihn zusammen mit anderen in einen Raum hinter dem Tresen; vielleicht wandte sich auch bloß plötzlich einer um, setzte ihm ein Messer an die Kehle und stieße ihn vor sich her. – Egal, denn es würde immer so schnell gehen, daß er schon kurz darauf nicht mehr wußte, wie genau es geschehen war. Vermutlich läge er eine Zeitlang geradezu wie betäubt.

Und wahrscheinlich brächte irgendein Schmerz ihn wieder zu sich. Auf dem Boden liegend, reibt er die Stelle, hebt den Kopf und sieht zur Seite. Die anderen liegen wie er, sie rühren sich nicht; deutlich hört er sie atmen, jemand weint leise, eine Frau. An die Tür gelehnt, steht ein Bewacher, er raucht, seine Hand mit der Waffe hängt herab. Was er tun, was er sagen wird, wenn einer aufzustehen versuchte, ist sonnenklar.

Draußen im Kundenraum ist es lange ruhig, bis endlich Wagen mit Alarmsirenen vorfahren, Stimmen übers Megaphon kommen und ein Telephon klingelt; einer wird laut sprechen, drohen, ein anderer wird dazwischenreden, schreien, vielleicht sogar durch die große Tür gegen die Straße hin.

Das wäre ganz sicher die Zeit, sich ruhig zu verhalten. Er bliebe still liegen, jedes Wort wäre jetzt fehl am Platze. Es ist nie eine Feigheit, seine Ohnmacht einzugestehen! Andererseits müßte er hoffen, die anderen teilten seine Überzeugung; denn freilich, äußern würde er sie nicht. Und wie auch? Schon das Wort Geisel war seltsam genug, es erinnerte an nichts. *Gefangener, Verbannter* oder *Flüchtling*, da klang wenigstens die Ursache an. Und mit Geißel hatte es nichts zu tun. Auch wenn er sich da nicht ganz sicher war.

Später käme dann der Moment, von dem an alles anders würde. Die Verhandlungen sind gescheitert, ein Geiselnehmer im Kundenraum hat das Telephonkabel aus der Wand gerissen. Der Bewacher verläßt das Hinterzimmer, um sich zu beschweren: das gehe schon so lange so und er halte es kaum noch aus. Der Anführer nimmt ihn darauf am Arm, schüttelt ihn, küßt ihn auf die Wange oder streicht ihm übers Haar. Schließlich geht er selbst, mit vorgehaltener Waffe, ins Hinterzimmer: »Keinen Mucks!« Sie wüßten ja, worum es gehe, und sie, nur sie hätten alles auszubaden.

Das wäre genau, denkt Lofart, worauf er, wenn er einmal unter die Geiseln geraten würde, gewartet hätte. »Ja!« würde er sagen, ohne gefragt zu sein, laut, ruhig und bestimmt, ohne jede Bitterkeit, das Gesicht weiter zu Boden gewandt. Dann spräche er für alle. Und später säße er daher, längst ist es dunkel geworden, als letzte Geisel, alle anderen entlassen, die Hände mit Gardinenkordel an die Armlehnen gefesselt, auf einem Drehstuhl im Hinterzimmer. Gegen Mitternacht soll der Fluchtwagen vorfahren; es ist abgesprochen, daß er am Steuer sitzen soll. Aber statt dessen folgt, nach einem Täuschungsmanöver, der Sturmangriff; Rauchbomben und Blendgranaten durchschlagen die Fenster, alle Geiselnehmer werden getötet, bis auf den Anführer, der rettet sich, zu Tode verletzt, ins Hinterzimmer und schiebt seine Geisel als Deckung vor sich her auf dem Drehstuhl zurück in den Kundenraum. »Schrei!« ruft er dabei. »Schrei um dein Leben!« Und er, die Geisel, würde um sein Leben schreien, bis alles ruhig ist und der Rauch sich verzogen hat.

Lofart tippte jetzt den Höchstbetrag an, entnahm die neuen, glatten Geldscheine und verließ den Vorraum der Bankfiliale. Dann ging er zum Supermarkt, besorgte Lebensmittel fürs Wochenende und hielt dabei Ausschau nach der Frau. Als er schon alles beisammen hatte, fuhr er noch ein paar Minuten langsam den mittleren Hauptgang herauf und herunter, aber vergeblich, sie war nicht da. Dann stellte er sich vor der Kasse an.

Er hatte gerade seine Sachen in eine Plastiktüte gepackt und wollte den Markt verlassen, als ihm eine große, blaue Pin-Wand auffiel, die neben dem Ausgang hing. *Unser Service für Sie* stand darüber. *Von Kunde zu Kunde.* Lofart hätte schwören mögen, die Pin-Wand habe früher nicht dort gehangen. Unter ihr war ein Fach mit kleinen vorgedruckten Karten: *Gesucht, Zu verkaufen, Preis, Adresse, Telephon* stand darauf. Er nahm eine Karte und steckte sie in seine Tüte. Dann ging er noch zur Brottheke, und als die Verkäuferin ihn ansah, wies er auf ein kurzes, kastenförmiges Brot mit einer dunklen Kruste.

»Ein Kosakenrostbrot?« sagte die Verkäuferin.

Wenn es so heiße, sagte Lofart. »Und einen Bienenstich.« Aber ohne Tüte, er esse ihn gleich.

Die Verkäuferin nahm das Brot aus dem Regal und wikkelte es in Papier, da klingelte die Uhr am Backofen neben der Brottheke. Sie zog zwei große, wattierte Handschuhe mit Blumenmuster an, öffnete die Backofentür, holte die Bleche heraus und ließ die Brötchen in zwei geflochtene Körbe rollen. »Letzte Brötchen!« rief sie dabei laut. »Die letzten Brötchen heute!« Dann kam sie zurück zur Theke. »Ein Bienenstich war das noch?«

Lofart nickte.

Die Verkäuferin schob den Bienenstich in eine Papiertüte. »Bitte«, sagte sie und nannte den Preis.

Auf dem Heimweg, zwei-, dreihundert Meter von seinem Haus in einer ruhigen Seitenstraße, ging Lofart für ein paar Schritte etwas langsamer; am Fußgängerüberweg bei der Kreuzung mit der Promenade hatte sich ein Unfall ereignet, ein Fahrrad lag am Boden, eine junge Frau kniete daneben, ein Mann sprach mit ihr. Ja, sie sei auf die Schulter gestürzt. Nicht auf den Kopf. Etwas Schlimmes sei ihr nicht passiert.

Lofart trat in die Promenade und unter die hölzerne Pergola. Ein paar der Kletterpflanzen, die an grünem Draht emporwuchsen, blühten noch, ihre Namen standen auf Tafeln hinter Plexiglas. Er hielt die Plastiktüte in der linken, die kleine in der rechten Hand. Den Bienenstich hatte er längst gegessen. Und der war eine Enttäuschung gewesen. Überhaupt, dachte Lofart, Bienenstich war seit langem eine Enttäuschung. Dabei sah er es von außen nie, so sehr er sich auch bemühte. Mal glänzte die Zuckerglasur auf den dünnen Mandelscheiben und die Füllung quoll gelblich hervor, mal waren die Schnittkanten pulvrig und glatt, hatten Teig und Füllung die gleiche Farbe, dann wieder waren die Stücke schwer und brachen beinah in der Hand, oder sie waren erstaunlich leicht; aber nie schmeckten sie, wie sie sollten. Oder wie sie damals geschmeckt hatten.

Damals, das war, als er gefragt hatte, warum sie Bienenstich hießen. Was sie, vor allem, mit Bienen zu tun hatten. Oder glaubte er jetzt nur, damals gefragt zu haben? Heute jedenfalls würde es ihn nicht interessieren. Wie auch immer, der, den er eben gegessen hatte, war eher bröslig gewesen. Und kalt, ja kalt! Natürlich im übertragenen Sinn. Und trocken, an seinen Fingern war fast kein Zucker geblieben. Lofart knüllte die Papiertüte zusammen. Rechts vom Weg standen Bänke, und zwischen den Bänken, an metallenen Stangen, hing je ein Papierkorb, rot wie die Bänke, mit einem Ornament um den Rand. Die Entfernung zum ersten betrug im Moment etwa dreieinhalb Meter.

Lofart warf, ohne zu überlegen. Die Papierkugel traf den hinteren inneren Rand des Korbes, gleich unterhalb der Stange, das war noch zu sehen, nach vorne abprallend verschwand sie. Er hatte den Schritt nicht verlangsamt; ein Wurf aus gleichmäßigem Gehen, den Arm anfangs ganz erhoben, dann nach vorne unten durchgestreckt und auf halber Höhe die Hand geöffnet. Das war, beileibe, kein Sicherheitswurf! So konnte man nur treffen oder das Ziel weit verfehlen. Wer Risiken vermeiden wollte, der warf aus der Hüfte.

Schon zehn, zwanzig Meter war Lofart weitergegangen.

Wie hatten wohl die Chancen gestanden? Statistisch. Sicher furchtbar schlecht. Die Aerodynamik einer Papierkugel war letztlich unberechenbar. Das hatte sich immer wieder bewiesen. Ja, er war überzeugt, wiederholte er den Wurf, unter gleichen Bedingungen, nicht einer von zwanzig träfe, nein, nicht einer von dreißig. So ging er weiter und war fast schon zu Hause. Da plötzlich überkam ihn ein Glücksgefühl. Denn wenn der Wurf nicht bloß gelungen war durch das Zusammenspiel Aberhunderter Zufälle, dann vielleicht durch ein Unbeschwertsein, wie es selten war. Aber wie es sein mußte: die Armbewegung mehr ein kraftvolles Zeigen als ein Werfen und der Wurf gewissermaßen die Verlängerung des Blicks auf das Ziel.

Lofart blieb stehen. Dagegen war es ein Fehler gewesen, den Bienenstich zu kaufen; gegen alle Erfahrung. Langsam ging er den Weg zurück unter der Pergola. Im ersten Papierkorb lag die Kugel. Sie war zwischen ein paar Flaschen gerutscht, trocken hob sie sich ab von etwas Nassem darunter. Ein wenig hatte sie sich entfaltet; wie eine Blüte, dachte Lofart und setzte sich auf die Bank. Er sah hinüber zur Straße. Nun war doch ein Krankenwagen gekommen, die Frau stieg hinten ein. Was man mit dem Fahrrad machen solle? rief der Mann, da gab ihm die Frau, durch das Fenster des Krankenwagens, einen Schlüssel; und der Mann kettete das Rad an ein Verkehrsschild.

3

Am Sonntag nachmittag wurde im Fernsehen das Endspiel eines Tennisturniers übertragen. Von der Couch in seinem Wohnzimmer aus sah Lofart den ersten Satz und einen Teil des zweiten, dann verlor er das Interesse. Er schaltete das Gerät aus, holte aus dem Schlafzimmer den Roman, den er vor ein paar Wochen begonnen hatte, während seines Urlaubs an der französischen Küste. Das Buch sagte ihm immer weniger zu. Wenn die Figuren sprachen, waren alle Schreibweisen verändert. »Rewohlutzjon« stand da und »Leebn«. Lofart hakte bei solchen Wörtern ein; selbst wenn er gleich wußte, was sie bedeuteten, mußte er sie zuerst ohne Stimme vor sich hin sprechen. Nur der Geschichte wegen las er noch weiter. Es ging um ein Paar; sie überlegten, wie sie, ganz einfach und unter Verzicht auf alles mögliche, leben könnten, ohne von jemandem abhängig zu sein. Und zwischendurch erzählte der Mann der Frau etwas, das in der Zukunft und auf einem fernen Planeten spielte. Unaufmerksam las Lofart ein paar Seiten, dann legte er das Buch, aufgeschlagen und mit dem Rücken nach oben, neben sich auf die Couch.

Der Annoncenvordruck aus dem Supermarkt lag noch, wo Lofart ihn gestern beim Einräumen der Einkäufe abgelegt hatte, auf dem Kühlschrank. Er ging hinüber in die Küche, nahm ihn und setzte sich an den kleinen Bistro-Tisch, den er beim Einzug gekauft hatte, um daran zu frühstücken. Das tat er freilich fast nie, meistens kaufte er auf dem Weg zur Arbeit belegte Brote, oder er trank nur eine Tasse Kaffee aus dem Automaten im Büro. Jetzt sah er lange den Vordruck an. Was schreiben? Immerhin, seinen Namen, Anschrift und Telephonnummer könnte er schon eintragen. Er stand wieder auf und ging ins Wohnzimmer, öffnete das Schreibtischfach in der Schrankwand und nahm ein paar Kugelschreiber aus einer Lade. Er probierte sie auf dem unteren Rand eines Kontoauszugs; der einzige, der auf Anhieb funktionierte, schrieb ein fahles, häßliches Blau. Lofart stöhnte übertrieben.

Wieder in der Küche, trug er Namen, Anschrift und Telephonnummer ein, er strich *Zu verkaufen* und *Preis* durch und machte zwei saubere Striche unter *Gesucht.* Dann begann er in der kleinsten Schrift, die er noch für lesbar hielt:

Am letzten Donnerstag hat mich hier, vor dem Regal für Fertiggerichte, eine Frau in den Umgang mit Dosensuppen eingewiesen. Sie hat halblanges, blondes Haar, grüne Augen und helle Haut. Die Marke, die sie mir ans Herz legte, hieß –

Lofart öffnete einen Schrank und schrieb den Namen von der Terrinendose ab.

Die Frau möchte sich bitte bald bei mir melden. Ich brauche dringend noch weitere Anleitungen. Stichwort: Bohnenkraut und Pfeffer.

Er las sich das Ganze einmal laut vor. Wie klang es? Jedenfalls war es korrekt. Und nicht allzu komisch. Allerdings – würde die Frau die Annonce bemerken? Läse sie überhaupt solche Annoncen, im Supermarkt? Und war seine nicht noch unauffälliger als die anderen? Nur diese kleine, blaßblaue Schrift. Lofart ging mit dem Blatt ins Wohnzimmer und umrandete es mit einem gelben Marker.

Das Ergebnis gefiel ihm nicht. Er markierte auch ein paar Stichworte; dabei verwischte die Schrift und verfärbte die Markerbalken ins Grünliche. Das sah scheußlich aus.

Lofart zerknüllte das Papier. Er setzte sich auf die Couch und fuhr mit der Hand in die Spalte zwischen Sitz und Lehne. Manchmal fand er dort ein Geldstück, das ihm aus der Tasche gefallen war. Jetzt fühlte er etwas anderes, doch es steckte tief, und er konnte die Hand nicht weit genug öffnen, um es zu fassen.

Die Couch war überhaupt ein Problem gewesen; und eigentlich war sie es geblieben. Anfangs hatte Lofart sie gern einen Fund genannt, oder eine Entdeckung; tatsächlich hatte er sie sehr billig von einem Flohmarkt-Händler gekauft, ein Bekannter hatte ihm einen Polsterer vermittelt, und Lofart hatte den Bezug rausgesucht. Er erzählte damals viel davon, sogar im Büro: er habe schon einen Platz unter dem Fenster freigeräumt, zwei Klappstühle dorthin gestellt und eine alte Kamelhaardecke darüber gebreitet, gewissermaßen probehalber, und daneben sogar einen Farn auf einer Blumensäule und einen Beistelltisch postiert.

Dann hatte alles gedauert; und endlich war die Couch mit knapper Not durch die Türen gegangen. Das war im vorletzten Herbst, eine furchtbare Arbeit. Aber das schlimmste war: sofort schien es Lofart, als glänzte die Politur zu dick auf dem Holz, als wäre der Bezug, hier mitten im Licht, zu lebhaft, fast bunt. Überdies wölbte sich die Sitzfläche zu hoch und funkelten die Polsternägel. Lofart war schrecklich enttäuscht gewesen. Nur aus Verzweiflung und ohne Plan hatte er mit den Gehilfen des Polsterers die Couch vom Fenster gerückt, dorthin, wo der Fernseher stand. Dann sagten die Männer, sie müßten jetzt gehen. Sicher, sagte Lofart aus Scham, der Rest sei eine Kleinigkeit.

Bis in die Nacht hatte er das Zimmer umgeräumt, alles bis auf die Schrankwand. Ein Bild, von der Wand genommen, hinterließ einen feinen, dunklen Rand. Hinter dem Hi-Fi-Turm quollen staubige Kabel hervor und rollten sich ab. Um das Regal zu versetzen, mußte Lofart es ausräumen, die Sachen türmten sich auf dem Tisch; und mit einem Lappen darunter schob er es am Teppich vorbei übers Parkett.

Auf den ersten Blick schien dann alles besser. Lofart löschte das große Licht, zündete eine Kerze an und stellte sie mal hierhin und mal dorthin. Dann ging er zu Bett; aber am nächsten Morgen, noch bevor er das Wohnzimmer betreten hatte, wußte er, daß es ein Behelf war, oder ein fauler Kompromiß. Abends stellte er alles wieder an seinen alten Platz und die Couch, wie geplant, unters Fenster. Am Ende warf er die Kamelhaardecke darüber.

Seit diesem Tag wartete Lofart auf die Gewöhnung, im Grunde sicher, sie würde nicht kommen, solange er wartete. Er hatte in Geschäften nach einem größeren Überwurf gefragt; den gebe es nicht, hieß es, oder er sei unverschämt teuer. Die Couch zu verkaufen war andererseits kein Gedanke, da hätte er draufzahlen müssen. Manchmal war er so wütend, daß er ihr einen Tritt hätte geben mögen. Wenn er die meiste Zeit auf ihr saß, dann um sie nicht zu sehen. Und dabei gelang es ihm nicht einmal, wie heimlich erhofft, ungewollt die Lehne zu verkratzen, einen kleinen Fleck in den Stoff zu machen oder ihn mit einem Hosenniet zu beschädigen. Rein nichts geschah, daß ihm alles vertrauter geworden wäre.

Lofart stand jetzt wieder auf und strich die zerknüllte Annonce glatt. Dann überlegte er. Im Grunde machte er alles richtig; immerhin fing er da an, wo es aufgehört hatte. Er zog die verwischten Worte mit dem Kugelschreiber nach, dann zerriß er die Annonce einmal längs und einmal quer. Die Stücke klebte er mit *Pritt Stift* so auf eine Seite der Programmzeitschrift, daß zwischen den Rißstellen ein wenig Text und schmale Bildstreifen durchsahen. An den äußeren Kanten der Annonce riß er die überstehenden Teile der Zeitschriftenseite ab, Stück für Stück, es blieb ein grob gezackter Rand. Lofart hielt die fertige Annonce hoch, dann ging er in die Küche, befestigte sie mit einem Haftpunkt am Kühlschrank und stellte sich in größtmöglicher Entfernung dazu auf.

Nein, kein Zweifel, das würde auffallen. Er legte die Annonce, um sie am Montag nicht zu vergessen, in ein Fach seiner Aktentasche und schaltete den Fernseher wieder ein. Das Tennisspiel war noch im Gange. Er verfolgte die Ballwechsel eine Zeitlang im Stehen, bis der Spielstand eingeblendet wurde. Der vierte Satz ging eben in den Tie-Break, kurz darauf hieß es Ausgleich. Lofart legte sich auf die Couch und verfolgte das Spiel. Der fünfte Satz zog sich. In den Pausen zwischen den Spielen wurde Werbung gesendet, oder die Kamera schwenkte über die Zuschauerreihen und fixierte die eleganten jungen Frauen in den abgeteilten Logen.

Bisweilen, besonders wenn er fernsah, bemerkte Lofart bei sich eine Art Ahnung von der Menge aller Einzelheiten, aus denen die Welt bestand, und von der Zahl der Verbindungen, die sie eingehen konnten. Jetzt war es eine Szene, die er im Sommer an der Küste beobachtet hatte. Es war ein warmer, aber regnerischer und windiger Tag gewesen. Er hatte an der Kreuzung gestanden, wo eine der kleinen, rechtwinklig zum Strand verlaufenden Straßen auf die Uferpromenade stieß; an beiden Seiten Cafés mit offener Terrasse zur Seeseite. Es war früher Nachmittag, regelmäßig trieben die Schauer und Windböen Touristen vom Ufer her in die kleine Straße, und dann entstand an der Kreuzung beinahe ein Auflauf, durch den sich langsam Autos und Motorräder schoben. Regenschirme wurden hastig geöffnet und geschlossen, einmal machte sich die Kunststoffverkleidung eines Kinderwagens los und wehte knatternd gegen eine Hecke.

Lofart hatte zuerst selbst Schutz vor dem Wetter gesucht, dann sah er, daß sich inmitten des Durcheinanders an dieser Ecke etwas zu ereignen begann. Es kamen nämlich, nach und nach, die Teilnehmer eines Langstreckenlaufs an. Und hier war das Ziel. Es gab Begrüßungsszenen mit Wartenden; manchmal waren ein paar Hoch- und Bravo-Rufe lauter und kräftiger als die Autohupen und die Geräusche von See her. Ein Teilnehmer wurde auf den letzten Metern mit einer Videokamera gefilmt und vom Filmer überredet, noch einmal zurückzugehen und den Einlauf zu wiederholen. Meist blieben die Angekommenen noch auf der Straße, sprachen aufgeregt und atemlos miteinander, später gingen sie auf die Terrasse des größeren Cafés und ließen sich dort nahe am überdachten Eingang zum Gastraum registrieren.

Lofart trat mit der Zeit trotz der stärker werdenden Schauer weiter zur Promenade hin, von wo aus er alles besser übersah. Die Läufer waren fast ausnahmslos junge Leute, kaum einen schätzte er älter als zwanzig. Sie trugen hohe, bunte Sportschuhe und kurze, seidig glänzende Turnhosen, die Männer weit ausgeschnittene Hemden, die Frauen eng anliegende Oberteile aus dünnem, dehnbarem Material. Einige Männer kamen mit bloßem Oberkörper, das Hemd um den Hals gewickelt, eine junge Frau trug nur einen BH mit Körbchen grauem, leicht plissiertem Stoff. Alle hatten sie nasses Haar, vom Schweiß und vom Regen, und bald waren es so viele, daß sie dicht an dicht unter denen in Mantel und Regenzeug auf der Café-Terrasse standen. Ganz spät bemerkte Lofart noch, daß allen Läufern, wohl mit einer Art Filzstift, eine Zahl auf die bloßen Oberarme gemalt war.

Man darf, hatte er damals gedacht, all dies, so simpel es scheinen mag, nicht unterschätzen. Und während er weiter beobachtete, zählte er sich auf, was alles zu dieser Veranstaltung nötig war: Einige hatten die Organisation übernommen, Listen angelegt, die Zeitnahme geregelt, vielleicht die Straßen gesperrt; womöglich waren Preise ausgesetzt und Gelder dafür von einheimischen Unternehmen erbeten worden. Und die Teilnehmer? Söhne und Töchter langjähriger Feriengäste? Untermischt mit denen der Anwohner? Oder Schüler eines vornehmen Instituts aus dem Inneren des Landes? – Und wenn es tatsächlich so war, dann dahinter wieder: eine ungeheure Vielfalt von Verhältnissen, Beziehungen, Absichten und Wünschen!

Da saß zum Beispiel ein junger Mann an einem der Tische, vor längerer Zeit schon angekommen, doch noch immer war sein Gesicht gerötet, die Unreinheiten der Haut traten hervor, bisweilen hustete er tief aus der Brust, und wenn er sprach, den Eintreffenden etwas zurief, war es mehr ein rauhes Krächzen. Das Hemd klebte ihm auf der Haut, unter dem Ansatz des kurzen, blonden Haares und an den Schläfen traten blaue, gewundene Adern hervor, und als er ein Glas *Coca-Cola* anhob, zitterten seine Hände. Zu ihm setzte sich jetzt ein zweiter junger Mann, einen guten Kopf größer als der erste, mit langen, braunen Locken, brauner Haut, einer großen Hakennase und einer Brille mit dickem, bernsteinfarbenem Rand. Sie sprachen ein paar Sätze, da wandte sich der größere wieder ab, rief ein paar Frauen an, die sich durch die Leute schoben, darunter die mit dem Plissee-BH und eine, die ihr Haar zu vielen kurzen

Zöpfen mit bunten Kugeln und Bändern geflochten hatte; er stand auf und zog die Frauen, mit dem Ellenbogen den Weg bahnend, hinter sich her ins Innere des Cafés. Der andere rief ihm etwas nach, das nicht zu hören war. Gerade kam eine besonders heftige Böe von See her, kurz wurde der Regen stärker, einige der Läuferinnen lachten hell auf, und die Touristen auf der Straße flohen wieder fluchend unter Vordächer und Markisen.

Später war Lofart zurück in die kleine Straße getreten, schließlich hatte er sich auf den Weg zum Hotel gemacht. Vor einer Galerie zwischen den Geschäften und Restaurants war er stehengeblieben. Die Bilder dort, so schien ihm, stammten alle vom selben Maler: immer die typischen Häuser, der Strand mit den Booten, aufs Trockene gezogen, aufgespannte Netze und Kästen mit Fischen, das Meer in kräftigen Farben, am Horizont zogen jedesmal dunkle Wolken herauf. Nur die Mauern der Häuser waren reinstes Weiß.

4

Am Montag morgen, auf dem Weg zur Arbeit, stoppte Lofart beim Supermarkt, um seine Annonce an der Pin-Wand zu befestigen. Er hielt einen Moment inne, bevor er eintrat; die Vorstellung, beobachtet zu werden, war ihm unangenehm. Als der Raum zwischen den Kassen und der Brottheke einen Moment lang leer schien, zog er die Annonce aus seiner Aktentasche und ging rasch zu der Pin-Wand. Doch da steckten keine freien Heftzwecken! Drei Annoncen waren mit nur je einer einzigen befestigt. Lofart überlegte, was tun. Jemanden zu fragen war unmöglich. Und eine Packung Heftzwecken kaufen? Wo er doch letzte Woche gerade hier und womöglich zum ersten Mal in seinem Leben welche gekauft hatte! Lächerlich. Er sah sich um, den Rücken zur Pin-Wand. Es war nur eine Kasse besetzt, wenige Kunden warteten in der Schlange davor, und ein Käufer vor der Brottheke kramte in seiner Tasche. Da riß er rasch eine Annonce herunter und befestigte seine mit der Heftzwecke. Das zusammengeknüllte Papier in der Hand verborgen, verließ er den Supermarkt, stieg aufs Rad und fuhr los.

Den Vormittag im Büro befaßte Lofart sich wieder mit seinen Organisationsplänen. Er hatte zwei Schaubilder entworfen, die, auf Folien kopiert und übereinander gelegt, die einzelnen Maßnahmen als das Wandern und Schrumpfen von Kästchen und Kreisen zeigten. Dazu wollte er einen längeren, ausformulierten Text schreiben, der ein wenig wie eine Geschichte klingen sollte. Das heißt, Geschichte war natürlich zuviel gesagt; es würden nur alle Maßnahmen in ihrem Ablauf Schritt für Schritt erläutert, und gelegentlich sollte ein wenig heiter von unvermeidlichen Pannen und Engpässen die Rede sein.

Am frühen Nachmittag, Lofart war gerade vom Essen aus der Kantine zurückgekommen, machte Froitzheim ihm auf dem Flur ein Zeichen. Ob er ihn alleine sprechen dürfe? Lofart zog die Augenbrauen hoch. »Natürlich.« Sie traten einen Schritt zur Seite. »Ärger«, sagte Froitzheim. Eine der Sachbearbeiterinnen habe sich bei ihm beschwert. Lofart hob eine Hand. Besser nicht hier. Sie gingen in sein Büro. Er bot Froitzheim Platz an. »Schießen Sie los!«

Froitzheim nickte einmal kurz. »Die Sasse. Die Frau glaubt steif und fest, sie bekommt nur noch die Vorgänge mit den langwierigen Mahnverfahren.« Und das sei der Grund dafür, daß sie seit Wochen länger und länger im Büro bleiben müsse, um den Eindruck zu verhindern, sie arbeite langsamer als die anderen.

»Und?«

»Was soll man dazu sagen.« Froitzheim klopfte auf Lofarts Schreibtisch. Er wisse das ja selbst. Jeder Sachbearbeiter habe eine Buchstabengruppe, und die Verteilung basiere auf einem Schlüssel für die Häufigkeit aller Anfangsbuchstaben bei Nachnamen im Deutschen. Also völlig gerecht.

»Soll ich mit ihr sprechen?«

»Wäre schon gut.«

Lofart drückte einen Knopf an der Sprechanlage. Seine Sekretärin meldete sich. Er bitte einmal Frau Sasse herüber. Wenn möglich, gleich.

»Danke«, sagte Froitzheim. Er stand auf und ging.

Lofart kannte die Sachbearbeiterin, seit er die Rechtsabteilung leitete. Sie mochte in seinem Alter sein, vielleicht war sie zwei, drei Jahre jünger. Sie sieht ganz gut aus, hatte er manchmal gedacht, nur was sie trug, war immer viel zu bunt und paßte nicht zusammen. Aufgefallen war sie bislang nicht. Nach fünf Minuten kam sie, gab ihm die Hand, er bat sie, vor dem Schreibtisch Platz zu nehmen und ihm noch einmal ihren Fall zu schildern.

Es war, wie Froitzheim gesagt hatte. Die Verteilung der Buchstabengruppen sei ungerecht. Und außerdem, sagte sie, habe sie ein Kind zu versorgen, und da komme sie wegen der Mehrarbeit immer häufiger in Teufels Küche, weil sie absolut keinen Termin mehr einhalten könne.

»Und die Gleitzeit?« sagte Lofart.

Nein, die helfe ihr auch nicht.

Lofart dachte an seine Organisationspläne. Er könnte ein Kapitel hineinbauen, das aus der Sicht eines Angestellten geschrieben wäre. Nicht zu naiv, nur quasi von einem völlig privaten Standpunkt. Aber privat war das falsche Wort! Vielleicht eher: eigensinnig? Nein. »So so«, sagte er. Ob er Kaffee machen lassen solle?

»Danke«, sagte die Frau.

»Hören Sie«, sagte Lofart. »Sie bearbeiten die Buchstaben M bis P, und wir haben keine Erklärung dafür, warum die MP-Herrschaften die schwierigen sein sollen, verglichen mit den AD oder den PT.« Er lachte. Ob sie dafür vielleicht eine Erklärung habe?

Die Frau schüttelte den Kopf. Erklärung oder nicht, das bringe sie an den Rand der Verzweiflung. Er solle das richtig verstehen, die Arbeit müsse natürlich getan werden, und es käme ihr auf ein paar Überstunden nicht an, aber im Moment hänge für sie einfach alles zu eng zusammen.

Lofart nickte. Einen Moment lang war er ärgerlich. Im Grunde waren das Angelegenheiten, die Froitzheim selbst entscheiden mußte. Oder noch besser: die Betroffenen machten das unter sich aus. Jetzt war es freilich soweit gekommen, daß er ein Machtwort würde sprechen müssen. »Gut«, sagte er. »Beenden Sie die Vorgänge, die Sie noch haben, und tauschen Sie dann auf AD. Wir machen das zwei Wochen, dann vergleichen wir. Sollten die MPS tatsächlich renitenter sein, müssen wir die Buchstabengruppen ändern.« Er schlug eine Mappe auf seinem Schreibtisch zu. »Einverstanden?«

»Nein«, sagte die Frau. Sie würde lieber bei ihren Buchstaben bleiben und dafür alles, was sie in der normalen Zeit nicht schaffe, auf die Kollegen verteilen. Sie sitze nämlich genau vor der betreffenden Ablage, und wenn sie wechsle, müsse sie für jeden Ordner durch das halbe Büro laufen.

»Dann wechseln Sie eben auch den Schreibtisch.« Lofart machte eine Bewegung, als wollte er aufstehen.

Die Frau schüttelte den Kopf. Sie sitze seit Jahren am Fenster, und wenn sie nicht mehr hinaussehen könne, falle ihr die Decke auf den Kopf. Außerdem ziehe es bei den Schreibtischen zum Gang von der Tür her, und jedesmal, wenn einer reinkomme, flögen dort die Blätter hoch.

Lofart stand jetzt auf und stützte sich mit den Händen auf die Schreibtischkante. »Dann waren Sie ja bisher ausgesprochen bevorzugt.«

»Von wegen bevorzugt!« sagte die Frau. »Seit wir die Fenster nicht mehr aufmachen können, ist es im Sommer tierisch heiß. Und nachmittags scheint die Sonne auf den Monitor, daß ich fast nichts mehr sehen kann.« Manchmal tränten ihr dann richtig die Augen.

Für den Augenblick wußte Lofart nicht, was er jetzt tun sollte. Er ging hinter seinem Schreibtisch auf und ab, dabei stieß er mit der Schulter an ein gerahmtes Photo, auf dem das Verwaltungsgebäude im Bau zu sehen war. Es fiel herab, aber mit einer schnellen Körperdrehung ging Lofart in die Knie, und er fing das Photo auf, bevor es den Boden erreichte. Die Frau hatte erschreckt aufgeschrien. »Bitte«, sagte Lofart. »Nichts passiert!« Er zeigte das unversehrte Photo und hängte es wieder an den Nagel. »Und wir bleiben dabei, ja? Buchstabenwechsel für zwei Wochen. Zwei Wochen sind keine Ewigkeit. Und danach sehen wir weiter.« Er ging zur Tür und hielt sie auf. »Sie entschuldigen mich jetzt. Und wie Sie vor Ort alles arrangieren, ist Ihre Sache. Im übrigen verlasse ich mich auf Sie.«

Mit einem knappen Gruß ging die Frau an ihm vorbei hinaus ins Vorzimmer. Lofart schloß die Tür. Er war froh, daß er sich nicht hatte irremachen lassen. Er ging zurück an seinen Schreibtisch. Irgendwann einmal würde er sich vielleicht nicht mehr mit Dingen wie diesen beschäftigen müssen. Er griff sich an den Nacken. Etwas wie ein schmaler, heißer Schauer war ihm den Hals herauf und über den Hinterkopf gelaufen. Er rieb, und jetzt spürte er, wie es seitlich, auf Höhe des Kragens, zu schmerzen begann. Er drückte eine Hand auf die Stelle und wählte Froitzheims Nummer. In ein paar Sätzen schilderte er den Verlauf des Gespräches. »Haben Sie ein Auge darauf«, sagte er zum Schluß. »Ich verlasse mich auf Sie.« Dann ging er zum Fenster, ließ die Arme schwer am Körper hinunterhängen und den Kopf langsam kreisen. Allmählich ließ der Schmerz im Nacken nach. Zehn Minuten später saß er wieder über seiner Arbeit.

Immer schon hatte Lofart sich gewünscht, *einen* Stift zu besitzen, den er wie selbstverständlich überallhin mitnehmen würde und der, wie er schriebe und in der Hand läge, allen seinen Wünschen entspräche. Doch es blieb beim Mangel; und wenn er häufig an verschiedenen Orten kurze Bemerkungen niederlegte oder Schriftstücke unterzeichnete, dann tat er es für gewöhnlich bloß mit dem, was umherlag oder was man ihm reichte, da er vergeblich in seinen Taschen zu suchen begann.

Nun! Nicht, daß er dagegen nichts unternommen hätte. Jahrelang hatte er teure Kugelschreiber mit besonderen Minen gekauft, bei denen er hätte bleiben können, er hatte mit Händen voller Filzschreiber vor kleinen Abreißblöckchen gestanden und fremde Namenszüge zur Probe geschrieben – seinen eigenen zu benutzen, hatte er sich geschämt. Doch prompt verlor er, was er gekauft hatte, schon in den nächsten Tagen.

Und wäre es nur das gewesen! Den Ärger über die Verluste gering zu halten, kaufte er bald keine teuren Stifte mehr und schraubte er seine Erwartungen an die billigeren maßvoll herunter. Aber als er endlich einen Marken-Kugelschreiber der mittleren Preisklasse mit einer speziell fein schreibenden Mine gefunden, ihn richtig in der nächsten Woche verloren und einen neuen derselben Marke mit der gleichen Mine gekauft hatte, da schien ihm der neue nicht nur ganz anders in der Hand zu liegen, was sicher eine Täuschung war, nein, eindeutig kratzte er auf dem Papier, der Tintenstrom blieb bisweilen völlig aus, um dann mit einem häßlichen Klecks wieder einzusetzen. Lofart hatte sich in dem Geschäft beschwert, zurückhaltend, ihm war klar, was er gekauft hatte, war kaum eine Beschwerde wert; und mit Bedauern teilte ihm die Verkäuferin mit, daß Minen der gewünschten Art momentan nicht zu bekommen waren.

Endlich dann war ihm *der* Kugelschreiber buchstäblich in die Hände gefallen, ein billiges Allerweltsstück mit dem Werbeaufdruck der Sparkasse einer entfernten Stadt; und sooft er darüber gerätselt hatte, es fiel ihm nicht ein, wie der zu ihm gekommen war. Aber *der* schrieb! Nicht zu weich und nicht zu hart ließ er sich führen. Immer begannen die Striche sofort und sauber, und sie liefen sogar, wenn er schwungvoll genug absetzte, in einer dünnen und immer dünner werdenden Linie aus. Die Farbe war ein angenehmes Blau, nicht zu blaß und nicht zu kräftig, etwas Fröhliches war darin und doch etwas Ernstes, man konnte Dienststücke damit unterschreiben oder sich bloß eine Adresse notieren, und besonders lustig sahen die Kritzeleien aus, die er in Gedanken während des Telephonierens auf die Rückseite interner Rundschreiben machte.

Damals hatte Lofart sich regelrecht gerettet gefühlt. Er müßte nur den Hersteller des billigen Teils ausfindig machen, eine größere Menge dieser, genau dieser Kugelschreiber ordern – und vielleicht, hatte er gedacht, sie sogar mit dem eigenen Namenszug versehen lassen, damit er nicht nur immer neue hätte, sondern keiner ihm mehr verlorenginge! Doch so sehr er auch suchte, er fand keine Marke, nicht auf dem Schreiber, nicht auf der Mine. Ohne seinen Namen zu nennen, rief er bei der Sparkasse an. Er solle sich an die Zentrale wenden, hieß es. Dort wußte keiner Bescheid, man verband ihn mit anderen Stellen. Nein, hatte schließlich einer gesagt, das erledigten Agenturen, und die wechselten häufig, und daß heute noch einer wisse, welche dafür zuständig gewesen sei, das halte er für ausgeschlossen.

Von da an war Lofart gleichgültig geworden. Er schrieb seine Vermerke mit kratzenden Faserschreibern in grellen Farben, türkis oder rosa; außerhalb von Büro und Zuhause lieh er sich Kulis von Kassiererinnen im Supermarkt und Kellnern im Café; wenn er Briefe zur Post trug, schrieb er dort, mit einem am Tisch festgebundenen Stift, die neuen

Postleitzahlen auf die Umschläge; und im Urlaub, an der Strandpromenade sitzend, hatte er sogar, als er eine Karte an seine Eltern schrieb, einen wildfremden Franzosen mit einem vorher lange geübten Satz um dessen Bleistift mit silberner Kappe gebeten.

Lofart sah von seiner Arbeit auf. Es war ihm durch den Kopf gegangen, wie in einer Nachrichtensendung Staatschefs Verträge unterzeichnet hatten. Sie saßen an einem langen, geschmückten Tisch, hinter ihnen stand es dichtgedrängt, Livrierte trugen rotlederne Mappen von einem zum anderen; und jeder zog aus seiner Jackentasche den Füllfederhalter, schraubte langsam den Verschluß ab, warf einen prüfenden Blick auf die Feder, unterschrieb sorgfältig und schraubte den Federhalter wieder zusammen. Und als alle aufstehen und einander die Hand reichen, beginnt einer damit, seinen Füller dem Nachbarn zum Geschenk zu machen. Der lacht und will den seinen dafür zurückgeben. Aber so geht es nicht! Und nun treten alle zusammen und machen fröhlich einen Plan, wer welchen bekommen soll. Schließlich hält jeder sein Geschenk hoch in die Kameras und preist sich im Scherz vor den anderen als der Glücklichste.

Lofart war fast bis sechs im Büro geblieben, aus Sorge, die Frau könnte seine Annonce schon gesehen haben und er begegnete ihr vor seiner Haustür. Das war natürlich Unsinn! Als er in die Straße zum Supermarkt bog, überlegte er kurz, ob er nach der Pin-Wand sehen sollte. Vielleicht war da eine Antwort. Vor dem Eingang wurden gerade Stahlträger von einem LKW abgeladen und durch die ausgehängten Eingangstüren hineingetragen. Lofart hielt kurz an. Neben dem *Wir bauen um*-Schild hingen jetzt noch andere, ebenso groß, mit neuen Sonderangeboten. Ein Arbeiter sprach mit einem Mann im weißen Kittel, vielleicht war es der Filialleiter. »Nur über meine Leiche«, sagte der laut.

Der Arbeiter machte eine Handbewegung. Seiner Meinung nach sei das alles mit den Verantwortlichen abgesprochen.

»Aber schauen Sie sich an, wie das aussieht!«

Es dauere ja nicht die Ewigkeit, sagte der Arbeiter. Dann trennten sich die beiden Männer.

Lofart fuhr weiter. Zu Hause trug er das Fahrrad in den Keller. Dort traf er den Vermieter, der war seit ein paar Wochen dabei, einen der Kellerräume auszubauen. Von der Parterre-Wohnung sollte man ihn über eine Wendeltreppe erreichen. Demnächst werde dort eine Familie einziehen, die den Raum für ein Kindermädchen brauche. »Schön geworden«, sagte Lofart und stellte ein paar Fragen nach dem Fortgang der Arbeit, dann holte er eine Flasche Wein und stieg wieder hinauf in den Flur. Bis jetzt hatte er es aufgeschoben, in den Briefkasten zu sehen. Es müßte ja auch ein Wunder sein!

Im Briefkasten lagen ein paar Werbesendungen, Lofart nahm sie heraus, um sie in den Papierkorb zu stecken, den der Vermieter eigens dafür aufgestellt hatte. Da fiel eine großformatige Visitenkarte zu Boden. Lofart hob sie auf. Er überflog den gedruckten Text, dann drehte er sie um. Auf der Rückseite stand in einer schnellen, flüssigen Handschrift:

Stichwort Bohnenkraut und Pfeffer, einverstanden mit weiteren Instruktionen, Terminabsprache bitte telephonisch.

Und eine Nummer.

»Wahnsinn!« sagte Lofart laut. Er wandte sich zur Treppe und lief, immer zwei Stufen nehmend, hinauf in seine Wohnung; dabei las er noch einmal die Vorderseite der Visitenkarte: *Hartmann & Jacoby. Unternehmensberatung. Dorothee Gernun. Koordination.* Darunter eine Geschäftsadresse am Rande der Stadt. In der Wohnung wartete Lofart, bis er wieder bei Atem war, dann wählte er die Privatnummer. Es gab ein Freizeichen, dann noch eines.

Was soll ich sagen? dachte Lofart. Er hatte sich beileibe nichts zurechtgelegt! Schon war er drauf und dran, wieder einzuhängen, da meldete sich nach dem vierten Freizeichen die Stimme der Frau von einem Anrufbeantworter: Sie sei nicht zu Hause, man möge bitte nach dem Signalton sprechen. Erleichtert legte Lofart auf.

5

Spät am selben Abend rief Lofart noch einmal an. Als sich wieder der Anrufbeantworter einschaltete, sprach er einen kleinen Text auf das Band, den er zuvor grob und in Stichworten notiert hatte: Er habe allen Glauben an die Einrichtungen der Moderne wiedergefunden; und der Teufel solle ihn holen, wenn er jemals noch ein schlechtes Wort über Fertiggerichte sage. Dann schlug er ein Treffen am nächsten Samstag mittag vor, an einem Brunnen in der Innenstadt. Als Erkennungszeichen werde er eine Suppendose unter dem Arm und einen Strauß Bohnenkraut im Knopfloch tragen. Er wünschte eine gute Nacht; er jedenfalls, heiße das, gehe jetzt bald zu Bett.

Schon halb ausgezogen, spürte Lofart deutlich, daß er nicht würde schlafen können; vielleicht war es dafür tatsächlich zu früh. Er beschloß, einen Spaziergang durchs Viertel zu machen. Vielleicht könnte er auch, wenn es sich anbieten würde, noch irgendwo auf ein Bier bleiben.

Als er aus dem Haus trat, war es gegen elf. Viele Fenster zur Straße hin waren erleuchtet, aus den meisten kam zukkendes, bläuliches Licht von den Fernsehern. Aber es waren alte Häuser und die Fenster zu hoch über dem Gehsteig, als daß Lofart mehr dahinter hätte sehen können als große

Blattpflanzen oder die obersten Fächer hoher Regale oder Halogenleuchten an straff gespannten Leitungen. Nur hinter den Fenstern auf der anderen Straßenseite kamen vereinzelt Menschen ins Bild, etwa ab Höhe der Brust.

Es ist doch, dachte Lofart wieder einmal, ein ruhiges Viertel. Gerade vor ihm trat einer aus der Haustür, eine Plastiktüte in der Hand, er öffnete ein kleines Metalltor, an dem die Mülltonne aufgehängt war; dahinein steckte er die Plastiktüte, etwas fiel daneben, der Mann fluchte leise, hob es auf, schloß das Tor und verschwand im Haus.

An der nächsten Kreuzung blieb Lofart stehen und sah zwischen den Dächern hinauf. Entweder würde morgen Vollmond sein, oder es war gestern Vollmond gewesen. Es gab da eine Eselsbrücke, aber die hatte er sich nie merken können. Er ging weiter.

Wie wäre es jetzt, dachte er da, hätte er die behördliche Erlaubnis, ohne jede Ankündigung in das nächstbeste Haus zu dringen! Natürlich nur, um alles in Augenschein zu nehmen. Es müßte ein besonderer Ausweis sein, dessen Bewandtnis absolut jeder kennte. Er lachte leise, dann sah er sich um; trotzdem würde er Sturm läuten, an allen Klingeln zugleich, aus Mutwillen. Und wäre die Tür offen, würde er die Treppen hinauflaufen, und wo vielleicht eine Frau mit fragendem Ausdruck in der Tür stände, dort würde er den Ausweis hochhalten mit ausgestrecktem Arm und dazu schnell einen festgelegten Text hersagen.

Die Frau in der Tür macht einen Schritt zurück, ohne den Eingang freizugeben. Sie formuliert Einwände: Es sei nicht aufgeräumt. Wie oft er das schon gehört hat! Und ohne zu drohen und jede Berührung vermeidend, bahnt er sich seinen Weg in den Flur. Dort steht ein viel zu großer Schrank, auf dem sich Koffer türmen, er versperrt beinahe den Weg. Von links fällt Licht herein, die Küche, zwei Kinder sitzen hinter einem Tisch mit geblümter Kunststoffdecke. Weiter hinten dann drei Türen, die rechts ist geöffnet, ein Blick hinein bestätigt die Vermutung: das Schlafzimmer; die Stirnwand zugebaut mit Spiegelschränken, eine rosenfarbene Decke liegt über den Betten, auf dem linken Nachtschränkchen steht eine Flasche mit bläulicher Flüssigkeit, sie ist halbleer.

Der nächste Raum ist das Kinderzimmer, die Textiltapete ist überstrichen, zartlila die eine Seite, die andere fast weiß, und die Farbe hat flächenweise die Fasern verklebt; um die Deckenkante laufen Leisten aus Styropor, und in den Eckenfugen die Winkel nicht glatt; an einem Lichtkabel, in einem Bogen von der Mitte zur Seite geführt, dort mit Draht an der Decke befestigt, hängt eine weiße Papierlampe über einem niedrigen Tisch, auf der Oberseite des Kabels liegt eine graue Staubschicht; auf dem beigen Teppichboden ist ein rötlicher Fleck. Wahrscheinlich von der vergeblichen Bemühung, ihn zu entfernen, hat er einen unregelmäßigen hellen Rand.

Als er sich umdreht, stehen Frau und Kinder in der Tür, aber gleich rücken sie zusammen und machen ihm Platz. Im Wohnzimmer nebenan hat ein Mann ferngesehen, jetzt ist der Ton abgedreht, eine Zeitung liegt neben dem Sessel. Der Mann hat sich etwas zurechtgelegt, aber er verspricht sich, und als er von vorne beginnen will, bricht er bald ab. Nur eine Handbewegung; er soll sich setzen und still sein und: Viel Zeit, erfahrungsgemäß, brauche es nicht.

An der Wand über der Couch hängen zwei Aquarelle, südliche Landschaften, ein Druck, das Rathaus mit koloriertem Himmel, gegenüber ein Relief aus Zinn auf Holzgrund, die Silhouette einer alten Stadt. Der große Schrank ist eher schlicht, ein Mittelfach mit Glastüren, darin Bücher, eines schwarz und größer als die anderen, ein Bildband über John F. Kennedy; der Fernseher ein sehr modernes Modell; vorm Fenster ein Aquarium, grünlich beleuchtet; links neben der Tür ein kleiner Sekretär, die Schreibfläche ist aufgeklappt, ausgebreitet liegen Kontoauszüge und Rechnungen, daneben eine handschriftliche Zahlenkolonne auf Millimeterpapier. Auf dem Couchtisch steht ein hoher, geschlossener Aschenbecher aus silbernem Metall, rundum beklebt mit dunkelrotem Leder, oben hat er eine Vorrichtung; Lofart lacht: da drückt man den silbernen Stift mit dem schwarzen Kunststoffknauf herunter, eine Scheibe versenkt sich rotierend und wirbelt die Asche in den Becher.

»Sonst noch?« würde er fragen. Der Mann schüttelte nur den Kopf. Sie lächelten einander einen Moment lang an, und er sagte noch einen Satz, eine Formel, schon auf dem Weg durch den Flur zur Wohnungstür, die noch offensteht.

Lofart kam jetzt an der Villa vorbei; in die ein englisches Amt ausgelagert war, dann bog er in die Straße mit den kleinen, alten Häusern hinter eisernen Zäunen. Er war ein Stück gelaufen, jetzt hielt er an und fühlte sein Herz schlagen. In einem der Häuser trat jemand dicht an ein Erkerfenster, er hielt etwas hoch ins Licht der indirekten Beleuchtung hinter dem Vorhang und stocherte darin mit einer Gabel. Lofart blieb eine Weile stehen und betrachtete ihn, bevor er, ohne noch irgendwo haltzumachen, nach Hause ging.

Im Laufe der Woche versuchte Lofart, mehrfach und ohne daß es bemerkt werden sollte, in Erfahrung zu bringen, wie sich die Angelegenheit der überlasteten Sachbearbeiterin entwickelte. Doch das ergab nichts, und offiziell nachfragen wollte er auf keinen Fall. Am Mittwoch nachmittag hatte er seine Pläne zur Umorganisation so weit, daß er die

Zeichnungen einem Graphiker geben und die Texte für eine erste Abschrift auf Band sprechen konnte. Dabei blieb ihm noch Zeit. Freitag vormittags fand die regelmäßige Besprechung der Hauptabteilungsleiter statt; auf der anstehenden hatte er nur seinen Vortrag für die nächste Woche anzukündigen. Und natürlich, daß er eine Kurzfassung vorher ausgeben werde. Von Dorothee war keine Nachricht gekommen. So hatte er es vorgeschlagen für den Fall, daß sie einverstanden war.

Am Samstag morgen stand Lofart auf wie sonst, er duschte, sah nach dem Wetter und legte einen hellen Leinenanzug heraus, den er im Urlaub häufig getragen hatte. Einen Moment lang überlegte er, ob er wirklich die Suppendose, die noch ungeöffnet in der Küche stand, mitbringen sollte, dann schien es ihm doch zu albern. Er hätte auch noch ein paar Besorgungen machen müssen, ließ es aber, da er fürchtete, der Frau vorher begegnen zu können. Statt dessen schaltete er, noch immer im Bademantel, den Fernseher ein. In den meisten Privatsendern liefen alte amerikanische Familienserien, die er als Junge gesehen hatte. Ein ausländisches Programm zeigte einen Expeditionsfilm, eine Zeitlang versuchte er herauszufinden, um welches Land es sich handelte. Dann schaltete er den Fernseher wieder aus und zog den Karton mit den Gegenständen hervor, von denen er beim Aufräumen in der letzten Woche nicht gewußt hatte, wohin mit ihnen. Er wollte jetzt wenigstens rasch entscheiden, welche weggeworfen werden konnten.

Das erste Teil, das Lofart herausnahm, war ein kleiner, schwarzer Stier, im Rücken steckten ihm zwei rote und gelbe Lanzen, die aussahen wie gefärbte Pfeifenreiniger. Lofart hatte den Stier in einem Urlaub mit Ute gekauft, in einem Souvenirladen in einer kleinen spanischen Stadt. Ute hatte ihn weiterziehen wollen, es sei doch alles zu schrecklich! Aber er war dort nicht wegzubringen gewesen. Und noch letztens in Frankreich hatten sich ein paar Urlaubsbekannte jedesmal darüber mokiert, wenn er bei gemeinsamen Ausflügen die Souvenirläden betrat. Meist waren sie zuerst draußen geblieben, dann waren sie ihm gefolgt und hatten ihn mit Kaufvorschlägen zu ärgern versucht.

Lofart hatte sich nicht aus der Ruhe bringen lassen. Nein, sagte er einmal, mit einem Satz wie, das sei alles nur Kitsch, lasse sich die Sache nicht in den Griff bringen. Und er hob eine Glaskugel hoch; in der klaren Flüssigkeit stand eine Wallfahrtskirche mit kleinen Häusern drumherum, und wenn man die Kugel schüttelte, wirbelten kleine weiße Flocken auf.

»Bitte hier!« sagte er. Auch so was falle schließlich nicht vom Himmel. Er zählte es auf: Jemand muß zuerst die Kirche geschnitzt und dann nach dem Muster eine Gußform gefertigt haben; die Abgüsse sind auf einer geeigneten Grundplatte befestigt; alles muß absolut wasserdicht sein. Und das sei ja schließlich, wie man auch sonst darüber denke, gelungen.

Die Reisebekannten ließen darauf das Glas von Hand zu Hand gehen und schüttelten es. Er habe einmal eines mit dem Kölner Dom besessen, sagte einer, oder mit dem Ulmer Münster, das habe lange auf dem Fernseher gestanden, und als die Flüssigkeit trüb geworden sei, habe seine Mutter ihm nicht erlaubt, es vor dem Wegwerfen zu öffnen. Es habe geheißen, die Dinger seien innen giftig. »Stimmt«, sagte ein anderer, oder wenigstens sei Konservierungsmittel darin. Dann diskutierten alle, ob die Trübung mit dem Standort habe zusammenhängen können, und sie kamen zu immer neuen Theorien. Darüber hatten sie das Souvenirgeschäft verlassen.

Draußen auf der belebten Uferpromenade waren sie zu zwei und zwei gegangen, und Lofart hatte versucht, der Frau neben sich eine Lokomotive aus Porzellan zu beschreiben, die ihm als Junge geschenkt worden war. »Es fing damit an«, sagte er, »daß sie taubenblau war, eine Lokomotive!«

»Ja?« sagte die Frau.

»Ja.« Das gehe auch vielleicht noch an, aber praktisch alles sei falsch gewesen: Schornstein, Kessel, Räder, Führerstand; nichts wie in Wirklichkeit. Und das schlimmste: gefahren habe die Lokomotive ein Porzellanbär, fest daran gebrannt, und der habe tatsächlich auf einer kleinen Pfeife gepfiffen. Der Lokführer! Man stelle sich das vor.

»Wieso?« sagte die Frau neben ihm.

Lofart schlug sich an die Stirn. »Der Stationsvorsteher pfeift, nicht der Lokführer.« Er blieb stehen und tat, als hielte er eine Kelle hoch. »Alles einsteigen! Türen schließen! Zurücktreten von der Bahnsteigkante!« Dann pfiff er so kräftig durch die Finger, daß sich die Touristen in der Nähe nach ihnen umdrehten.

Das gebe es heute auch nicht mehr, sagte die Frau.

»Ja ja«, sagte Lofart. Und zu allem Übel habe die Lokomotive oben im Führerstand einen Schlitz gehabt, für Geld, aber auf der Unterseite sei nicht einmal ein verschließbarer Deckel gewesen, sondern nur eine Art Pfropfen aus Kunststoff, und der –

Da fiel ihm die Frau ins Wort. Sie habe einmal einen kleinen Tresor besessen, sagte sie. Doch da waren sie in einen regelrechten Stau geraten, und die anderen vor ihnen, kaum noch zu sehen, hatten gerufen, sie brächen jetzt aus, über die Straße hinweg in Richtung Strand. Lofart und die Frau hatten sich, ohne zu beratschlagen, angeschlossen, und er war vorausgegangen, den Weg zu bahnen.

Lofart sah auf die Uhr. Eigentlich war nur noch Zeit für eine einzige, schnelle Entscheidung. Die Idee gefiel ihm, und nach kurzem Überlegen holte er das neue Klebeband hervor und klebte damit mehrfach und über Kreuz den Karton zu. Obenauf schrieb er *Geschlossen*, das Datum des Tages und seine Unterschrift. Er wollte den Karton schon an die Wohnungstür stellen, um ihn bei nächster Gelegenheit in den Keller zu bringen, da schrieb er noch hinzu: *Nicht öffnen vor dem*, dahinter setzte er das Datum des Tages in genau zwanzig Jahren.

Bis er aufbrechen mußte, blieb Lofart mit angezogenen Beinen auf der Couch im Wohnzimmer liegen. Früher hatte er sich vor solchen Treffen stundenlang alle Möglichkeiten auszumalen versucht. Aber wie lange war das her! Er versuchte, an etwas ganz anderes zu denken. Es gelang ihm einigermaßen. Doch als er später in dem hellen Anzug im Flur stand, befiel ihn mit einem Mal die Angst, einen großen Fehler zu machen. Er fluchte leise, lief ins Schlafzimmer, zog rasch den Anzug aus und dafür Jeans an und ein hellgrünes Cordjackett mit ledernen Flecken hinten auf den Ärmeln.

Um zwei Minuten nach zwölf und etwas atemlos kam Lofart bei dem Brunnen in der Innenstadt an. Rechts über den kleinen Platz hinweg stand der Eingang zum Seitenschiff der Antoniuskirche weit offen; eine Reisegruppe trat gerade heraus. Links, neben den Bänken, waren Fahrräder in Zweierreihen abgestellt, und weiter hinten, am Eingang zur Fußgängerzone, sang ein Mann mit Gitarre einen alten Schlager. Um den Brunnen herum stand eine Gruppe Menschen, schweigend und den Blick in die gleiche Richtung gewandt. Lofart ging langsam heran und versuchte herauszufinden, ob die Frau darunter war. Wenn sie unglücklich stände, könnte es am Ende so aussehen, als brauchte er einen Moment, sie wiederzuerkennen. Dabei hatte er ihr Bild deutlich vor Augen! Aber die Frau war nicht in der Gruppe.

Gegen den Brunnenrand gelehnt, lag ein Rucksack aus mattschwarzem Kunststoff mit farbigen Streifen in einem metallenen Gestell. Er war prall gefüllt. Daneben stand ein Schild, stark einen Meter hoch und einen halben breit, aus Pappe, sehr sorgfältig beschrieben mit violettem Filzstift, die Buchstaben gleichmäßig groß wie die Abstände zwischen den Zeilen, und alles mit durchsichtiger Plastikfolie überklebt, wohl als Schutz gegen Regen. Lofart las:

Mein Name ist Roland F., ich wurde am 3. 9. 59 in G. geboren, machte nach der Realschule eine Ausbildung zum Krankenpfleger, war jahrelang in Ländern der Dritten Welt als Entwicklungshelfer tätig, darunter im Urwaldkrankenhaus von T. Vor fünf Jahren erlitt ich einen schweren Unfall mit anschließender langer gesichtschirurgischer Behandlung. Danach weitgehend körperlich wiederhergestellt, aber psychisch ruiniert, zerbrochen, unfähig. So geriet ich in den Kreislauf der Not. Die medizinischen Maßnahmen wurden von der Kasse nicht getragen. Ich verlor Wohnung und Beruf. Keine Neuanstellung wegen Obdachlosigkeit. Auf der Straße! Weil ich die Atmosphäre in den Männerheimen und Asylen nicht aushalte, schlafe ich draußen im Zelt. ICH BIN KEIN PENNER! Ich bitte um Informationen über mögliche Anstellung. Garantiert nicht Alkoholiker! TRINKEN MACHT ALLES NUR NOCH SCHLIMMER!

Während Lofart gelesen hatte, war die Menschengruppe noch größer geworden; und es schien, als läsen alle Passanten den ganzen Text, bevor sie weitergingen. Er trat zur Seite, von wo aus er den Platz überblicken konnte, der Bettler war nirgends zu sehen. Lofart ging auf und ab, er zwang sich, nicht auf die Uhr zu schauen, aber am Glockenschlag vom Kirchturm hörte er, wie es Viertel nach und dann halb wurde. Endlich sah er die Frau aus der Fußgängerzone kommen. Sie hatte ihn schon erkannt und ging auf ihn zu. »Ich bin zu spät«, sagte sie.

Lofart machte eine Bewegung wie: das sei nicht so schlimm.

»Vorausgesetzt, man besteht darauf, daß Mittag genau um zwölf ist«, sagte die Frau. Was nicht notwendig so sei. Sie deutete auf die Lesenden vor dem Brunnen. »Außerdem war ich schon einmal hier, vier Minuten nach zwölf. Da waren Sie gerade in eine Lektüre vertieft, und ich wollte nicht stören.« Sie faßte ihn leicht am Arm. »Unsinn! Ich hab Sie natürlich beobachtet. Stellen Sie sich vor, es wird irgend etwas mit uns beiden, dann werde ich nie mehr die Gelegenheit haben, Sie ungestört zu beobachten.« Sie öffnete ihre Handtasche und zog eine Packung Kaugummi heraus. »Oder jedenfalls sehr selten. Mögen Sie?«

Lofart nahm einen Kaugummi und behielt ihn ungeöffnet in der Hand. »Da haben Sie wahrscheinlich recht.«

Sie hatte ihren Kaugummi ausgewickelt und in den Mund gesteckt. »Unsitte«, sagte sie. »Weiß ich. Aber ich gewöhne mir das Rauchen ab.«

»Und? Klappts denn?«

»Wunderbar.« Dann schwiegen sie einen Moment. »Übrigens, das mit dem Sie können wir auch lassen.«

»Gerne«, sagte Lofart. »Ich heiße Ulrich.«

»Weiß ich.« Gerade hatten zwei Polizisten von der Hauptstraße her den Platz betreten, da kam ein Fahrradfahrer aus der Fußgängerzone. Die Polizisten hielten ihn an und ließen sich seine Papiere zeigen. Die beiden schauten hin. »Was wollen wir tun?« sagte Lofart.

»Oh, ein paar Besorgungen habe ich noch. Und dann?« Sie machte eine unbestimmte Bewegung.

»Du bist heute ganz frei?«

»Hm.« Sie spuckte den Kaugummi in das Silberpapier, das sie noch immer in der Hand hielt. »Das Geheimnis ist, nur nie zu lange drauf kauen, sonst wird es fade, und was das Schlimme ist, man gewöhnt sich daran. Schrecklich! Man muß es machen wie das Rauchen, dann hilft es.« Sie wickelte den Kaugummi ein und sah sich um. Lofart wies auf einen Abfallkorb am Eingang zur Fußgängerzone. Sie gingen in die Richtung. »Wir können also frei planen für heute?« sagte er.

»Sicher. – Am besten hier.« Sie wies auf den Eingang zu einem Warenhaus. »Weißt du noch?« Sie summte eine Melodie, dann sang sie. *Alles unter einem Dach.* Sie lachte. »Wir könnten da auch was essen. Hast du Lust?«

»Sicher«, sagte Lofart. »Warum nicht!«

Sie fuhren zuerst die Rolltreppe hinunter in den Keller, die Frau kaufte ein paar Dinge in der Haushaltwarenabteilung und blieb dann vor einem Regal mit Bügelbrettern stehen. »Da«, sagte sie. »Wenn es irgendein Mittel gäbe, mir das Bügeln schmackhaft zu machen, dann das.« Sie las von einem Zettel auf der Folie ab, in die das Bügelbrett geschweißt war: *Stufenlos höhenverstellbar. Ausklappbares Ärmelbrett. Stromanschluß zwei Meter. Vollbeweglicher Halter für die Bügeleisenschnur. Ausklappbarer Halter für sechs Kleiderbügel. Ausklappbare Wäscheablage.* Sie wandte sich um. »Und worauf bügelst du?«

Lofart wollte etwas antworten, er bringe seine Sachen zur Reinigung und zur Wäscherei; aber sie war schon weitergegangen. »Oder hier!« Sie zeigte auf eine Küchenmaschine. »Die quirlt, püriert, schnitzelt, schält, hackt und löst in ihrer Freizeit Kreuzworträtsel.«

Lofart lachte. Die könne man also getrost auf die Wunschliste für die Hochzeitsgeschenke setzen?

Sie war wieder weitergegangen. Jetzt blieb sie stehen. »Keine Scherze übers Heiraten«, sagte sie. »Oder warst du schon mal?«

»Nein nein!«

»Dann also.« Sie sah sich um. »Filtertüten!« rief sie. »Oder gibts die in der Lebensmittelabteilung?« Das vergesse sie ständig. Außerdem wollten sie ja sowieso etwas essen; dabei bleibe es doch? Lofart nickte. Dann fuhren sie die Rolltreppen hinauf in den zweiten Stock.

In der Abteilung für Autozubehör blieb Lofart plötzlich stehen. Er zog die Frau am Arm und wies hinüber zu einem dicken Mann; der saß auf einem Hocker hinter einem klappbaren Verkaufsstand, der schmale Tresen vor ihm war mit kleinen Sachen vollgestellt. Lofart klatschte leicht in die Hände.

»Was ist?«

»Der Dicke da«, sagte Lofart leise. Den habe er schon einmal gesehen, in einer Kongreßstadt, der Stand sei damals auf seinem Weg vom Hotel zum Tagungsgebäude gelegen, und er habe die Vorführung jeden Tag mindestens einmal beobachtet.

»Was verkauft er denn?«

»Klebstoff«, sagte Lofart. »Ein Teufelszeug. Und teuer!« Eine winzige Flasche koste zwanzig Mark. Die NASA klebe damit im Weltraum Raketenteile, oder so ähnlich. »Einen Moment nur!« Er zog sein Portemonnaie und nahm einen Zwanzigmarkschein heraus, trat an den Stand und bat den Mann um eine Flasche. Der wollte etwas sagen. »Nein nein«, sagte Lofart, er wisse Bescheid, er habe alles schon gesehen.

»Aber die Dame weiß nicht Bescheid«, sagte der dicke Mann. Er winkte Dorothee zu sich heran.

»Das macht doch nichts«, sagte Lofart. »Sie wird es schon sehen.«

Der dicke Mann antwortete nicht, er sah nur Dorothee an und wies vor sich auf die Sachen. Sie solle jetzt mal für sich in aller Ruhe was besonders Schönes heraussuchen. »Und keine Hemmungen«, sagte er.

Dorothee legte den Kopf schief und schob die Unterlippe vor, dann tippte sie an eine Porzellangruppe, einen Schäfer und eine Schäferin, sie sitzend zwischen ein paar Schafen, ein Lamm streichelnd, er auf seinen Stock gestützt und halb über sie gebeugt.

»Eine gute Wahl«, sagte der dicke Mann so laut, daß ein paar Kunden stehenblieben, »eine ausgezeichnete Wahl. Denn dergleichen scheußlicher Nippes, er steht bei Omama, er steht bei Tante Kläre, er steht auf dem Beistelltisch oder auf der Etagere, auf jeden Fall steht er im Weg. Ein unbedachter Ruck, ein Schubs, ein Tritt, da liegt er in zwei oder mehreren Teilen.« Er gab der Porzellanfigur einen Stoß, und sie fiel seitlich vom Verkaufsstand hinunter. Es gab ein lautes Geräusch, und noch mehr Leute wurden aufmerksam und traten heran.

Der Mann hob die Figur auf. Schäfer und Schäferin waren ohne Kopf, einem Schaf fehlte der Schwanz. »Aah«, sagte er. »Jetzt hebt natürlich ein großes Geschrei an, zerrissen sind die Familienbande, die Erbschaft geht flöten, die Stimmung ist dahin. Es sei denn, man hat das richtige Mittel dabei, um zerbrochenes Glück, um zerbrochenes Herz zu heilen.« Er öffnete eine der kleinen Flaschen und betupfte mit der Kanüle die Bruchstellen. »Hochlöslich«, sagte er, »verteilt sich unser Mittel durch einfaches Schwenken des Gegenstandes und bleibt aktiv, bis ich zur Klebung schreite.« Er ging neben dem Stand in die Knie und kam mit den Köpfen von Schäfer und Schäferin wieder hoch, zeigte sie vor und drückte sie so fest auf die Hälse, daß sich sein Mund vor Anstrengung verzog. »Man multipliziert den Druck mit der Zeit«, sagte er zwischen den Zähnen. »Optimales Ergebnis bei ungelindem Pressen für zwanzig Sekunden. – Neunzehn, zwanzig und bitte!« Er hielt die Porzellanfigur verkehrt herum in die Luft. »Jetzt kann sich der schöne Schäfer wieder problemlos den Kopf nach der Jungfrau verdrehn, meine Herrschaften, dank dieses Mittels. – Uns ergehts dabei ja meistens schlecht.« Einige der Umstehenden lachten.

»Ich nehme eine Flasche«, sagte Lofart noch einmal.

Der dicke Mann winkte ab. »Nicht zu ersparen ist an dieser Stelle der Beweis, daß die mit unserem Mittel verklebten Stellen sich als haltbarer erweisen als das Material selbst. Wenn ich die Dame bitten dürfte.« Er tat, als wollte er den Schäfer mit dem Kopf auf die Kante des Tresens schlagen, dann reichte er die Figur herüber. Er machte eine einladende Geste.

»Ich kann nicht«, sagte Dorothee.

»Sie können«, sagte der Mann. »Seien Sie versichert, gehn Sie aus sich heraus, das kann jeder.«

Sie sah ihn an, und er zuckte die Schultern. Da schlug sie die Figur auf den Tresen, und der Kopf des Schäfers sprang dem dicken Mann vor die Brust, wo er ihn mit beiden Händen auffing. »Sehen Sie«, sagte er und hielt ihn in die Luft. »Sehen Sie genau hin! Unterhalb der nur wenige Minuten, was sage ich, Sekunden alten Bruchstelle gebrochen, unterhalb, Resultat eines Eindringens unseres Mittels ins Material mit anschließender intensivster Härtung desselben.«

Lofart legte jetzt den Zwanzigmarkschein auf den Tresen und wollte eines der Fläschchen nehmen, aber der dicke Mann griff schnell seine Hand. »Nun werden Sie natürlich fragen, und mit Recht, ist das nicht gefährlich? Klebt einem das Zeug nicht den –? Pardon, aber man hat Kinder im Haus, und so weiter und so weiter. Also bitte!« Er hatte immer noch Lofarts Hand fest in der seinen und tupfte ihm jetzt etwas Klebstoff auf den Zeigefinger, dann nahm er rasch Dorothees Daumen und drückte ihn darauf. »Bitte«, sagte er und gab beide frei. »Jetzt ist das Malheur passiert, jetzt ist guter Rat teuer, man sieht schon den Chirurgen das Skalpell wetzen. Also?«

Die beiden versuchten, ihre Finger voneinander zu bringen. Es gelang nicht. Einige Sekunden vergingen, und niemand sprach. Ein paar der Umstehenden stießen sich an. Von hinten wurde schon gedrängelt. Lofart schnitt endlich eine komische Grimasse. Dorothee sah ihn an.

»So«, sagte der dicke Mann und sah auf seine Armbanduhr. »Wunder über Wunder. Denn nun vollzieht sich demnächst ganz von selber die Rettung. Weil, unser Mittel erliegt«, er machte eine Pause, »der natürlichen Nachfettung der Haut, ausgesondert durch die Poren, und also!« Er umschloß ihre beiden Finger wieder mit der Hand und knetete sie grob. »Löst sich, was der Mensch verbunden hat.« Sie kamen leicht auseinander.

Der dicke Mann nahm den Zwanzigmarkschein und steckte ihn in ein Portemonnaie, das er aus der Gesäßtasche zog, dann tat er die Flasche in eine kleine, unbedruckte Schachtel und reichte sie Dorothee. »Kein Betrug möglich«, sagte er, »die reine, die originale Substanz. Bitte sehr! Und empfehlen Sie mich.« Darauf sah er zuerst vor sich auf den Tresen und dann in die Runde. »Na! Herrschaften!« rief er. »Was wollen wir jetzt zerdeppern?«

Alle lachten ihm zu.

Lofart zog Dorothee von dem Stand weg. Auf den Schreck brauche er etwas in den Magen, sagte er halblaut.

»Da weiß ich was!« Zusammen gingen sie durch die Schranke der Lebensmittelabteilung, sie legte ihre Tasche in einen Wagen und schob ihn voraus zu den Stehtischen vor dem italienischen Restaurant. Sie sah kurz auf eine Karte, dann winkte sie dem dunkelhaarigen jungen Mann hinter der Theke. »Hallo«, rief sie, »zweimal Tagesgericht und zwei Pinot Grigio. Und einen Grappa.« Sie wies auf Lofart. »Hier ist nämlich jemandem beinah das Herz stehengeblieben.«

Lofart wollte nicht sagen, daß er um diese Zeit auf keinen Fall Alkohol trinke. Er setzte sich neben Dorothee auf einen Hocker, und als das kleine Glas gebracht wurde, trank er es in einem Zug leer. »Zeig mal deinen Finger«, sagte sie. Es war eine harte, brüchige Schicht auf der Kuppe, und als sie mit einem Nagel darüber kratzte, fiel sie in kleinen Kristallen herab.

»Schon ein starkes Stück.« Sie sah ihren eigenen Finger an, da stellte der junge Mann zwei Teller Nudeln mit blaßrötlicher Soße und zwei Gläser Wein auf die Theke.

»Ausgezeichnet«, sagte Dorothee. »Meistens gibt es samstags Schinken-Lachs-Basilikum-Soße. Dafür verzichte ich auf Kaugummi *und* Zigaretten.« Sie stand auf und nahm aus einem Körbchen am anderen Ende der Theke ein Messer, damit schnitt sie ihre Nudeln rasch in kleine Stücke. Dann tat sie, als deckte sie ihre Augen zu. »Stillos, nicht wahr? – Aber die Alternative ist unweigerlich Schinken-Lachs-Basilikum-Soße auf meinem Rock.« Sie begann, die kleingeschnittenen Nudeln mit Messer und Löffel zu essen. Wie er das finde? sagte sie mit vollem Mund.

Lofart hatte ein paar Nudeln auf die Gabel genommen und gegen den Löffel aufgewickelt, bevor er sie zum Mund führte. »Gut. Ißt du häufiger hier?«

»Fast jeden Samstag. Das ist so was von praktisch. Weißt

du, was ich hasse, das ist: Samstag nachmittags alles fertig haben, Badezimmer klar, Wäsche okay, Kühlschrank aufgefüllt und dann – peng! – alles wieder drunter und drüber. Für das bißchen Essen!«

»Fertiggerichte«, sagte Lofart zwischen zwei Bissen und lachte. Sie wischte sich die Lippen an einer Serviette und nahm einen Schluck Wein. »Hm«, machte sie. »Womit wir beim Thema wären, was?« Er zuckte die Schultern. »Ich verrate dir mein Lebensprinzip«, sagte sie. »Man soll nicht schlecht über Fertiggerichte reden, und man soll sie nicht essen.« Sie trank noch einmal. »Oder wenigstens so selten wie möglich. Ich wäre irgendwann bestimmt mal imstande zu heiraten, bloß um endlich für zwei kochen zu können.«

Ja, dann lohne es sich, sagte Lofart.

Sie aß weiter. Außerdem sei das Würzen bei größeren Portionen nicht so heikel, ansonsten: eine Prise zuviel Salz und hopp! Das seien Momente, da könne sie packen und sofort nach Hause zu ihrer Mutter fahren.

»Wo kommst du denn her?«

»Von drauß vom Walde.«

Sie aßen schweigend zu Ende. »So«, sagte Dorothee schließlich, die Überlegung sei jetzt die: noch ein Glas Wein, und der Nachmittag werde so in der Mitte zwischen lustig und verantwortungslos; oder kein Wein mehr und man müßte sehen. Sie sah ihn an.

Lofart hob eine Hand. Er dürfe dazu nichts sagen. Er sei befangen.

»Stimmt.« Sie schob ihren Teller ein Stück beiseite. »Aber ganz im Ernst. Ein paar Bekannte von mir gehen heute nachmittag zu einer Ausstellung, ein paar gehen zum Fußball, und ein paar werden irgendwo rumsitzen. Ich habe gesagt, vielleicht bringe ich jemanden mit, und der muß noch gefragt werden. Also?«

»Ich weiß nicht«, sagte Lofart.

»Mach dir keine Sorgen. Das sind alles nette Leute.« Es sei außerdem eher oberflächlich. Sie kennten sich fast nur durchs Geschäft.

Lofart zog die Stirne kraus. Und wenn er für Fußball wäre?

Dorothee schien ihn nicht gehört zu haben. Sie trommelte einmal kurz mit den Fingern auf die Theke. »Ich habe mich entschieden. Man soll nie entweder-oder sagen.« Sie bestellte noch ein Glas Wein, dann sah sie Lofart fragend an.

»Ich hatte Fußball gesagt.«

»Einverstanden. Vorausgesetzt, du versuchst mir nichts zu erklären.«

»Kein Problem«, sagte Lofart.

6

Bei Halbzeit stand es unentschieden. Die Heimmannschaft kam seit Jahren nicht übers Mittelfeld der Liga hinaus. Aber in dieser Saison sollten die Chancen gut sein, man habe sich, hieß es in der Stadionzeitung, durch Einkäufe verstärkt. Lofart hatte es Dorothee vorgelesen, dann hatten sie versucht, die neuen Spieler auszumachen. Jetzt stand er allein neben ihren Bekannten, einem Paar und einem jungen Mann. Dorothee hatte beim Halbzeitpfiff gesagt, sie hole jetzt rasch für alle Bratwurst mit Senf und trockenem Toastbrot; das gehöre sich so, und außerdem könne sie ohne das Spiel nicht weiter ertragen. Im Scherz hatten alle ihr dann noch Sonderwünsche hinterhergerufen.

Das Paar war in der gleichen Agentur beschäftigt, er sei eigentlich Graphiker; sie, sagte die Frau, sei immer schon eine Art Mädchen für alles gewesen. Der junge Mann beendete gerade sein Studium. Er wolle sich selbständig machen, hatte er gesagt, als Dorothee ihn vorstellte, aber er prüfe noch das Für und Wider.

Lofart dachte über eine Bemerkung zum Spiel nach, da begann das Paar, von einem befreundeten Hautarzt zu sprechen und von seinen Schilderungen aus der Praxis. »Um Gottes willen!« rief der junge Mann. »Seid bitte still!« Ihm werde schon schlecht, wenn er nur solche Worte höre. Im

Frühsommer, während dieser Bruthitze, habe er an seiner Abschlußarbeit gesessen, jede Nacht bis zwei, und in seinem Arbeitszimmer sei es über dreißig Grad gewesen. Da müsse er sich eine Art Allergie gegen den eigenen Schweiß geholt haben, genauer habe es sein Hautarzt auch nicht sagen können. Es sei jedenfalls furchtbar gewesen und er zum Schluß kurz davor, in einer Kirche Kerzen für seine Heilung anzuzünden. Die Frau bedauerte ihn übertrieben.

»Wie ist es denn weggegangen?« sagte Lofart.

Der junge Mann zog die Schultern hoch. »Einfach so.« Er habe zwar eine Theorie, aber die könne er jetzt unmöglich vortragen.

»Und was machen *Sie* genau?« sagte der Graphiker.

»Ich bin Jurist«, sagte Lofart. Aber nicht bei Gericht. Er leite die Rechtsabteilung der ELWA.

»Der Energieriese?«

Mit Riese solle man vorsichtig sein, sagte Lofart. Er selbst würde sich nicht wundern, wenn da in einigen Jahren die Strukturen ganz anders aussähen.

»Achtung!« sagte der junge Mann leise. »Da kommt Doro. Kein Wort mehr von Strukturen. Sonst hat sie uns dran.« Das Paar lachte.

Dorothee hatte die fünf Papptabletts mit den Bratwürsten übereinandergestapelt und hielt sie mit beiden Händen zusammengedrückt. »Schnell«, sagte sie. »Und ich bekomme die letzte, die einzige ohne Senf unter der Pappe, einverstanden? Als Belohnung?«

Lofart hatte sein Portemonnaie gezogen und wollte nach dem Preis fragen, aber sie winkte ab. Das solle er bloß lassen. »Es geht sowieso nicht darum, obs schmeckt«, sagte der Graphiker. »Thea will ja nur, daß alles vollständig ist. Wenn wir zum Tennis gegangen wären, hätte sie Erdbeeren besorgt. Nicht wahr, Thea?«

Dorothee machte »Hm!« Ihre Bratwurst nahm sie mit dem Stück Toastbrot an einem Ende und biß vorsichtig mit hochgezogenen Lippen ein Stück ab. »Du irrst dich«, sagte sie mit offenem Mund. »Die sind absolut köstlich.«

Lofart sah ihr zu. Zwei-, dreimal an diesem Nachmittag hatte er sich ziemlich genau überlegt, wie es sein würde, mit ihr zu schlafen, und sich dabei gefragt, wie sehr er es wollte. Jetzt fiel ihm Ute ein. *Die Folgen der Intimität sind immer unerträglich.* Er hatte das damals gesagt, wörtlich so, als Ute und er sich trennten und es beinahe Streit über ein paar Gegenstände gab, die sie zusammen gekauft hatten. Es war nur billiges Zeug gewesen, aber wahrscheinlich aus Wut hatte Ute zu allem gesagt, es sei eine Erinnerung, und es für sich behalten wollen. Selbst den Stier mit den zwei Lanzen im Nacken.

»Guck nicht!« sagte Dorothee. »Iß auf.« Bratwürste schmeckten nur richtig, wenn man sich daran die Zunge verbrenne.

Lofart biß von seiner Wurst ab. Das Schlimme am Sex war nicht, daß man etwas von sich preisgab, er war ja beileibe kein Junge mehr. *Guckt dir niemand was weg!* Sondern? Ihm fiel keine Antwort ein. Dorothee machte eine aufmunternde Geste zu ihm hin.

»Gut, die Wurst«, sagte er. Sondern, daß er jemandem erlaubte, sich alle möglichen Gedanken über ihn zu machen? Das war natürlich Unsinn. Er wandte sich zu dem Paar. »Und was würde sie zu einer Ausstellung essen?«

Dorothee wischte ihre Finger an einem Stück Toastbrot. »Was es gibt«, sagte sie. »Hauptsache, von allem reichlich. Und immer das letzte Stück von der Platte nehmen: Lachscanapés, gefüllte Tomaten, Shrimpscocktails, Zucchinischiffchen.« Sie hob einen Finger. »Und Mousse. Bloß nicht die Mousse vergessen!«

»Heißt es nicht das Mousse?« sagte die Frau des Graphikers mit einem Unterton. »Ich dachte immer, es heiße das Mousse.«

»Nö«, sagte Dorothee. »Französisch la mousse, und das wird eiskalt übersetzt.«

»An oder auf rote Grütze?«

»Vor, über, zwischen, unter, neben, bei. Je nach Geschmack.« Dorothee wies aufs Spielfeld, gerade liefen die Mannschaften wieder ein. »Ende der kulinarischen Debatte. Jetzt wird es ernst.«

Kurz nach Wiederanpfiff wurde ein Spieler der Heimmannschaft bei einer Aktion im gegnerischen Strafraum schwer verletzt; er mußte vom Platz getragen werden. Die Zuschauer protestierten, und in Folge pfiffen sie jedesmal, wenn der Spieler am Ball war, der an allem schuld sein sollte. Da erinnerte sich Lofart an den Tag, an dem für ihn alle Peinlichkeiten unversehens ein Ende genommen hatten. Er war damals Referendar bei einer Justizbehörde gewesen, als ein älterer Mitarbeiter nach langer Junggesellenzeit heiratete und zu seinem Polterabend alle Kollegen einlud. Sie hatten über ein Geschenk beratschlagt. Und wie immer das geschehen sein mochte, waren sie sich einig geworden, ihm ein teures Stück Unterwäsche zu schenken, Hemd und Hose in einem, mit einer Knopfleiste vom Hals bis in den Schritt; es war im Fenster eines Wäschegeschäftes ausgestellt, an dem die meisten morgens auf dem Weg zur U-Bahn vorbeikamen. Dann war gelost worden, wer es kaufen sollte. Und das Los war auf ihn gefallen.

Es hatte ihn da heiß überlaufen. Wie nun das anstellen? Aber da er bislang keinen Einspruch erhoben hatte, war es jetzt allemal zu spät, sich zu drücken. Er hatte den Betrag eingesammelt und, um den Fragen zuvorzukommen, gleich angekündigt, noch am selben Abend nach Dienstschluß in das Geschäft zu gehen; einige hatten ihm auf die Schulter geklopft. Wieder an seinem Schreibtisch, hatte er Papier und Bleistift genommen und sich einen Satz zurechtgemacht, mit dem er nach dem Teil fragen und zugleich klarmachen wollte, daß es nicht für ihn bestimmt und überhaupt alles ein Spaß sei.

Als er dann als letzter seiner Abteilung die Behörde verließ, sah er vor dem Wäschegeschäft zu seinem Schrecken, daß das Teil aus dem Fenster geräumt war. Jetzt war mit seinem Satz nichts mehr anzufangen. Er betrat dennoch den Laden, zum Glück war er der einzige Kunde; doch aus der Tür zum Hinterzimmer kam, als die Glocke anschlug, eine Verkäuferin, die, so hatte es Lofart damals geschienen, nicht viel älter als achtzehn sein konnte. Sie nickte ihm zu.

»Sie hatten da etwas im Fenster«, sagte er. »Bis gestern. Oder jedenfalls letzte Woche noch.«

Das tue ihr leid, sagte die Verkäuferin, aber sie sei erst seit heute als Vertretung in dieser Filiale. Jetzt lächelte sie ihn an. In diesem Moment war ein Gefühl über Lofart gekommen. Solange es nur um so ein Ding geht, hatte er sich gesagt, muß ich mir nichts zu Herzen nehmen. Und wenn er es dreimal nicht für einen anderen und auch nicht zum Spaß kaufte, was konnte ihm schon geschehen? Es war ein öffentliches Geschäft, es lag kein Verbot auf der Ware, keiner würde nach ihrer Verwendung fragen oder nach der Herkunft des Geldes. Wie ganz und gar unnötig, hier Skrupel zu haben!

Ob er es beschreiben könne, das Teil? hatte ihn nach ein paar Momenten Schweigen die Verkäuferin gefragt.

»Sicher«, sagte Lofart. Und tatsächlich, er hatte es beschrieben, so gut er konnte und so ausführlich er sich erinnerte, die Form, den Schnitt, die Farbe, das Muster und wie es zu handhaben sei; und die Hände hatte er dabei unbeweglich auf der Theke zwischen sich und der Verkäuferin liegen lassen.

In welcher Größe?

»In meiner.«

Mit einem Griff hatte da die Verkäuferin einen flachen Karton hervorgezogen, hatte ihn geöffnet, das Teil ausgebreitet, und er hatte es befühlt und gedreht; und endlich ging er damit in eine Kabine und probierte es an.

Am nächsten Tag versammelten sich die Kollegen in einem günstigen Moment um den flachen Karton. Warum er es nicht als Geschenk habe einpacken lassen? »Ich dachte, ihr wolltet es vorher sehen«, sagte er, und das Teil mit beiden Armen auf den Körper gedrückt, ging er vor allen ein paarmal auf und ab. Eine Sekretärin hatte durch die Zähne gepfiffen.

Kurz vor Ende des Spiels fielen in rascher Folge zwei Tore für die Heimmannschaft. Beide Male riß Dorothee die Arme hoch, fiel Lofart um den Hals und küßte ihn auf den Mund. Zum Abpfiff küßten sie sich noch einmal; als er die Lippen dabei ein wenig öffnete, spürte er gleich ihre Zunge. Es schmeckte ein wenig nach Senf, und sie biß ihn in die Unterlippe.

Mit einem Schlag war Lofart so erregt wie seit langem nicht mehr; und da alles sich in Bewegung setzte, war er froh, die Frau an die Hand nehmen und mit ihr inmitten der Menge langsam zum Ausgang gehen zu können. Dort angekommen, sprachen sie kurz mit den Bekannten, ob etwas gemeinsam zu unternehmen sei, aber jeder hatte andere Pläne, und sie trennten sich. »Wir gehen zu mir?« sagte Dorothee. Sie müsse jetzt unbedingt duschen.

»Natürlich.«

Sie nahmen wie auf dem Hinweg den Bus. Es wurden Sonderwagen eingesetzt, und die waren im Nu voller Fußballfans, die schreiend und singend den Sieg feierten. Lofart und Dorothee kamen eingeklemmt in die Wagenmitte zu stehen, sie mit dem Rücken zum Fenster, und er stützte seine Arme neben ihren Schultern gegen das Glas, um die Nachdrängenden aufzuhalten. In den Rechtskurven war ihrem Druck kaum standzuhalten.

Beinahe die ganze Fahrt über sahen sie einander an, ohne zu sprechen. Lofart trat allmählich Schweiß auf die Stirn. Und als ihm ein Tropfen übers Auge lief und an den Wimpern hängenblieb, wischte Dorothee ihn mit der Fingerspitze weg. Bevor sie ausstiegen, küßten sie sich noch einmal, und als er sich von ihr lösen wollte, mußte er alle Kraft aufbringen, um die Fußballfans zurückzudrücken. Er machte eine Bemerkung dazu, und Dorothee lachte laut darüber, aber niemand sah nach ihnen.

Eine Haltestelle hinter dem Bahnhof stiegen sie aus. »Wir gehen den Rest«, hatte Dorothee gesagt. Vor einem Hochhaus am Rande der Innenstadt zeigte sie nach oben. »Dreizehnter Stock. Du bist doch nicht abergläubisch?«

»Nein«, sagte er.

Der Eingang lag zu einer Anliegerstraße hin. Dorothee schloß auf, sie traten ein, gerade hielt der Aufzug. Ein Junge und ein Mädchen saßen darin auf dem Boden, sie hatten sich schwarze Tücher um die Augen gebunden. »Nicht sagen, wer sie sind!« riefen sie. »Und nicht sprechen!« Während der Fahrt begann der Junge, leise Namen vor sich hin zu sagen. Das Mädchen zählte an den Fingern die Stockwerke ab. Als der Aufzug anhielt, sagte sie: »Zwölfter. Herr und Frau Rütters.«

»Nein«, sagte der Junge. »Dreizehnter. Frau Gernun und irgend jemand.« Dann nahmen sie die Tücher ab.

»Ich möchte wissen, wie du das machst«, sagte das Mädchen. »Schummelst du?«

»Dann würde es keinen Spaß machen«, sagte der Junge. Sie winkten und zogen die Tücher wieder auf.

In der Wohnung ging Dorothee gleich zum Wohnzimmerfenster, zog die Gardine ein Stück zur Seite und stellte die Fenstertür zum Balkon auf Kippe. Lofart trat hinter sie; von hier sah man über die ganze Stadt. »Phantastisch«, sagte er. »Wie bist du daran gekommen?«

»Annonce«, sagte Dorothee. Sie ging aus dem Zimmer. Lofart hörte, wie das Wasser im Bad angestellt wurde. »Ich mache fast alles per Annonce«, rief sie. »Das weißt du ja.«

»Und warum kaufst du bei mir im Viertel ein?«

»Bitte?« rief sie. »Ich versteh nichts.«

Er machte ein paar Schritte zum Flur hin. Dorothee steckte den Kopf aus der Badezimmertür. Er sah, daß sie nur noch BH und Slip trug. »Warum du bei mir im Viertel einkaufst?«

»Arbeitsweg«, sagte sie. »Sonst noch Fragen zur Person, Herr Richter?«

Er lachte und schüttelte den Kopf. Sie blieb in ihrer Stellung. Ein paar Sekunden vergingen. »Mach dir ruhig das Fernsehen an«, sagte sie dann. »Ich brauch ein bißchen.« Sie schloß die Tür.

Lofart ging zurück ins Wohnzimmer und sah sich dort um. Eine große, schwarze Ledercouch an der rechten Seite, darüber ein Bild in sehr grellen Farben. Neben der Couch auf dem Boden eine Keramikschale, in der ein paar Zeitungen und Zeitschriften lagen. Ein Fernseher mit einem schwarzen Arm an der Wand befestigt; als Tisch eine Glasplatte, die auf vier großen, polierten Holzkugeln lag. Darüber her ragte mit einem langen, gebogenen Arm eine Stehlampe. An der linken Seite ein alter Biergartentisch mit dazu passenden Stühlen unter der gerahmten Photographie eines sorgfältig arrangierten Frühstücksgedecks. Und dann noch eines. Neben der Tür stand auf einem Podest eine hohe, schmale Vitrine aus rötlichem, dunkel gemasertem Holz mit fünf gläsernen Zwischenböden: die unteren beiden voller Kaffeetassen mit buntem Blumenmuster, auf den oberen, ordentlich ausgerichtet, vielleicht fünfzig oder siebzig *Matchbox*-Autos, einige davon so hingestellt, als führen sie gerade aus ihrer Schachtel wie aus einer Garage.

Lofart trat vor die Vitrine. Diese Autos! Es schienen ihm allesamt Modelle aus den sechziger Jahren zu sein. Und bald erkannte er wirklich die wieder, die er selbst als Junge besessen hatte. Er wollte schon die Vitrine öffnen, um eins in die Hand zu nehmen, aber der Schlüssel ließ sich schwer drehen, und mit Gewalt wollte er es nicht versuchen.

Er ging zum Fenster. Die Gardine hing an einem Stahlseil, das über die ganze Breite des Raumes gespannt war, und bauschte sich leicht auf dem Boden. Er schob sie noch ein Stück weiter beiseite. Geradeaus ging der Blick über die Stadt in Richtung Autobahn; zwischen den Türmen des Doms und der Antoniuskirche erkannte er tatsächlich im Gegenlicht die Reflexe auf den Autoscheiben.

Weiter links müßte eigentlich sein Bürohaus zu sehen sein. Lofart öffnete die Fenstertür und trat auf den Balkon. Am Geländer entlang und an den seitlichen Trennwänden aus Milchglas standen große Tontöpfe mit Palmen, Farnen, Drachenbäumen und fast verblühten Blumen, dazwischen eine Liege aus Metallrohr mit einem verblichenen Bezug. Eine große, bunte Decke war darüber gebreitet.

Lofart bahnte sich vorsichtig den Weg und beugte sich ein wenig über das Balkongeländer. Da war richtig sein Bürohaus, die Parkseite, nur das oberste Stockwerk ragte über die Bäume, also die Direktion und die neue Datenverarbeitung. Seine eigene Abteilung war nicht zu sehen, die lag weiter unten und mit den meisten Räumen zur Straßenseite. Lofart sah noch einmal über die Stadt, dann ging er wieder ins Wohnzimmer und schloß die Tür hinter sich. Er fand die Fernbedienung unter den Zeitschriften und schaltete den Fernseher ein.

In einem Privatkanal hat gerade die Sportsendung begonnen. Bevor man zu den Ereignissen des Tages komme, sagt der Moderator, wolle man zuerst ein brandheißes Thema aufgreifen. Nach dem spektakulären Urteil vom Vorabend sei es nämlich tatsächlich gelungen, alle Beteiligten zu versammeln, das heiße, einige seien über Monitor zugeschaltet. Und ohne irgend etwas vorwegzunehmen, könne er jetzt schon versprechen, es gebe im Verlauf der Sendung eine handfeste Sensation. Außerdem bestehe laufend die Möglichkeit, anzurufen und sich selbst zu äußern. Zwei Nummern werden eingeblendet, eine für Zustimmung zum Urteil, eine andere für Ablehnung.

Im Studio sitzen im Halbkreis die Beteiligten vor zwei stumpfwinklig zueinander gerichteten Stellwänden. Auf der linken steht in großen, roh aus Styropor geschnittenen Buchstaben die Schlagzeile, dahinter ein übergroßes Fragezeichen aus rotem Karton. Auf die rechte, genau über dem Platz, auf dem sie sitzt, ist ein großes, grobkörniges Photo der Sportlerin montiert; eine Medaille um den Hals, winkt sie lachend zur Seite. Neben der Sportlerin ihr Trainer und ihr Anwalt. Dann der Verbandsvorsitzende, der Gutachter und ein Fachjournalist, der den Stein ins Rollen gebracht hat.

Er könne sich knapp halten, sagt der Moderator, jeder wisse Bescheid, und er bitte zuerst um kurze Stellungnahmen. Darauf sagt die Sportlerin, sie streite alles ab und sie könne, da sie in Berufung gehe und es also ein schwebendes Verfahren sei, weiter nichts dazu sagen. Das bestätigt der Anwalt. Der Trainer sagt, das alles gelte auch für ihn. Außerdem liege die Beweislast ganz auf seiten des Verbandes.

»Also«, sagt der Moderator. »Wer sich verteidigt, klagt sich an?«

»Genau«, sagt die Sportlerin. Ihr Anwalt hebt die Hand.

»Pardon«, sagt der Moderator, er wolle jetzt die Gegenseite zu Wort kommen lassen. »Bitte.«

Der Verbandsvorsitzende besteht auf dem Ablauf des Verfahrens. Man habe alle Beweise vorgelegt und werde sie wieder vorlegen, und würden sie nicht widerlegt, bleibe es bei den in Aussicht gestellten Maßnahmen.

»Gut«, sagt der Moderator, da die Affaire so weite Kreise gezogen habe, seien längst die politischen Organe auf den Plan gerufen; er sei jetzt mit dem zuständigen Staatssekretär im Studio Bonn verbunden, wo sich dankenswerterweise auch der Sprecher der Oppositionspartei bereithalte.

Die Kamera schwenkt auf den linken der beiden großen Studiomonitore. Nein, sagt der Staatssekretär, die Notwendigkeit neuer gesetzgebender Maßnahmen sehe er nicht, er halte die bestehenden Bestimmungen für ausreichend, es sei hingegen auf deren Einhaltung verstärkt zu achten. Dem widerspricht im zweiten Monitor mit Nachdruck der Sprecher der Opposition; er sehe, vor dem Hintergrund völlig veränderter Bedingungen nach der Vereinigung, Diskussionsbedarf. Und er mahne von hier aus zur Aktivität.

»So«, sagt der Moderator. Nun habe sich ja bekanntlich ein weiterer Fachmann zu Wort gemeldet, der das bestehende Gutachten anzweifle. Der Gutachter kommt groß ins Bild; er wolle die Sachkompetenz des Kollegen nicht in Frage stellen, sagt er, er weise aber auf seine jahrelange Erfahrung, und er wende sich gegen jede Ferndiagnose.

»Bis dahin«, sagt der Moderator. Es stehe also nach wie vor Aussage gegen Aussage. Er warte jetzt nur noch auf das Zeichen der Regie, dann werde ein unmittelbar an den Vorgängen beteiligter Zeuge zugeschaltet, der bislang geschwiegen habe und auch weiterhin anonym bleiben wolle. Jetzt erhalte er das Zeichen.

Der Kopf des Zeugen im zweiten Monitor ist in farbige Quadrate aufgelöst. Seine Stimme ist verzerrt; es seien Unterlagen vernichtet und Zahlen verändert worden, von wem, könne er hier nicht sagen, und er habe bislang schweigen müssen. Man habe ihn massiv bedroht, und er fürchte um sein Leben.

Im Studio entsteht Bewegung. Das sei keine juristisch relevante Aussage, ruft der Anwalt. Er wolle klarstellen, sagt der Verbandsvorsitzende, daß man an nichts als der Wahrheit interessiert sei.

»Ich habe nichts zu befürchten«, sagt die Sportlerin.

Dorothee trat ins Zimmer. Sie trug einen kurzen, weißen Bademantel mit buntem Kragen, um den Kopf hatte sie wie einen Turban ein weißes Handtuch gedreht. »Was gibts denn?« Sie zeigte auf den Fernseher.

»Die Wahrheit«, sagte Lofart. »Die nackte, ungeschminkte Wahrheit.«

»Ach, die! Ich dachte gestern, das ist ausgestanden.«

»Wohl noch nicht so ganz.«

Dorothee setzte sich vor Lofart auf den Boden, wickelte das Handtuch ab und frottierte ihre Haare. »Und wie weit sind sie?« Sie ließ sich die Fernbedienung geben und stellte die Lautstärke herauf. »Gleich«, sagte Lofart. »Gleich muß irgend etwas passieren.«

Da sei sie aber gespannt.

Er wolle, sagt der Moderator, gerade hier nur sehr ungern unterbrechen, aber er habe aus der Regie ein weiteres Zeichen erhalten, ein Anrufer sei in der Leitung, den sie durchstellen wollten. Bitte!

Da beginnt eine zittrige Frauenstimme, die Sportlerin zu beschwören. Sie nennt sie bei einem Kosenamen. So dürfe das alles nicht weitergehen, und sie solle an die denken, die sie liebten. Die Stimme bricht mit einem Schluchzen ab. Die Sportlerin sitzt beinah regungslos. Hinter ihrem Rükken spricht ihr Anwalt mit ihrem Trainer.

Die Kamera schwenkt ein wenig abrupt. Da steht der Moderator, halb abgewandt. Er spricht zu jemandem, der nicht im Bild ist. Dann dreht er sich erschrocken um. Die Telephone, sagt er, liefen unterdessen heiß, und der Computer könne in wenigen Sekunden die vorläufige Quote des Zuschauerurteils präsentieren.

Die Fernbedienung lag neben Dorothee auf dem Boden. Lofart nahm sie und schaltete den Fernseher aus. »Oder wolltest du noch?« sagte er.

»Bewahre.« Sie stand auf. »Ich bin gleich soweit. Wir können dann was essen gehen. Überleg schon mal, wohin.«

Lofart wartete einen Moment, bis er die Badezimmertür hörte, dann schaltete er den Apparat wieder ein und stellte den Ton herunter. Er ging die Sender durch, doch als er bei der Sportsendung angelangt war, wurden Ausschnitte aus einem Fußballspiel gezeigt.

Er lehnte sich auf der Couch zurück. Ich werde das alles auf mich zukommen lassen, dachte er. Für einen Moment versuchte er sich den Augenblick vorzustellen, an dem er, wenn er Dorothee nach dem Essen wieder bis vor ihre Haustür gebracht haben würde, fragen mußte, ob er jetzt etwas Wichtiges sagen dürfe. Allerdings, woher sollte er genau wissen, wie der Abend verliefe! Vielleicht stellte sich ja schnell heraus, daß sie gerade eine langjährige Beziehung gelöst hatte. Und daß sie unbedingt eine Zeitlang allein bleiben wollte.

Lofart stand auf und machte ein paar Schritte zur Tür hin. Er hörte ein Geräusch, trat in den Flur und sah in die kleine Küche gegenüber. Dorothee war nicht da, vielleicht hatte ein technisches Gerät sich eingeschaltet. Er sah sich um. Die Tür an der Stirnseite des Flurs mußte ins Schlafzimmer führen. Sie war angelehnt. Er ging hin und sah durch den Spalt.

Dorothee saß nackt, den Rücken zur Tür, auf einem fellbezogenen Hocker vor einem kleinen Schminktisch; um den Spiegel liefen Glühbirnen in einer verchromten Fassung. Sie malte gerade ihre Lippen. »Ich dachte, du denkst übers Essen nach«, sagte sie in den Spiegel.

Lofart sagte nichts. Er fühlte sich maßlos erregt. Dorothee preßte die Lippen aufeinander und schürzte sie wieder, dann wischte sie rasch mit dem kleinen Finger einen Mundwinkel. »Gefall ich dir wenigstens?«

»Ja«, sagte Lofart leise. »Sehr.«

Sie drehte sich zu ihm herum. Er öffnete die Tür ein wenig weiter und trat ins Schlafzimmer. Da sah er, daß unter ihrer linken Brust eine rote Narbe sich eine Handbreit quer zur Seite hin zog. Dorothee kreuzte rasch ihre Arme vor dem Körper. »Guck nicht dahin«, sagte sie.

»Was ist das?«

»Da hat mir mal einer das Herz gebrochen.«

Lofart machte noch einen Schritt. Er wollte sie in die Arme nehmen, aber da sie saß, war es unmöglich, und endlich kniete er sich vor sie hin, legte seine Hände um ihre Hüften und den Kopf auf ihre Schenkel. »Du würdest das bestimmt nicht tun«, sagte sie.

»Nein.«

»Dann komm.« Sie küßte ihn auf die Schläfe, stand auf

und schlug eine Decke vom Bett zurück. Dann griff sie in die Schublade eines Schränkchens und reichte ihm ein kleines Päckchen. »Du weißt, wie man damit umgeht?«

Er habe das noch nie benutzt.

Dorothee nickte. Einmal sei es immer das erste Mal.

7

Sehr spät in der Nacht war Lofart wieder bei sich zu Hause. Er hatte ein Taxi genommen. Zu Bett gehen wollte er nicht, obwohl er sehr müde war. Er setzte sich in der Küche an den Bistro-Tisch.

Das war jetzt ohne Zweifel eine Entscheidung, dachte er. Bei ihrem nächsten Treffen würden sie immerhin zwei sein, die einmal miteinander geschlafen hatten. Er stand auf. Seine Schulter schmerzte. Er ging ins Bad, zog sich aus und rieb sie mit einer Salbe ein. Dann nahm er von einem Haken an der Wand ein geflochtenes Band mit einer Bürste in der Mitte und zwei Handgriffen an den Seiten und bewegte es vorsichtig hin und her über die schmerzende Stelle. Von Zeit zu Zeit kontrollierte er mit dem Rücken zum Spiegel, wie sehr die Haut bereits gerötet war.

Später zog er einen Bademantel über und ging ins Wohnzimmer. Nach einigem Überlegen nahm er aus der Schrankwand die zwei Packungen mit den Photos aus dem Urlaub, dazu die Photo-Klebe-Ecken aus dem Großeinkauf und das Album, das er zu Jahresanfang begonnen hatte. Er breitete alles neben sich auf der Couch aus, holte die Photos aus den Packungen und prüfte, ob sie sich noch in der richtigen Reihenfolge befanden. Wenn er unsicher war, hielt er zum Vergleich die Negativstreifen gegen eine Lampe.

Das erste Photo des zweiten Films zeigte den leeren Strand; Lofart hatte es aufgenommen am Morgen nach einem Sturm. Die meisten der grünen Strandzelte waren umgeweht, bei einigen ragten die Hölzer mit flatternden Leinwandresten in die Luft, und eine dicke Schicht Tang lag in breiten Streifen meterweit über dem Sand.

An diesem Morgen war Lofart nach der unruhigen Nacht sehr früh zum Strand gegangen und hatte einen mitgebrachten Klappstuhl gleich am Rand der letzten Dünen aufgestellt. Er war, soweit er sehen konnte, allein. Es war viel kühler als an den Vortagen, er mußte den Kragen hochschlagen zum Schutz gegen den Wind. Seine Kappe zog er sich halb übers Ohr und die Hände ein Stück zurück in die Ärmel; nur die Fingerspitzen sahen heraus, so hielt er den Roman, den er am Tag zuvor begonnen hatte.

Gegen acht waren zwei junge Frauen gekommen. Sie legten in einiger Entfernung und zwischen zwei Tangstreifen ihre Handtücher hin, beschwerten sie mit ihren Taschen und zogen sich rasch aus; die Badeanzüge trugen sie unter der Kleidung. Dann liefen sie nebeneinander her ins Wasser, und als die erste große Welle sie gleichzeitig traf, schrien sie auf. Bald darauf waren ihre Köpfe schon nicht mehr zu sehen.

Lofart hatte sich eine Zeitlang in allen Einzelheiten ausgemalt, was geschehen würde, wenn die beiden nicht zurückkämen. Er würde dann irgendwo Meldung machen. Wahrscheinlich müßte er einen finden, der Englisch sprach, weil sein Französisch dazu nicht ausreichte. Und vielleicht würde man ihn fragen, was er zu dieser Tageszeit am Strand gemacht habe. Dann würde er von der Nacht erzählen und wie schlecht er geschlafen hatte.

Endlich vergaß er die beiden Frauen. Der Wind war beinahe noch stärker geworden, er trieb rasch die Wolken aufs

Land, und bald schien die Sonne so warm, daß Lofart hatte überlegen können, seine Jacke auszuziehen. Doch der Roman, obwohl eigentlich schwer zu lesen, hatte ihn sehr in Beschlag genommen; und eine Zeitlang war er darin so vertieft, daß er nicht bemerkte, wie die beiden Frauen zurückkehrten. Als er aufsah, trockneten sie sich schon mit schnellen Bewegungen ab. Dann begannen sie sich umzuziehen. Die eine zog zuerst ein langes T-Shirt über den Kopf, ohne dabei in die Armlöcher zu fahren, die andere hing sich einen Bademantel über die Schultern. Beide streiften sie ihre Träger herab und frottierten die Oberkörper, dann zogen sie die Badeanzüge ganz herunter und enge, buntbedruckte Leggins an. Die eine steckte nun ihre Arme durch die T-Shirt-Ärmel, und die andere legte sich, den Rücken zu den Dünen gewandt, einen Pullover zurecht, um ihn rasch überziehen zu können. Es gelang aber nicht. Ein starker Windstoß riß ihr, als sie sich schon hingekniet hatte, den Bademantel von den Schultern, und da sie ihn festhalten wollte, wehte der Pullover mit flatternden Ärmeln über den Strand in Richtung Dünen. Die junge Frau hatte aufgeschrien und war, einen Arm um die Brust gelegt, hinter dem Pullover hergelaufen; nach ein paar Metern bekam sie ihn zu fassen. Hingeduckt zog sie ihn an.

Während all dessen hatte Lofart sich sagen müssen, daß es ihm galt. Wäre er nicht, könnten die beiden Frauen sich so bequem und gelassen aus- und anziehen, wie sie wollten, nichts von diesen Verrenkungen wäre nötig. Aber! Andererseits galt es natürlich nicht ihm; er saß gerade so weit, daß sie höchstens sein Alter und vielleicht ungefähr seine Statur und was er anhatte sehen konnten, beileibe nicht mehr. Keinesfalls sein Gesicht. Eindeutig vielleicht nur, daß er ein Mann war. Und am Ende bloß an der Kappe.

Ich sitze hier stellvertretend für alle Männer, hatte Lofart gedacht. Einen Moment lang war es ein erstaunliches Gefühl gewesen. Als spürte er sich wie etwas äußerst Kompaktes hier vor der Düne sitzen und aufs Meer hinaus schauen. Vielleicht wie auf einem Bild. Jedenfalls hätte schon ein zweiter neben ihm, oder irgendwo, alles zerstört.

Gegen neun setzte der Wind mit einem Schlag aus, und bald kamen die Badegäste. Ein Bulldozer mit einem großen Rechen im Schlepp begann den Tang aufzuharken. Da hatte Lofart, um das Frühstück nicht ganz zu verpassen, den Stuhl zusammengeklappt und war zurück zum Hotel gegangen.

Es dämmerte schon. Lofart war mit dem Einkleben der Photos bis zur Mitte des zweiten Films gelangt, da wäre ihm beinahe das Album aus der Hand gefallen. Er legte die restlichen Photos zurück in den Umschlag, machte halbwegs Ordnung, ging ins Schlafzimmer und ließ gegen seine Gewohnheit die Rolladen ganz herab. Und trotz seiner Befürchtung schlief er nach wenigen Minuten ein.

Wie vor kaum etwas sonst, hegte Lofart Angst davor, noch einmal, wie im letzten Frühjahr, einen Hexenschuß zu bekommen. Damals hatte er sich bereits seit Tagen, und besonders nach dem Aufstehen, steif gefühlt, wie gläsern. Er hatte ganz vorsichtig im Sitzen seine Strümpfe angezogen, ein Bein über das andere geschlagen; zum Zähneputzen hatte er einen Hocker vors Waschbecken geschoben, alles nach der Anleitung aus einer Illustrierten. Und beim Frühstück saß er mit aufrechtem Rücken auf der Vorderkante des Stuhls.

Tagsüber war das Gefühl immer verschwunden, aber abends zu Hause spürte er den Rücken wieder steif und sperrig werden. Vor dem Fernseher auf der Couch liegend, bemerkte er, wie schief, ja in sich geradezu verdreht er war, als habe er eine erste, zufällige Stellung dort nie korrigiert: alles Gewicht lag auf der rechten Seite; und dort spürte er deutlich und fast stechend wie einen Schmerz das Portemonnaie in der Gesäßtasche. In seinem Bett hatte Lofart dann alles mit Kissen und Decken derart gerichtet, daß bei Seitenlage sein Rücken schnurgerade bleiben sollte. Das war so im Fenster eines Bettengeschäftes auf einer schematischen Zeichnung gezeigt worden. Dennoch erwachte er von Morgen zu Morgen in schlechterem Zustand.

Es war dann ein Samstag. Lofart hatte am Morgen, um endlich sein Telephon ins Wohnzimmer zu verlegen, die Wand vom Flur her knapp oberhalb des Sockels durchbohrt und, als er sich, nachdem er das Kabel eingezogen hatte, aufrichten wollte, eine Art Stich, rechts hinten, knapp über der Höhe des Hosenbundes verspürt. Das Blut war ihm zu Kopf geschossen, er hatte nicht zu atmen gewagt und sich langsam, die Haltung nicht verändernd, ganz auf den Boden sinken lassen und sich schließlich nach einigen langen, ruhigen Atemzügen dort ausgestreckt. Es war ganz ohne Schmerz gelungen. Und nach einer Viertelstunde war er aufgestanden und hatte sich, ohne die Arbeit zu beenden, auf die Couch im Wohnzimmer gelegt und in einer Illustrierten geblättert.

Erst gegen eins war er unter die Dusche gegangen. An Besorgungen war jetzt nicht mehr zu denken; es sei denn, er hätte mit nassem Haar aus dem Haus gewollt. Und da, schon unter dem Strahl stehend, halb zu der Armatur hinter sich gewandt, um noch die Wassertemperatur zu regulieren, geschah es. Ein Schmerz war es nicht mehr zu nennen. Es mochte an der alten Stelle am stärksten sein, aber es war mit einem Mal überall und am allermeisten die Drohung, kein Glied mehr zu rühren, da sonst passieren würde, was nicht mehr zu beschreiben war.

Lofart tat also nichts, und das ohne jede Hoffnung, noch einmal wie zuvor davonzukommen. Halb verdreht stand er unter dem Strahl, und mit den Fingerspitzen stützte er sich gegen die gekachelten Wände. Er hätte um Hilfe rufen mögen, doch wer sollte ihn hören? Er atmete flach, hechelnd, und er fühlte tatsächlich, wie ihm unter dem Wasserstrahl Schweiß auf die Stirne trat.

So stand er eine Zeitlang, der Duschvorhang klebte schon an seinen Beinen, bis urplötzlich das Wasser brühend heiß wurde. Er brachte die Hand, die am nächsten daran war, auf den Warmwasserhahn und drehte ihn ab. Da wurde das Wasser eiskalt, und indem er, mit einem absichtlich lauten Schrei vorweg, einen kleinen Schritt zur Seite machte, erreichte er den Kalthahn und schloß auch den.

Kurz darauf glaubte Lofart, er müsse ohnmächtig werden. Er sah sich schon ausgleiten und hart auf den Rand der Duschtasse schlagen. Also ließ er sich, wieder ein lautes Schreien vorweggeschickt und ohne den Rücken zu beugen, auf die Knie herab und stützte sich, während der Duschvorhang ihm jetzt an Armen und Schultern klebte, auf die Hände.

So blieb er wieder, das Gesicht zu Boden; und bald war ihm entsetzlich kalt. Sein Bademantel hing an der Wand gegenüber, zwei Schritte weit und also vollkommen unerreichbar. Doch es mußte etwas geschehen. Spürbar verschlimmerte von Moment zu Moment die Kälte seinen Zustand; es war Lofart, als verwandelten sich Knochen, Muskeln und Haut in eine einzige harte, brüchige, löchrige Masse und als müsse er gleich wie ein Stein vom Frost gesprengt werden.

Ihn fror jetzt, daß ihm, wörtlich, die Zähne klapperten. Langsam hob er, indem er alles Gewicht auf das linke verlagerte, das rechte Bein: es war nicht über den Rand der

Duschtasse zu bringen. Und die Hände zu lösen oder gar sich wieder aufzurichten, war kein Gedanke; er müßte dann, durchfuhr es ihn, zerbrechen wie ein morscher Stock. Daher ließ er sich nach kurzer Überlegung, ohne die Stellung von Rücken und Beinen zu ändern, langsam nach vorne sinken, gestützt auf die immer kraftloser werdenden Arme, bis er leicht mit der Stirn auf den gefliesten Boden schlug. Im Nacken war noch Halt, und einen Moment lang alles Gewicht dort versammelnd, löste er die Hände, zog den linken Arm samt der Schulter zum Körper und ließ sich, die Luft angehalten, schräg über den Duschtassenrand auf den Boden rollen. Kurz blieben Hüfte und Oberschenkel, da sie den Duschvorhang mit sich gezogen hatten, darin wie in einer Tasche hängen, dann fielen sie seitlich nach vorne herab, hart auf den Beckenknochen; und über Stirn, Schläfe und Ohr drehte es Lofart vollends auf den Rücken. Die Waden allein blieben, übereinandergeschlagen, auf dem Tassenrand, und seine Füße ragten in die Luft.

In dieser Lage hatte Lofart, zu seinem Erstaunen, kaum Schmerz gespürt. Rechts sah er die Abflußrohre des Waschbeckens, und genau über ihm mußte, neben dem Heizungskörper, der Bademantel hängen. Er versuchte, sich mit den Händen dorthin zu drücken, doch sie glitten auf dem nassen Boden ab. Endlich zog er, Zentimeter für Zentimeter, die Beine an, bis die Füße den Rand der Dusche erreichten, und schob sich, die Beine langsam streckend, zum Heizkörper hin. Es gelang, er bekam den Mantel zu fassen, gleich zog er mit aller Kraft daran, daß der Aufhänger abriß, überglücklich bedeckte er sich mit dem Stoff und rieb trocken, was er erreichen konnte. An der Hüfte war die Stelle, auf die er gefallen war, schon kaum noch zu berühren, und als er sehr langsam den Kopf zur Seite geneigt hatte, sah er einen blauen Fleck sich dort ausbreiten.

Später war Lofart, halb kriechend, halb auf allen vieren, zuerst in den Flur gelangt, dann ins Wohnzimmer, dort hatte er das Telephon mit dem Kabel verbunden. Und bei Gott! es funktionierte. Dem Notarzt konnte er endlich, als der klingelte, Haus- und Wohnungsschlüssel durch das per Zufall offene Fenster hinunter auf die Straße werfen.

Als Lofart am Sonntag wach wurde, ging es auf Mittag zu. Er stand auf. Beim Rasieren fiel ihm ein, daß er fast nichts zu essen im Haus hatte. Außerdem müßte er sich natürlich bei Dorothee melden, unbedingt, er sah einmal rasch auf die Uhr, dafür wäre es bald schon zu spät. Nur, was sollte er sagen? Wo es doch jetzt auf jedes Wort ankommt.

Er probierte ein paar Formulierungen. Aber sie klangen entsetzlich. Da kam ihm eine Idee. Noch nicht zu Ende rasiert, ging er ins Wohnzimmer, ihre Visitenkarte stand noch neben dem Telephon, und er wählte die Nummer, in der Hoffnung, der Anrufbeantworter sei eingeschaltet. Aber gleich nach dem ersten Klingeln war Dorothee selbst am Apparat. Lofart hängte ohne ein Wort ein. Er ging zurück ins Badezimmer und rasierte sich zu Ende.

Danach machte Lofart Kaffee und setzte sich damit ins Wohnzimmer. Sie wartete also auf ihn. Das war sicher. Und die Zeit lief ihm davon. Wenn es jetzt klingelte, durfte er auf keinen Fall ans Telephon gehen; er mußte der sein, der sich zuerst meldete. Er trank hastig den Kaffee, zog sich an und verließ die Wohnung. Wenn er schon zu spät mit dem Anruf war, könnte er es vielleicht anderswie wettmachen. Er könnte ihr einen Blumenstrauß vor die Tür legen. Aber woher bekam er jetzt Blumen? Und wenn er ihr dabei begegnete, wäre alles verdorben. Schon auf der Treppe, lief Lofart zurück und holte die Suppendose aus der Küche. Als er die Wohnungstür wieder schloß, klingelte sein Telephon.

Nein, dachte Lofart, ich habe jetzt einen Vorsprung. Er trug sein Fahrrad aus dem Keller, klemmte die Suppendose auf den Gepäckträger und fuhr los, so schnell er konnte. Die Straßen waren fast leer, er nahm eine Abkürzung quer über die Promenade und fuhr an ein paar roten Ampeln vorbei. Kaum eine Viertelstunde, da hielt er vor dem Hochhaus. Er stellte das Fahrrad in einen Ständer, schloß es ab, nahm die Dose und trat zur Tür. Gerade suchte er auf den Klingelschildern Dorothees Namen, da ging die Tür auf, und heraus traten sie und ein junger Mann. Beinahe hätte Lofart ihn nicht erkannt, da grüßte der ihn mit Namen. Es war der Student vom Sportplatz. Lofart hob eine Hand.

»Hallo«, sagte Dorothee. »Ich hab bei dir angerufen. Zweimal.«

»Da muß ich schon unterwegs gewesen sein.«

Lofart deutete auf sein Fahrrad, die Dose hielt er halb hinter dem Rücken.

Dorothee zog sie hervor. »Aha. Eine Einladung zum Essen?«

»Quasi, ja.«

Der junge Mann hatte ein paar Schritte zur Seite gemacht, Dorothee faßte Lofart kurz am Arm. »Du, wir müssen leider kurz mal weg«, sagte sie. »Was Geschäftliches. Kann vielleicht so bis drei dauern. Vielleicht auch länger.«

»Heute? Am Sonntag?«

»Ja. Weißt du, die Leute reden am liebsten über Geld, wenn sie glauben, sie müßten nicht. Das kannst du dir übrigens merken. Das stimmt.« Sie küßte ihn auf die Nase. »Ich ruf an, ja?« sagte sie leise. »Wir können!« rief sie dann zu dem jungen Mann, die zwei stiegen in einen Wagen und fuhren los.

Lofart blieb noch eine Zeitlang vor dem Hochhaus stehen. Gut, berauschend war das nicht gewesen. Aber im

Grunde war er mit heiler Haut davongekommen. Er setzte sich wieder aufs Rad und fuhr langsam weiter in die Innenstadt. Bei einem Straßenhändler kaufte er, da die anderen Sonntagszeitungen schon ausverkauft waren, eine *BILD*-Zeitung, damit setzte er sich in ein Café in der Fußgängerzone und bestellte das große Frühstück.

Dafür sei es zu spät, sagte die Kellnerin, aber er könne sich alles per Karte zusammenstellen.

»Was ist der Unterschied?«

Die Kellnerin zog die Stirn kraus. Eigentlich keiner.

»Also der Preis?«

Das könne schon sein, sagte die Kellnerin, und Lofart bestellte. Die Zeitung ließ er unberührt. Rasch kam das Frühstück; und Lofart spürte, welch großen Hunger er hatte. Schon als die Kellnerin das nächste Mal vorbeiging, ließ er mehr bringen. Ein älterer Mann am Nebentisch wurde aufmerksam, er schaute herüber, lächelte, und Lofart lächelte zurück. Tatsächlich aß er alles, was auf den Tisch kam. Danach blätterte er eine Viertelstunde lang in der *BILD*-Zeitung. Auf den Sportseiten war das Spiel von gestern ausführlich behandelt. Die Spieler der Heimmannschaft lagen im Schnitt nahe an der Note Vier, überdurchschnittlich. Lofart las den Bericht. Wenn die Tore geschildert wurden, war die Schrift fettgedruckt.

Er legte die Zeitung beiseite. Eigentlich müßte er die Seite verwahren. Immerhin könnte er damit beweisen, wann genau er Dorothee das erste Mal geküßt hatte, auf die Minute. Für spätere Zeiten. Dann sah er noch nach dem Wetterbericht und den Schlagzeilen auf der letzten Seite.

Gelegentlich dachte Lofart, wie es wäre, in Notwehr zu handeln. Vor fast zwanzig Jahren hatte er den Wehrdienst verweigert, und in dem Verfahren hatte man ihm damit Fallen gestellt. Aber darauf war er vorbereitet gewesen; es hatte Broschüren mit Beispielen gegeben: *Sie gehen mit Ihrer Freundin durch einen Wald, da kommt einer und will ihr Gewalt antun, und Sie haben eine Waffe.* Oder: *Ein Mann bedroht Ihre Mutter, dabei läßt er Ihnen seine Pistole vor die Füße fallen.* Lofart hatte diese Fragen richtig zurückgewiesen. Er trage keine Waffe bei sich, und mit einer Pistole wisse er nicht umzugehen. Woran seine Verweigerung dann gescheitert war, wußte er bis heute nicht zu sagen. Das Protokoll enthielt nur allgemeine Formulierungen.

Später freilich hatte er alles, ohne taktische Zwänge, in Ruhe durchdacht. Natürlich hinge es vom Grad der Bedrohung ab, wie er reagieren könnte. Denn selbst in äußerster Gefahr waren nicht alle Mittel erlaubt! Einen Angreifer mit Messer zum Beispiel durfte man nicht gleich mit einem Schuß niederstrecken. Andererseits ist dem Opfer ein gewisses Sonderrecht einzuräumen. Zum Kampf Mann gegen Mann bei Gleichheit der Waffen ist keiner verpflichtet!

Doch die Spanne zwischen den Extremen ist bekanntlich schmal. Eine falsche Handlung, und er war vom Opfer zum Täter geworden. Und weil Gewalttaten meist rasch geschehen, müßte er am Ende froh sein, hätte er mit dem ersten schnellen Reflex die Situation nicht noch verschlimmert. Daher stellte sich Lofart, bewußt gegen den Regelfall, die Lage, in der er aus Notwehr handelte, möglichst eindeutig vor und zugleich so, daß ihm Zeit zur Überlegung bliebe. Schließlich kam nur Erpressung in Frage.

Natürlich käme er dabei nur zum Zuge, stünde er dem Erpresser gegenüber, und auch dann wären ihm vielleicht die Hände gebunden, weil der das belastende Dokument anderswo deponiert, Helfershelfer um sich versammelt oder sich sonstwie rückversichert hätte. Dennoch wäre hier aus Notwehr das meiste, und das am präzisesten, auszurichten.

Er würde zuerst verhandeln, Beweise fordern oder den Wert des Dokuments herunterspielen. Er würde dabei zynisch sein, aufbrausend und den Erpresser auf das obszönste beleidigen, daß der glauben könnte, einen Mann vor sich zu haben, der als Feind auf die Dauer gefährlich ist. Oder er würde winseln und kriechen, die nichtswürdigsten Dinge sagen, die offenkundigsten Lügen auftischen, auf Vorhaltungen ohne Zögern alles eingestehen und sofort wieder zu lügen beginnen, bis der Erpresser an seinem Verstand zweifeln müßte und daran, ob mit ihm überhaupt ein Geschäft zu machen ist.

Besonders wirksam, dachte sich Lofart gern, wäre es, von der einen Rolle in die andere und bald wieder zurück zu fallen, vielleicht zuerst den anmaßenden Zyniker, dann den Weinerlichen zu spielen; und besonders wichtig, dabei hin und wieder den Erpresser zu berühren, ihn zum Beispiel leicht ans Revers zu tippen oder gar in der Erregung seine Hand zu greifen und sie sich an die Brust zu drücken.

Dabei gilt für alles: je mehr davon, desto besser. Wo zu schinden ist, muß geschunden werden, wo zu feilschen, gefeilscht, um die Zeit der Übergabe, um den Ort, die Bedingungen, und natürlich immer wieder um die Summe. – Bis er, bei einem letzten Treffen, endlich in Notwehr handelt.

Ohne ein Wort oder eine Geste tritt er dann auf den Erpresser zu, der, da er ihn ganz zu kennen glaubt, nichts an ihm mehr für bare Münze nimmt; und er bringt ihn mit einem entschlossenen, ansatzlosen Griff in seine Gewalt, setzt ihm ein scharf geschliffenes Messer fest an den Hals, daß es blutet, und kündigt ihm ohne Umschweife an, daß er ihn jetzt, und sei es nur, um allem ein Ende zu machen, töte.

Dann entschieden die nächsten Sekunden. Denn verlöre der Erpresser nicht die Fassung und gäbe sein Unternehmen sofort und rückhaltlos auf, um sein nacktes Leben zu retten, zögerte er vielleicht bloß aus purer, angeborener Kaltblütigkeit eine kleine Weile: das Spiel wäre verloren, und er müßte das Messer absetzen und sich, ohne weitere Gegenrede, in alles fügen.

Zu Hause angekommen, hatte Lofart die Übertragung eines Formel-Eins-Rennens eingeschaltet. In der Kurve ausgangs der Startgeraden gab es einen Massenunfall, ohne daß jemand ernstlich zu Schaden kam; doch als danach Regen einsetzte, hieß es, ein paar Fahrer weigerten sich, noch einmal zu starten. Lofart schaltete den Fernseher aus. Er wollte seinen Roman endlich zu Ende lesen, weit über die Hälfte war er ja schon. Er holte das Buch aus dem Schlafzimmer. Die Geschichten aus der Zukunft gerieten jetzt anscheinend in Vergessenheit, das Paar hatte endlich ein Angebot erhalten, aufs Land zu ziehen und von dem zu leben, was die Auflösung eines kleinen Hofes abwarf. Sie berieten das Für und Wider.

Lofart ging durch den Kopf, wie es sein würde, mit Dorothee zusammenzuziehen. Wenn es sein mußte, in ihre Wohnung; die war immerhin größer als seine, und sie lag besser. Wahrscheinlich würde Dorothee in vielem sehr bestimmend sein, womöglich gehörte sie zu denen, die zu allem eine Meinung hatten. Aber das wäre kein Problem. Er war ja immer nachgiebig gewesen, besonders in den kleinen Dingen. Schließlich, sagte er immer, verbraucht man schon genug Energie auf die großen. Da ist es wichtig, Kompromisse zu schließen.

Er legte das Buch wieder zur Seite. Ich bin zu nervös, dachte er. Einen Moment lang erwog er, irgendeinen Teil seines Plans weiter auszuschmücken, aber er hatte noch keinen Ausdruck bekommen. Und außerdem hatte er sich schon bei Antritt seiner allerersten Stelle geschworen, niemals Arbeit mit nach Hause zu nehmen; lieber bleibe er übers Wochenende im Büro. Andererseits, vom Telephon konnte er jetzt nicht weg. Er ging in seiner Wohnung umher. In der Küche spülte er die Sachen vom Morgen ab, dann trug er den versiegelten Karton hinunter. Er stellte ihn vor der Tür zu seinem Kellerraum ab, öffnete das Vorhängeschloß und schaltete das Licht ein. Dann versuchte er, in dem übervollen Regal an der Stirnwand Platz zu schaffen, und dabei fiel ihm ein anderer Karton in die Hand, von dem er auf Anhieb nicht wußte, was er enthielt. Er wollte hineinsehen, aber aus Angst, das Telephon zu verpassen, nahm er ihn mit hoch in die Wohnung.

Im Wohnzimmer klappte Lofart die Schreibplatte aus der Schrankwand, stellte den Karton darauf und öffnete ihn. Richtig, darin lag der halb zusammengesetzte Oldtimer, ein Rolls-Royce mit offenem Fahrersitz. Darunter die Spritzlinge mit den unverbauten Teilen in den aufgerissenen Klarsichtfolien, ein paar Werkzeuge, Farbtöpfchen und eingetrocknete Pinsel.

Lofart erinnerte sich gut. Es mußte zwei Jahre her sein, da hatte er den Bausatz aus einer Laune heraus gekauft. Zuerst war alles auf Anhieb gelungen. Chassis, Motor und Räder hatte er vor dem Zusammenbau in matten Metallfarben gestrichen und den Motorblock nach der Vorlage in einem leuchtenden Rot. Doch dann war ihm die Lackierung der Karosserie vollkommen mißglückt. An der Motorhaube hatten sich häßliche Farbnasen gebildet, und statt zu warten, bis sie getrocknet waren, und sie mit einem scharfen Messer abzuschneiden, hatte er das Teil mit Verdünnung abgewaschen. Darunter mußte das Material gelitten haben, jedenfalls war beim nächsten Anstrich die Oberfläche ganz rauh geworden, wie voller winziger Fremdkörper. Lofart hatte das Teil nun trocknen lassen und es später mit feinem Schmirgelpapier glätten wollen; doch das hätte die Kühlerrippen und die mittig laufende Zierleiste beschädigt. Und überhaupt, er wußte ja längst, es würde nie so werden, daß es ihm gut erschiene. Endlich hatte er alles zusammengepackt.

Jetzt setzte Lofart die halbfertigen Teile provisorisch zusammen und stellte das Modell auf ein Regalbrett in der Schrankwand. Es sah gar nicht mal schlecht aus, zumindest aus der Entfernung. Er könnte es ja so wie es war zu Ende bauen und als einen ersten Versuch betrachten.

Er sah noch einmal in den Karton. Da war auch der Spritzling mit den verchromten Teilen: der Kühlergrill mit der geflügelten Figur, der Rahmen der Windschutzscheibe, die dünnen Speichen und Stoßstangen, die Lampen und Türgriffe und die zwei Reihen winziger Scheiben, von denen Lofart nicht wußte, wohin sie gehörten. Noch kein Teil war abgetrennt. Hier müßte man vorsichtig zu Werke gehen, um nichts zu beschädigen! Er drückte die dünnen Verbindungsstege des Kühlergrills mit den Fingernägeln, bis sie brachen, und klemmte das Teil vor die Motorhaube. An den Bruchstellen sah der schwarze Kunststoff hervor. Dann schloß er den Karton und stellte ihn an die Wohnungstür.

Gegen acht klingelte das Telephon, Lofart hob ab.

»Hallo«, sagte Dorothee. Bei ihr habe es entsetzlich lange gedauert. Was er denn getrieben habe, den ganzen Tag?

»Dies und das.«

»Du«, sagte sie. »Ich bin fix und fertig. Heute gehts nicht mehr. Bist du traurig?«

»Es geht.«

»Na ja.« Jedenfalls sei die nächste Woche auch sehr anstrengend. Er dürfe nicht zuviel von ihr erwarten. Am Mittwoch sei tatsächlich ihr erster freier Abend. Aber vielleicht könne sie dann gar nichts machen und müsse nur getröstet werden. Ob er überhaupt trösten könne?

»Ich werde üben«, sagte Lofart.

»An wem?«

»An mir.«

»Gut!« rief sie. »Genial! Also bis Mittwoch. Bei mir, ja, einverstanden?«

»Einverstanden.«

Sie schwiegen einen Augenblick. »Sag noch was Liebes«, sagte sie.

Lofart zögerte einen Moment. »Es war sehr schön.«

»Gut.« Sie lachte. »Dann bis Mittwoch.« Sie hängte ein.

8

Am Montag morgen kam Lofart ein wenig zu spät. Seine Sekretärin war nicht im Vorzimmer, er setzte sich an seinen Schreibtisch, dort lag obenauf der Ausdruck seines Organisationsplans. Er begann gleich, ihn zu überlesen, und mit einem roten Bleistift kreiste er dabei grob die Stellen ein, die noch überarbeitet werden mußten. Bald hörte er die Sekretärin im Vorzimmer, zuerst wollte er gehen und sie fragen, wo sie gewesen sei, dann ließ er es.

Statt dessen beschloß er, eine Pause zu machen. Er fuhr mit dem Aufzug ins oberste Stockwerk und ging an den Räumen zur Parkseite vorbei. Von hier müßte man Dorothees Balkon gut sehen können. Am Ende des Flurs lag der Sitzungssaal, der ging zur Straße hinaus. Lofart drückte die Klinke, er war verschlossen. Auf dem Weg zurück las er die Namen der Direktoren an den kleinen hölzernen Schildern neben den Türen. Darunter immer: *Eintritt durch das Sekretariat.* Er überlegte, unter welchem Vorwand er hineingehen könnte. Doch es fiel ihm nichts ein. Vor dem Aufzug drückte er die Ruftaste. Die Schiebetür öffnete sich, im Aufzug stand Schwering, der Zweite Direktor. »Guten Morgen«, sagte Lofart.

»Ah«, sagte Schwering. »Von Ihnen hören wir doch am Freitag. Wie weit sind Sie?«

»So gut wie fertig. Es geht Mittwoch nachmittag raus. In der Kurzform.«

»Ausgezeichnet. Wir sind ehrlich gespannt.«

Lofart trat zur Seite und ließ den Zweiten Direktor vorbei. Als der ein Vorzimmer betreten hatte, ging er langsam die Treppen hinab, vor seinem Büro machte er halt. Plötzlich war er sich unsicher. Sein Plan war ja beinahe nicht mehr seriös zu nennen. Dafür war alles zu radikal. Die Betroffenen müßten es eigentlich für einen Affront nehmen. Lofart machte kehrt. Unten im Park setzte er sich auf eine Bank.

Ehrfurcht, hatte Lofart sich einmal gesagt, natürlich mehr im Scherz, könne er nur vor einer wirklich gelungenen Handwerksarbeit empfinden. Aber daran war viel Wahres. In der Nähe des Hauses, in dem er aufgewachsen war, hatte es eine Schreinerei gegeben, und dort ging er damals ein und aus. Es roch nach Holz, niemand gab auf ihn acht. Stundenlang stand er da, neben eine Werkbank gedrückt, und sah zu. Was hergestellt wurde, tat wenig zur Sache; vielleicht waren es Fenster gewesen. Aber mit welcher Selbstverständlichkeit schlossen die Handgriffe aneinander! Und wie deutlich war, daß niemand etwas nur versuchte, daß alles eingeübt war und genau wie immer funktionierte!

Später war Lofart einen Sommer und einen Winter lang mit dem Vater hinaus in die Neubausiedlung gefahren, wo ihr eigenes Haus gebaut wurde. Wieder sah er den Handwerkern zu. Einer rührte in einem flachen Becken den Putz an; wieviel Wasser er dazu brauchte, wußte er genau, nie goß er welches nach. Dann warf er mit einer flachen Kelle den Putz gegen die Wand und verteilte ihn rasch und gleichmäßig mit wenigen Strichen. Auf die Gartenmauer trug er dicker auf, und mit ruckartigen Bewegungen drückte er ein Schuppenmuster hinein. Nie korrigierte er sich.

Nach Feierabend war Lofart vor die Gartenmauer getreten und mit dem Finger an den Schuppenkanten entlanggefahren. Nein, regelmäßiger hätte es nicht werden können, auch nicht, wenn man jede Schuppe einzeln modelliert hätte. Da war ihm ein Schauer über den Rücken gelaufen. Denn was immer er damals schon angefaßt hatte, es war alles ein ewiges Probieren und Mißlingen und Wiederprobieren gewesen, und wenns gut ging vielleicht ein Bessergelingen.

Siehst du, dachte er damals, es gibt die *Verfahren*. Das war ein Wort, sich ehrlich zu begeistern! Wer ein Verfahren hatte, hielt sich nicht auf mit Details, er begann nur mit großer Sicherheit irgendwo und unterbrach sich bis zum Ende nicht.

Alle Handwerker hatten ihre Verfahren. Lofart beobachtete es von nun an genau. Der Maler strich in Windeseile mit einer breiten Rolle die Rauhfaser im ganzen Zimmer, die Abstreifbewegung am Gitter über dem Farbeimer war immer dieselbe, und in der Linken hielt er einen schmalen Pinsel, mit dem er über Türfüllungen und Sockeln fast gleichzeitig nachstrich. Scheckig bunt sah schließlich das Zimmer aus, es störte den Maler nicht; und als die Farbe getrocknet war, war kein Pinselstrich mehr zu erkennen. Der Teppichbodenleger paßte die große Rolle in einer Ecke an, gegenüber stand das Material hoch gegen die Wände, er knickte und markierte mit einem Stift, bog zurück und schnitt mit einem scharfen Messer, ohne abzusetzen; haargenau legte sich das Zurechtgeschnittene gegen die Sockel, kein Stück war nachzubessern.

Abends, zu Hause, erzählte Lofart der Mutter davon. Sie saß dabei hinter einer alten Nähmaschine mit Tretkurbel.

Gerade legte sie zwei Stücke Stoff übereinander, mit den ausgefaserten und grob zugeschnittenen Kanten abschließend, und ein paar Zentimeter vom Rand ließ sie die Nadel rasch durch den Stoff fahren. Die Mutter hörte nicht, was er sagte. Sie nahm das Stück aus der Maschine, riß den Faden ab und bügelte das Teil, die Naht aufgebogen, von der anderen Seite; dort schloß sich nun wunderbar sauber, fast unkenntlich, Stoff an Stoff.

Nie, dachte Lofart heute, hatte er solch ein Verfahren gefunden, und für nichts. Freilich, er tröstete sich ein wenig: es lag wohl in der Natur der Dinge, die er angegangen war. Was anspruchsvoll ist, läßt sich nicht über einen Leisten schlagen. Und ab einem bestimmten Schwierigkeitsgrad greifen die Verfahren nicht mehr.

Außerdem nimmt, das konnte man ruhig laut sagen, wer ein Verfahren hat, in Kauf, nicht hoch hinaus zu kommen. Verfahren sind prächtig, aber auch simpel. Ja, nicht nur simpel, geradezu blind! Und wahrscheinlich wußten die, die ein Verfahren hatten, nicht einmal das. Während hingegen er, wenn er ihnen zusah, davon immerhin zutiefst gerührt werden konnte.

Wieder in seinem Büro, es ging gegen zwölf, fand Lofart auf seinem Schreibtisch eine Notiz: Dringend Froitzheim zurückrufen. »Was gibts denn?« sagte er ins Telephon.

»Das geht nur mündlich«, sagte Froitzheim, ob er gleich vorbeikommen dürfe?

»Sicher!« Kurz darauf stand der Stellvertreter vor ihm, sie gaben einander die Hand, und Lofart wies auf den Stuhl vor seinem Schreibtisch.

»Eine ganz unangenehme Sache«, sagte Froitzheim, als er Platz genommen hatte. Die Sasse habe am Wochenende einen Selbstmordversuch unternommen. Mit Tabletten. Er hob die Hände, als Lofart ihn unterbrechen wollte. Nein nein! sie sei außer Gefahr; im Grunde nichts Ernstes, zwei, drei Tage in der Klinik, und sie könne wieder nach Hause.

»Um Gottes willen!« sagte Lofart.

»Ja.«

»Hat sie irgend etwas gesagt? Zu jemandem von uns? Sie ist doch verheiratet, oder?«

Froitzheim zuckte die Achseln. »War«, sagte er. »Sie ist geschieden.« Natürlich wisse er da nichts Genaues, er habe es einmal eine Kollegin sagen hören. Privat hätten sie ja praktisch keinen Kontakt.

»Ja ja«, sagte Lofart. »Und sie ist wirklich außer Gefahr?«

»Das ja. Ganz sicher. Eine Schwester von ihr hat angerufen. Die klang eigentlich ganz ruhig.«

»Gut. Das ist das Wichtigste.« Lofart stand auf und machte ein paar Schritte zum Fenster. »Furchtbar. Das ist keine Frage.« Er wandte sich um. »Aber einmal ganz generell gesprochen: Wir sind hier keine Familie. Wenn wir nicht immer alles voneinander wissen, dann ist das auch ein Schutz. Für jeden, verstehen Sie?«

Froitzheim war aufgestanden.

»Was die Arbeit angeht«, sagte Lofart, »unternehmen Sie jetzt bitte das Nötige. Und wenn sie wiederkommt, sehen wir in Ruhe weiter. Einverstanden?«

»Ja«, sagte Froitzheim. »Sicher.«

Lofart trat auf ihn zu. »Ich weiß das natürlich. Diese Sache mit den Buchstabengruppen. Sie denken jetzt: Vielleicht hätte man ihr doch ihren Willen lassen sollen?«

»Nein nein.«

»Machen Sie sich keine Gedanken darüber.« Lofart ging voraus zur Tür. »Da ist immer ein Tropfen, der das Faß zum Überlaufen bringt. Niemand weiß es am Ende genau.« Er reichte dem Stellvertreter die Hand. »Sie kümmern sich darum«, sagte er. »Und wenn darüber gesprochen wird, sehen Sie zu, was Sie aufschnappen können. Für alle Fälle.«

Als Froitzheim gegangen war, sah Lofarts Sekretärin herein. »Entschuldigung«, sagte sie; sie sei kurz weggewesen.

Lofart nickte. »Bis zum Mittag keine Störung. Wenns eben geht.« Er setzte sich wieder über seinen Plan, aber er war nicht imstande zu lesen. Außerdem war ja Essenszeit. Schon auf dem Weg zur Kantine, besann er sich jedoch. Es mußten ja alle wissen; und reden würde er jetzt nicht wollen. So verließ er wieder das Gebäude und ging ein paar Straßen weiter. Hier, im obersten Stockwerk eines Erweiterungsbaus, war die Kantine für die Bediensteten der Stadtverwaltung. Er hatte einmal gehört, niemand frage da nach einem Ausweis.

So war es tatsächlich. Lofart setzte sich mit seinem Tablett an einen Fensterplatz. Er schaute hinaus. Von hier sah man über die Stadt, wie aus Dorothees Wohnung. Nur die Autobahn war nicht zu erkennen. Merkwürdig. Lofart biß sich auf die Unterlippe. Irgendwann einmal müßte er einen Stadtplan besorgen. Dann aß er. Es war annehmbar; aber kein Vergleich mit der Kantine der ELWA. Was Wunder also, daß hier niemand kontrollierte.

Plötzlich schüttelte es Lofart beinah. Wie abscheulich! dachte er. Vielleicht hatte die Sasse auch an ihn gedacht, als sie ihre Tabletten nahm. Wann genau war es eigentlich passiert? Er dachte nach. Nein, das hatte Froitzheim nicht gesagt. Nur: Wochenende. Also womöglich ausgerechnet am Samstag abend. Da hat sie sich dann ausgezogen ins Bett gelegt und so ein Glas mit einer trüben Flüssigkeit getrunken, vielleicht hat sie Musik dabei angestellt. Und dann hat sie ihre Schwester angerufen. Oder sonst jemanden. Vielleicht war es sogar umgekehrt gewesen! Und sie hatte zuerst angerufen und dann erst getrunken.

Lofart schob ein paar glatte, runde Kartoffeln über die Trennwand des Tellers in die braune Soße. Ob es im Büro auf ihn zurückschlüge? Jedenfalls würde er keinem verbieten können, darüber zu reden. Schlimm genug. Damals, kurz vor dem Abitur, hatte sich ein Mitschüler umgebracht. Wegen eines Mädchens; das war so gut wie sicher, aber die Lehrer waren halb verrückt geworden und hatten tagelang auf jeden aus der Klasse eingeredet. Ob sie irgend etwas wüßten? Ob er irgend etwas gesagt habe? Es war furchtbar. Zur Beerdigung hatte dann wenigstens nur der Klassensprecher gehen müssen.

Lofart stand auf und trug sein Tablett mit dem halbvollen Teller zu einem Fließband, das zu einem Aufzugsschacht führte. Er stellte es auf einen freien Platz und wollte schon gehen, da sah er, wie jemand kurz vor dem Schacht sein Tablett auf ein anderes stellte und rasch wieder ging. Das obere Tablett kam ins Rutschen, es klemmte fest, und die folgenden schoben sich ineinander; schon drohte eines vom Fließband zu fallen. Lofart griff zu, aber da das Band nicht anhielt, drückte sich alles, was er auseinanderzog, gleich wieder zusammen und türmte sich hoch. Und niemand schien es zu bemerken. »Abstellen!« rief Lofart. »Das Band abstellen!«

Die Kantinenbesucher schauten jetzt alle zu ihm hin. Niemand regte sich, und so griff er weiter zwischen die Tabletts und schob sie auseinander. Endlich kam ein Angestellter. Das Band lasse sich nur aus der Küche stoppen, sagte er und verschwand im Laufschritt. Jetzt fielen die ersten Teller zu Boden, aber keiner zerbrach. Endlich hielt das Band an. Lofart sah an sich hinunter. Seine Hände und die Aufschläge seines Jacketts waren mit Essensresten verschmiert. Er suchte in dem Berg von Geschirr nach einer halbwegs sauberen Serviette, fand aber keine. Eigentlich, dachte er, wäre dies ein Anlaß, maßlos wütend zu werden.

Mit dem Angestellten kam jetzt ein anderer Mann. Er sei der Leiter der Kantine, sagte er, und das tue ihm sehr leid. Er deutete auf Lofarts Jackett. Aus welchem Amt er denn komme? Er werde in der Kasse anrufen, daß man ihm die Reinigung ersetze.

»Ich bin nicht von hier«, sagte Lofart. »Ich bin von der ELWA.«

»Ach so«, sagte der Kantinenleiter. Er schwieg kurz. Dann werde das natürlich etwas komplizierter. Wegen der Versicherung.

»Es macht nichts«, sagte Lofart. Der Angestellte hatte ihm ein Tuch gereicht, und damit wischte er sich die Hände.

»Wissen Sie was«, sagte der Kantinenleiter, »wir machen das ganz anders.« Er zog sein Portemonnaie und reichte Lofart einen Zehn- und einen Zwanzigmarkschein. »Bitte«, sagte er. »Für die Reinigung.«

Lofart zögerte einen Moment. Ein paar Kantinenbesucher mit ihren Tabletts standen jetzt hinter ihm. Dann nahm er die Scheine und steckte sie in die Hosentasche. Er nickte dem Mann zu und verließ die Kantine.

In der Regel führte Lofarts Weg zur Arbeit an einem Lederwarengeschäft vorbei. Letztes Jahr, kurz vor Weihnachten, hatten da Schilder gehangen:

Räumungsverkauf wegen Geschäftsaufgabe
Preisnachlaß bis zu 70 %

Nicht, daß Lofart für gewöhnlich etwas aus Leder trug. Und erst recht nicht ins Büro. Aber manchmal wünschte er sich, ein Kleidungsstück zu besitzen, das er immer würde tragen können, das alles aushielt und zu jedem Anlaß entweder paßte oder wenigstens ein Stilbruch war. Das aber konnte, recht bedacht, nur eine Lederjacke sein, eine etwas längere vielleicht mit Gürtel oder elastischem Bund, mit verschiedenen Taschen, einem kräftigen Reißverschluß, einem Kragen, der hinten hochgestellt gut über den Nacken reichte, etwas verschlissen an den Ellenbogen und an den Säumen, aber nur so, daß jeder um so besser sähe, aus was für gutem Material die Jacke war.

Lofart war damals vor Weihnachten mehrfach versucht gewesen, das Ledergeschäft zu betreten. Aber morgens war es noch nicht geöffnet, und abends war er nie in der Stimmung gewesen. Später hatte er es dann bedauert. Denn schon am Tag nach Silvester war der Laden vollkommen geräumt, nur die Schilder mit den Preisnachlässen klebten noch an der Scheibe.

Bis heute stand der Laden leer. Warum nur? dachte Lofart. Er versuchte vergeblich hineinzusehen. Schaufenster und Tür waren über und über mit Plakaten beklebt, es mußten etliche Schichten sein, und an einigen Stellen schälten sich die obersten wie alte Tapeten und hingen, ohne ganz herunterzufallen, in Bögen zum Gehsteig herab. Den bedeckten in ganzer Breite des Ladens schmutzige Papierreste und abgerissene Plakate, im Eingang stand ein beschädigter Einkaufswagen, und darin lagen, noch zusammengebunden, aufgeweichte Stapel von Verbraucherzeitschriften.

Eine Schande, dachte Lofart. Was da verlorenging! Dabei galt die Gegend als das beste Geschäftsviertel. Und schon eine Straße weiter, erwog er, sich einmal zu erkundigen, was hier geschah.

Kurz vor Ende der Kernarbeitszeit holte Lofart das Rad aus der Garage, aber er fuhr nicht nach Hause, sondern eine Zeitlang durch die Innenstadt, dann sah er im Kino-Center beim Bahnhof einen amerikanischen Film. Es war die Geschichte eines Polizisten, der ein Wirtschaftsverbrechen großen Stils aufklären soll und sich dabei in eine junge Frau verliebt, die mit allen Mitteln versucht, ihn zur Aufgabe des Falls zu bewegen, da sie um sein Leben fürchtet. Bis zum Schluß rechnete Lofart fest damit, die junge Frau sei selbst in die Verbrechen verstrickt, aber es nahm alles eine ganz andere, sehr überraschende Wendung.

Als er aus dem Kino trat, sah er auf die Uhr. In ein paar Minuten würden die Geschäfte schließen. Er schob das Fahrrad langsam durch eine Einkaufsstraße, vor einem großen Spielwarengeschäft blieb er stehen. Zwei junge Frauen arbeiteten noch in der Dekoration. Er sah ihnen zu. Bislang war alles auf den Schulbeginn abgestimmt, und jetzt würden wohl die Dinge für den Herbst gezeigt. An einer Seite waren die beiden schon fertig, da standen Gesellschaftsspiele zu zwei schiefen Türmen gestapelt. Endlich stieg Lofart auf und fuhr los.

Zu Hause saß er noch eine Zeitlang vor dem Fernseher, dann ging er zu Bett. Er hatte überlegt, ob er Dorothee etwas auf den Anrufbeantworter sprechen sollte, aber der war vielleicht nicht eingeschaltet, und er wollte nicht aussehen wie einer, der keine Geduld hatte. Ich sollte ihr schreiben, dachte er, als er schon das Licht gelöscht hatte. Keinen Liebesbrief natürlich, etwas anderes, am besten etwas Humorvolles; sie schien das zu mögen. Er dachte nach: Womit könnte es zu tun haben?

Nach einiger Zeit stand Lofart wieder auf, er ging ins Badezimmer und putzte sich noch einmal die Zähne. Wenn er die Türen des Spiegelschränkchens aufklappte, sah er seinen Kopf von rechts und links im Profil. Früher, als Student, hatte er meistens einen Bart getragen. Der hatte ihm gar nicht schlecht gestanden, natürlich war er kurz gehalten und an Hals und Wangen sauber ausrasiert gewesen. Aber seit seiner ersten Stelle trug er ihn nicht mehr; es war praktischer, das ganze Gesicht zu rasieren, und er wollte nicht älter aussehen, als er war. Obwohl sie nicht schmerzte, rieb sich Lofart noch einmal die Schulter ein, dann legte er sich wieder ins Bett. Er sah zur Decke.

Früher einmal hatte es ein Spielzeug gegeben, das er niemals vergessen würde. Es funktionierte fast wie ein Waffeleisen: in einen hochgeklappten, handtellergroßen Rahmen spannte man eine dünne Kunststoffplatte; die wurde vom Gerät erhitzt, und beim Zurückklappen des Rahmens ließ sie sich, weich und biegsam geworden, über ein kleines Spielzeug stülpen und schmiegte sich dabei seinen Formen an. War sie erkaltet, löste man sie aus dem Rahmen, schnitt das Geformte heraus und bearbeitete es mit dem beigegebenen Werkzeug.

Lofart hatte dieses Spielzeug nie besessen; aber lange war er mit der Vorstellung herumgegangen, wie es wäre, damit seine Bestände unendlich zu erweitern. Er sah ungeheure Reihen gleicher *Matchbox*-Autos, die auf den Einsatz warteten, und sich selbst, wie er sich als Arbeiter am Gerät antrieb, die Produktion noch zu steigern. Natürlich würde er über alles Buch führen, sich die Vorlagen vielleicht ausleihen oder sogar mit den Abdrücken Handel treiben. Auf jeden Fall könnte er mit denen so viele Unfälle bauen, wie er lustig war. Keine Beschädigung und kein Verlust wären mehr zu fürchten.

Warum er das Gerät nicht besessen hatte, daran konnte sich Lofart nicht mehr erinnern. Ohne Zweifel war es teuer gewesen. Oder war es wegen technischer Probleme vom Markt verschwunden? Immerhin, welch ein Risiko, Kinder mit heißem Kunststoff hantieren zu lassen! Vielleicht hatten sich auch andere Spielzeughersteller beschwert.

Am liebsten, dachte Lofart, wäre ihm natürlich, er hätte damals von sich aus verzichtet. Hätte, vielleicht schon im

Spielwarengeschäft, sich plötzlich geweigert, das Teil in Empfang zu nehmen. Und da die Eltern, die er zuvor tagelang bearbeitet hatte, es für Eitelkeit und Laune hielten, wäre er aus dem Geschäft geflohen. Hinaus auf die Straße. Und hätte dort bitter weinend gestanden, bis sie kamen und ihn holten. – Lofart stöhnte einmal laut. Er würde jetzt seinen Roman zu Ende lesen. Koste es, was es wolle!

Am nächsten Tag im Büro ging Lofart, so gut er konnte, allen aus dem Weg; über Mittag blieb er an seinem Schreibtisch. Er las den Ausdruck zu Ende, korrigierte die markierten Stellen und schrieb dann eine Kurzfassung, die er zusammen mit den Graphiken verteilen lassen wollte. Dann legte er alles beiseite.

Nein, jetzt war kein Zweifel mehr möglich. Das alles müßte ganz unweigerlich Aufsehen erregen! Würde tatsächlich nach seinen Vorschlägen verfahren, dann zöge das jede Menge Veränderung nach sich. Er tippte sich an die Stirn. Und nicht zuletzt seine Entlassung! Er lachte leise. Andererseits, wenn er auch nur im Ansatz den Eindruck erweckte, er wolle die Gelegenheit nutzen, seine Position zu stärken – in was für ein Licht stellte ihn das? Unabhängig davon, ob jemandem überhaupt an den Plänen lag. Nein, sein Standpunkt wäre der: Es geht um die Sache; und wer das ganz und gar verkörpert, der macht sich praktisch unangreifbar. Er steckte alle Papiere in einen Umschlag, schrieb einen Druckauftrag und rief seine Sekretärin.

Abends wartete Lofart, bis er sicher war, daß alle gegangen waren. Auf dem Weg nach Hause wollte er noch Einkäufe machen, doch der Supermarkt war jetzt endlich für ein paar Tage geschlossen, am nächsten Samstag sollte die Neueröffnung sein. Lofart fuhr weiter zu einem anderen Geschäft; es dauerte, weil er sich dort nicht auskannte. Als er alles beisammen hatte, war es kurz vor Ladenschluß, und vor den Kassen standen lange Schlangen.

Gegen neun rief Lofart kurz entschlossen Dorothee an, aber niemand hob ab, und der Anrufbeantworter war nicht eingeschaltet. Darauf wählte er die Nummer seiner Eltern, gleich war seine Mutter am Apparat. Das sei aber eine Überraschung, sagte sie. Ob es denn etwas Neues gebe?

»Ich glaube, ich habe mich verliebt«, sagte Lofart.

»Und?« sagte die Mutter.

»Es geht ganz gut. Aber es ist noch nichts Festes.«

»Laß dir Zeit«, sagte die Mutter. So etwas dürfe man nicht überstürzen.

»Sicher.« Und es sei, wie gesagt, höchstens ein Anfang.

Wie sie denn heiße?

»Dorothea.«

Das sei aber ein schöner Name.

»Sag Vater nichts«, bat Lofart. »Jedenfalls noch nicht.«

»Wieso?« sagte die Mutter. Seit Christa Kinder habe, sei er doch gar nicht mehr so.

»Trotzdem. Und schönen Abend noch.«

»Warte!« rief die Mutter. »Und sonst? Alles in Ordnung?«

»Wie immer«, sagte Lofart. Neulich habe er einmal ganz groß eingekauft. Alles mögliche. Dann verabschiedeten sie sich.

9

Am Mittwoch morgen, auf dem Flur vor der Rechtsabteilung, sprach einer der Direktionsassistenten Lofart an; er höre, es habe bei ihm einen Selbstmord gegeben?

»Einen Versuch«, sagte Lofart. Soweit sie wüßten, sei nichts Ernsthaftes passiert.

Ob er da nicht mit dem Personalchef Rücksprache nehmen sollte? Das bringe doch mächtig Unruhe ins Team.

Lofart hob eine Hand. »Einmal so gesagt: Offiziell weiß ich davon gar nichts.« Das sei vorerst eine Krankmeldung wie alle anderen; und die gingen ihn im Prinzip nichts an. »Außerdem, Sie können sicher sein, daß ich zwischen den Interessen der Angestellten und denen des Unternehmens im Zweifelsfall zu unterscheiden weiß.«

»Natürlich«, sagte der Assistent. »Dann bis Freitag. Man hört ja einiges munkeln.«

»Bis Freitag.« Lofart grüßte kurz, ging in sein Büro und rief Froitzheim an; ob er Näheres erfahren habe? Über die Sasse.

»Nein, nichts«, sagte Froitzheim.

»Danke.« Lofart hängte ein, dann sah er durch die Tür ins Vorzimmer. Ob es eine Rückmeldung aus der Druckerei gebe?

Ja, sagte die Sekretärin, seine Sachen gingen heute noch

in den Verteiler. Außerdem sei die Tagesordnung für Freitag gekommen. Er stehe an letzter Stelle. Aber im Prinzip nur Routinesachen.

»Na, wunderbar.«

Es regnete den ganzen Tag über. Ziemlich durchnäßt kam Lofart nach Hause. Er zog sich um, jetzt würde er vielleicht ein Taxi nehmen müssen. Doch gegen acht klarte es noch einmal auf. Lofart fuhr zu dem Hochhaus, stellte das Rad in den Ständer, ging in die Knie und zog die Kette durch die Speichen. Es gab wirklich keinen Grund, nervös zu sein. Jedenfalls, nicht mehr als normal. Die Kette verfing sich kurz, und als er aufstand, klopfte sein Herz. Als wäre es das erste Mal! Dabei war es immerhin eine Art Kapital, daß sie miteinander geschlafen hatten; davon dürfte er zehren, wenn er jetzt den einen oder anderen Fehler machte. Es mußte nur alles ganz selbstverständlich scheinen.

Er hatte kein Geschenk mitgebracht, nicht einmal Blumen. Er klingelte, der Türöffner summte, und als er den Aufzug rufen wollte, hielt der gerade an, die Tür ging auf, und das Paar vom Fußballplatz stieg aus.

»Hallo«, sagte Lofart.

»Das ist Timing«, sagte der Mann. Jetzt könne ja der gemütliche Teil des Abends beginnen.

»Und außerdem viel Glück!« sagte die Frau.

Wobei denn?

»Na, bei ihr!« Die Frau zeigte nach oben. Aber wie es aussehe, habe er ja ganz gute Karten.

»Laß ihn«, sagte der Mann. »Du verdirbst ihm am Ende noch sein Konzept.«

»Ich habe kein Konzept«, sagte Lofart.

Die beiden waren schon halb hinaus. Sie winkten ihm zu. Das sage heute jeder.

Lofart fuhr ins oberste Stockwerk. Die Tür zur Wohnung

stand halb offen. Dorothee lehnte im Rahmen, sie trug einen Hausanzug, eine glänzend schwarze, gesteppte Hose, eine Jacke mit buntem Blumenmuster und flache, fast kreisförmige Pantoffeln aus demselben Stoff. »Hallo«, sagte sie.

»Ihr habt noch gearbeitet?« Lofart machte eine Handbewegung zum Aufzug hin.

»Mit Ludger und Tinka? – Sicher. Hab ich doch gesagt. Komm rein!« Sie drehte sich um und ging voran, Lofart schloß die Wohnungstür. »Alles ganz formlos heute!« rief sie. Er folgte ihr ins Wohnzimmer. Ringsum ausgebreitet lagen Computerausdrucke auf grün-weiß gestreiftem Papier, Zahlenkolonnen, die an einigen Stellen mit einem Marker angestrichen waren. Daneben aufgeschlagene Tageszeitungen und ein halb verrutschter Stapel Zeitschriften.

»Ich habe mir einmal geschworen, nichts mit nach Hause zu nehmen«, sagte Lofart.

Dorothee hatte sich auf die Ledercouch gelegt. »Wie du weißt, nehme ich mir alles mögliche mit nach Hause.« Sie machte ihm ein Zeichen. »Schau einfach nicht hin.«

Er setzte sich zu ihren Füßen und wollte ihre Hand nehmen, da richtete sie sich kurz auf, küßte ihn auf den Mund und ließ sich wieder zurücksinken.

»Du hast mir noch immer nicht erzählt, was du eigentlich machst«, sagte Lofart. »Beruflich.«

»Du mir auch nicht. – Oder doch? Sag nichts! Richtig!« Sie schnippte mit den Fingern. »Jurist«, rief sie. »Bei diesem Energie-Unternehmen, nicht wahr? Wenn arme Rentner ihre Stromrechnungen nicht bezahlt haben, schickst du ihnen völlig unverständliche Mahnbriefe.«

»Absolut korrekt.«

»Na, also. Und meine Karte hast du doch, oder?«

»Ja«, sagte Lofart. »Unternehmensberatung.« Aber darunter allein könne er sich noch nichts vorstellen.

Dorothee nahm einen Schluck aus dem Weinglas, das neben der Couch stand. »Wer kann sich heute schon was unter dem Beruf anderer Leute vorstellen?« Sie blies die Bakken auf. »Jurist! Das kann auch dies und jenes heißen. Weißt du, mein Vater ist Bauer, ob du es glaubst oder nicht. Jetzt sag mir mal, was der macht. Los, sag schon! Nicht nachdenken!«

Lofart zuckte die Schultern. »Was wird er machen? Akkerbau und Viehzucht.«

»Siehst du.« Sie richtete sich wieder auf. »Das genau hat er aufgegeben. Er verarbeitet irgendwelche Abfälle, frag mich nicht welche. Ich glaube, zu Baustoffen. Für Ferienhäuser oder für Straßen.«

»Du kommst also vom Land?«

»Sieht man das?« Dorothee zog einen Pantoffel aus. »Schau her! Ich wette, das hast du gar nicht gemerkt.« Sie hielt Lofart ihren nackten rechten Fuß hin und wackelte ein paarmal damit. Die kleine Zehe und das oberste Glied der nächsten fehlten. Lofart nahm den Fuß in beide Hände. »Das muß lange her sein«, sagte er.

Sie zog den Fuß zurück. »Ich war sechs. Da gabs eine Maschine, die das Heu schnitt, oder so ähnlich. Ich bin zu nah drangekommen. Es tat überhaupt nicht weh. Die Sohle vom Schuh war noch ganz, und als ich ihn auszog, blieben die Zehen drin liegen.«

»Schrecklich«, sagte Lofart.

»Ich sagte doch, es tat gar nicht weh.« Dorothee stand auf, stöhnte einmal laut, dann nahm sie einen der Computerausdrucke und faltete ihn nachlässig zusammen. »Was verdienst du eigentlich?«

»Oh!« sagte Lofart. Er sei ganz zufrieden.

»Verstehe, Geheimnis. Dein Vater war bestimmt Angestellter, außertariflich bezahlt.« Sie senkte ihre Stimme.

»Hör mal gut zu, Ulli. Du darfst niemandem sagen, was Papa verdient. Versprichst du uns das?« Dann warf sie den Ausdruck auf den Gartentisch. »Ich kriege fünf vier brutto«, sagte sie, »nicht schlecht für den Einstieg, aber erklär mir mal, wie man davon leben soll?«

»Meine Eltern sagen Ulrich zu mir.«

»Okay. Entschuldigung. Aber beantworte meine Frage. Wie lebt man von fünf vier brutto?«

»Ich habe nicht viel mehr.« Lofart setzte sich jetzt auf die Couch.

Dorothee räumte noch ein paar Papiere zusammen. »Gut. Du bist also bescheiden. Du hast keine teuren Hobbys, du fährst im Urlaub nach –«, sie zog die Mundwinkel herab, »was weiß ich. Auto brauchst du keins, und zwei gute Anzüge fürs Essen mit dem Chef sind genug. Ist es so?«

»Ungefähr.«

»Klar! Also hast du die Taschen voller Geld und ein dikkes Bankkonto.« Sie war zu Lofart herangetreten, jetzt kniete sie vor ihm auf dem Boden und legte ihm die Hände auf die Oberschenkel. »Und nach der nächsten Gehaltserhöhung sprichst du mit dem Mann von der Bank über eine kleine Eigentumswohnung.«

»Darüber habe ich noch nie nachgedacht.«

»Schwör es!«

»Warum? Ich habe nichts dergleichen vor.«

Sie wandte sich ab und langte nach dem Weinglas. »War ein Spaß.«

»Hast du Ärger im Büro?«

»Liebling.«

»Wie bitte?« sagte Lofart.

»Es heißt *Hast du Ärger im Büro, Liebling?* Oder besser *Hattest du Ärger im Büro, Liebling?*«

»Tut mir leid«, sagte Lofart. »Soll ich wieder gehen?«

Dorothee kroch auf allen vieren hoch auf die Couch und legte ihm den Kopf in den Schoß. »Bleib ruhig hier. Aber erwarte heute nichts von mir. Vielleicht erzählst du mir lieber was.«

»Was denn? Ein Märchen?«

»Nein. Was von dir. Was Schlimmes.«

»Ich weiß nichts Schlimmes.«

»Doch. Komm. Bitte! Beichte mir was. Erzähl mir, was du früher Furchtbares getan hast.«

Lofart fuhr ihr mit der Hand durchs Haar. Ob er vielleicht auch ein Glas Wein haben dürfe?

»Sicher.« Sie drehte kurz den Kopf zur Tür. »In der Küche.«

Als Lofart mit einem vollen Glas zurückkam, blieb er vor der Vitrine stehen und zeigte auf die *Matchbox*-Autos. »Waren das deine?«

Dorothee sah mit einem Stöhnen herüber. »Teils, teils.«

»Ich glaube, ein paar davon sind heute eine Menge Geld wert.«

»Kann sein«, sagte sie. »Aber was ist jetzt? Weißt du endlich eine Geschichte?«

Lofart schob die Unterlippe vor. »Ich könnte erzählen, wie ich einmal den Müll geschlagen habe.«

»Den Müll geschlagen! Das ist gut. Warte!« Dorothee sprang auf, lief aus dem Zimmer und kam zurück, den Arm voller Tüten mit Knabberzeug, die sie neben sich auf die Couch legte. Sie öffnete ein paar davon. »Nimm«, sagte sie. Er setzte sich, und sie legte den Kopf wieder auf seinen Schoß.

»Eigentlich schäme ich mich«, sagte Lofart.

»Um so besser. Fang an!«

Tatsächlich hatte Lofart einmal eine Plastiktüte voller Hausmüll, die im Flur neben der Wohnungstür umgefallen war und sich teilweise entleert hatte, zuerst mit einem hölzernen Hausschuh und, als dieser darüber zerbrochen war, mit einem Stockschirm geschlagen.

Natürlich kannte er die Angewohnheit solcher Tüten, nicht gerade zu stehen und sich, obwohl mit Bedacht gegen die Wand gelehnt und oft erst nach Sekunden, langsam vornüber zu beugen und umzustürzen. Ebenso gut wußte er, daß deswegen um so gefährlicher war, was er überdies getan hatte, nämlich der schon randvollen Tüte, bevor er sie endgültig zur Mülltonne trug, noch etwas obenauf zu drükken; und ausgerechnet: einen Filter mit halbfeuchtem Kaffeesatz, Eierschalen mit den Resten des Eiklars, zusammen in einer Konservendose mit scharfkantig abgespreiztem Deckel, halbvoll kaum eingetrockneter Bohnen in roter Soße.

Er habe deshalb, sagte er, und das mache es ihm jetzt leichter, darüber zu reden, eigentlich nicht den Müll geschlagen, sondern sich selbst, ja, seinen Leichtsinn, seine Unvorsichtigkeit wider besseres Wissen. Und überhaupt seine Nachlässigkeit in Haushaltsdingen. Andererseits seien natürlich durch das Umfallen der Mülltüte ein Stück Teppichboden und eine Partie Rauhfaser übel verschmutzt worden. Da ist eine solche Wut schon verständlich! Und er habe auch auf die am Boden liegende Tüte immerhin so eingeschlagen, daß sie sich nicht noch weiter geöffnet hatte oder gar gerissen war. Auch sei der Hausschuh, ein sehr lädiertes Teil aus seiner Jugendzeit, nicht wirklich unter den Schlägen zerbrochen, eher habe er ihn dem Abfall schließlich nachgeworfen.

»Du bist mir einer«, sagte Dorothee.

»Ja«, sagte Lofart. Und er schäme sich wirklich noch immer. Manchmal sehe er den ungleichmäßigen Rand um die Stelle, an der er später die Wand gewischt habe, und auf dem Teppichboden seien ein paar kleine Flecken zurückgeblieben.

»Ich stelle mir dann vor«, sagte er, »jemand ist dabeigewesen, oder schlimmer noch: er erzählt es einem Dritten, wie ich, Ulrich Lofart, in einem Anfall seltener Unbeherrschtheit eine Mülltüte geschlagen habe, am Ende sogar mit dem hölzernen Knauf eines Stockschirmes.« Wie das dann klänge! Er strich Dorothee übers Haar. »Was würdest du sagen, wenn man es dir erzählte?«

»Ich weiß nicht. Vielleicht: Auch so einer.«

»Siehst du«, sagte Lofart. »Dabei war es eigentlich mehr«, er atmete einmal tief ein und aus, *»eine Art Albernheit.* Vielleicht.« Jedenfalls nicht die Regel.

Dorothee sah zu ihm hoch. »Mir hat mal eine Frau meine Hausarbeit verdorben«, sagte sie. »In einem Copy-Shop. Über fünfzig Seiten.«

»Wie denn das?«

»Ganz einfach. Das Gerät hat eine Störung, ich rufe also die Aufsicht. Die kommt und klappt den Deckel hoch. Ich habe nur noch geschrien.« Die eine Hälfte der Blätter sei auf den nassen, schmutzigen Boden gefallen, die andere habe die Frau noch gegriffen und dabei so gegen das Gerät gedrückt, daß sie allesamt mehrfach geknickt worden seien. »Ich habe fast geweint«, sagte Dorothee.

Lofart strich ihr wieder übers Haar. »Das glaub ich dir nicht.«

»Wieso?«

»Das macht nur Sinn, wenn du mit Schreibmaschine geschrieben hättest. Und nicht mit Computer. Aber dazu bist du zu jung.«

»Bin ich nicht.«

»Du hättest nie mit Schreibmaschine geschrieben.«

»Okay. Aber es ist einer Freundin passiert.« Dorothee schloß die Augen. »Ich kann eben nicht lügen. Und mir passieren keine Katastrophen.«

»Glückliche«, sagte Lofart. Sie schwiegen eine Zeitlang.

»*Du* hast bestimmt noch mit Schreibmaschine geschrieben«, sagte Dorothee.

Lofart nickte.

»Und was hättest du gemacht? Wenn dir passiert wäre, was meiner Freundin passiert ist.«

»Ist mir passiert. Ich habe mir das Abschreiben bezahlen lassen.«

Das nenne sie kaltblütig, sagte Dorothee. »Wenn mir sowas passierte, ich glaube, mir würde es dermaßen in den Fingern jucken, alles um mich herum zu zerschlagen.« Sie griff Lofart ins Haar. »Die Frau würde ich so packen und schütteln und sie mit der Nase auf die Blätter stoßen. Wie einen Hund, der was auf den Teppich gemacht hat.« Sie sprang auf. »Ich zieh mich um«, sagte sie.

Sie kam im Nachthemd zurück. Sie hatte eine Decke mitgebracht und breitete sie über die Couch. Dann hielt sie ein verpacktes Kondom hoch.

»Ich habe immer noch keine«, sagte Lofart. Sie schliefen miteinander; gegen zwölf verabschiedete er sich. Er wikkelte Dorothee in die Decke ein. Sie schnurrte und zog sie sich bis an die Nase. »Samstag nachmittag«, sagte sie unter der Decke hervor. »Unternehmungen gemäß Wetterlage. Bei Sonne Fahrradtour.« Das müsse ihm doch entgegenkommen, oder? Lofart küßte sie auf die Stirn. Draußen war es klare, schon ein wenig kühle Nacht. Er schloß das Rad auf und fuhr los.

Einmal in den letzten Ferien hatte Lofart mit Bekannten aus dem Hotel an einem regnerischen Morgen kurz entschlossen einen Wagen gemietet, um eine Tour ins Hinterland zu unternehmen, in die Sümpfe. Unterwegs dann hatte er bemerkt, wie er alle Schilder und Plakate längs der Straße ablas. Es war das kein besonderes Problem gewesen; neben den Namen von Orten und Produkten enthielten sie kaum soviel Text, daß er ihnen nicht folgen konnte. Es waren Hinweise auf Hotels und touristische Ziele, Werbung für Baumärkte und Autohändler, für Töpfereien, Weinkellereien, Supermärkte und Therapiezentren, meist nur ein Schriftzug, vielleicht ein Pfeil und eine Telephonnummer, oder eine Abbildung oder ein einladend lachendes Gesicht. Gehäuft standen die Schilder vor den Ausfahrten und in der Nähe der Rastplätze, einige wiederholten sich in Abständen und gewannen dabei an Größe.

Da war Lofart mit einem Mal in eine so furchtbare Wut auf die Schilder und Plakate geraten, daß er laut losgeflucht und gefordert hatte, man solle sie ausnahmslos verbieten.

Die anderen im Wagen hatten sehr gelacht. Ja ja, es verschandele schon ordentlich die Landschaft; aber ein generelles Verbot sei doch wohl, mit Hinblick auf die Notwendigkeiten von Wirtschaft und Verkehr, kaum zu formulieren, geschweige denn durchzusetzen.

Lofart hatte damals gespürt, er müßte jetzt rasch und am besten mit einem Scherz auf seine Kosten das Thema wechseln; doch als er zu sprechen anfangen wollte, war ein Zittern in seiner Stimme, und statt einzulenken, hatte er behauptet: Wer hier zu Kompromissen bereit sei, trage die Verantwortung für das Allerschlimmste.

Sie fuhren da gerade an einem Wegweiser vorbei, es mußte eine Entscheidung fallen, zweimal ging es durch einen Kreisverkehr, bis sich der Fahrer orientiert hatte. Endlich erreichten sie ihr Ziel, sie hielten an einer Art Hafen und verteilten sich nach kurzer Debatte auf zwei Kähne, die von Männern in der Tracht der Gegend mit langen, vom Sumpfwasser geschwärzten Stangen leicht über die flachen Kanäle und zwischen Häusern und Wiesen hindurch gestakt wurden. Es dauerte etwa eine Stunde, und es klarte darüber auf.

Bei der Heimfahrt hatte Lofart wieder die Schilder und Plakate gelesen. Erfüllte denn eines davon wenigstens seinen Zweck? Merkte sich zum Beispiel einer, der hier vorbeifuhr, den Namen einer Werkstatt für seine Wagenmarke und profitierte dann davon, wenn er bald darauf liegenblieb? Oder kam einer bei der täglichen Fahrt zur Arbeit auf die Idee, sich einen offenen Kamin ins Wohnzimmer bauen zu lassen?

Nein, wahrscheinlich durfte man so nicht denken! Lofart hatte sich da längst beruhigt. Es war vielleicht alles, wenn überhaupt, eine Frage der großen Zahlen. Und am Ende gab es die Regel, daß wer ohne die Schilder arbeitet, weniger Umsatz macht als die anderen. Genau berechnet in Prozenten, punktum. Und danach hatte man sich einfach zu richten.

Zu Hause putzte sich Lofart sehr lange die Zähne. Wenn er ausspuckte, sah er genau hin, ob vielleicht Blut im Schaum war. Immer das erste Zeichen, daß etwas mit einem Zahn nicht stimmte. Aber alles in Ordnung. Es fiel ihm die Sasse ein. Schlimmstenfalls könnte es so gewesen sein: Diese Frau war seit Wochen oder Monaten auf ihn fixiert, warum auch immer. Die Querelen mit der Buchstabengruppe waren von langer Hand vorbereitet; und es wäre nur darauf angekommen, daß er sagte: Aber sicher, wir machen alles so, wie Sie es wünschen. Damit hätte sie dann leben können. Vielleicht, ohne daß sonst etwas zwischen ihnen hätte sein müssen. Es gab solche Leute.

Lofart fuhr mit dem Finger über die Borsten der Zahnbürste. Wenn es wirklich so war, konnte man im Prinzip niemandem mehr eine sachliche Antwort geben. Am Ende brachte der sich um. Aber dann ist alles nur noch ein schäbiges Drumherumreden. Und immer ist der im Vorteil, der das Spiel beginnt. Wie in den Abzählreimen für Kinder. Man mußte nur bei sich selbst anfangen, dann hatte man immer gewonnen.

Lofart zog sich aus und legte sich ins Bett. Morgen war Donnerstag. Möglicherweise könnten die ersten Abteilungsleiter seine Pläne schon heute abend gelesen haben. Vielleicht gerade, als er mit Dorothee schlief. Er lachte leise. Dann versuchte er, im Kopf noch einmal alles durchzugehen. Wie es darauf hinauslief, ihn selbst zu entlassen, das mußte allen einen gehörigen Schreck einjagen. Aber sagen könnten sie nichts. Rein von den Tatsachen her sprach alles für ihn.

Er schaltete das Licht aus. Was hatte Dorothee gesagt? Eine Eigentumswohnung. Was für ein Gedanke! Vorläufig wollte er nicht einmal erwägen umzuziehen. Die Wohnung lag doch günstig, und die Miete war vergleichsweise niedrig. Langsam gewöhnten sich seine Augen an das Dunkel. Und ausgerechnet eine Eigentumswohnung. Dorothee hatte nicht gewußt, was sie sagte.

Spät in der Nacht wachte Lofart wieder auf. Das ist alles erst der Anfang! dachte er. Wenn es so weiterginge und er sich darauf einließe, dann wäre das jetzt die Zeit, von der sie viel später immer wieder reden würden. Er überlegte. Bei seinem nächsten Besuch müßte er Dorothee etwas mitbringen, eine Kleinigkeit nur, etwas, daß sie bloß einen Moment festhalten und ansehen mußte. Er stand auf, ging ins Badezimmer und trank einen Schluck Wasser aus der Leitung. Vielleicht ein *Matchbox*-Auto für ihre Sammlung. Ein paar Straßen weiter gab es ein Geschäft für altes Spielzeug. Es müßte natürlich noch in der Schachtel stecken; Lofart erinnerte sich daran, sie waren gelblich gewesen mit rotem oder blauem Rand. Es hieß, in England sollten Streichholzschachteln wirklich so aussehen. Als Junge hatte er das nicht geglaubt.

Lofart schaltete das Licht im Bad aus und ging wieder ins Bett. Als draußen ein Auto vorbeifuhr, sah er noch kurz im Scheinwerferlicht an der Decke die kleine runde Dose, die den ungenutzten Stromanschluß verdeckte, seit er eine Leiste mit Strahlern an der Wand über dem Bett montiert hatte.

Quasi ein Ding der Unmöglichkeit war es für Lofart immer gewesen, tagsüber Kartoffelchips oder anderes Knabberzeug zu essen. Nicht daß er sich nichts daraus gemacht hätte. Er war regelrecht versessen darauf! Aber als Kind war es ihm, mit guten Gründen, einfach verboten worden: es verderbe den Appetit auf die Mahlzeiten und führe unweigerlich zur Verstopfung. Und da er älter wurde, blieb es ihm, er wußte auch nicht, warum, als die Vorstellung des schlechthin Unbotmäßigen, des ganz und gar Ausschweifenden haften. Also war er, seitdem er, jetzt schon fast zwanzig Jahre lang, seinen eigenen Haushalt versorgte, auch nicht ein einziges Mal der Versuchung erlegen. Selbst wenn nach Feiern mit Studien- oder Berufskollegen ganze oder gar angebrochene Packungen zurückgeblieben waren, nahm er davon frühstens am folgenden Abend; und immer hatte es, mag sein ohne Anlaß, den Charakter einer Belohnung.

Natürlich gab es, das hatte er mit Interesse verfolgt, seit

Jahren ganz anderes Knabberzeug. Nüsse waren jetzt in der Regel ausdrücklich ohne Fett geröstet und kaum noch gesalzen; die Kartoffelchips nicht mehr dick mit Paprika bestreut, daß nach einer Handvoll davon die Lippen brannten. Und überhaupt hatte sich das Sortiment vergrößert. Es gab Chips, die aussahen wie Schinkenstreifen und nach Schinken schmeckten, Knabbersachen in Gitter- und Bärenform, mit Käse-, Joghurt- oder Naturgeschmack, und selbstverständlich geröstete Apfelscheiben, knackig gedörrte Bananenstreifen und die gebrannten Kerne exotischer Früchte.

Im Laufe der letzten Jahre hatte Lofart das alles probiert, er hatte von Zeit zu Zeit die eine oder andere Tüte gekauft, in das Barfach der Schrankwand gelegt und auf einen geeigneten Abend gewartet, sie anzubrechen. Später dann beobachtete er ziemlich genau, ob das Produkt sich hielt oder ob es wieder aus den Regalen verschwand. Und jedesmal fand er seine Vermutung bestätigt: Der Geschmack war nur eine zweitrangige Beigabe; an nichts anderem hing das Schicksal der Sachen als an dem Gefühl im Mund, das sie auslösten. Und nur wenn sie, im ersten Moment hart und widerstandsfähig scheinend, unter dem Druck von Zähnen, Zunge und Gaumen plötzlich und geräuschvoll zerbarsten und sich, da Speichel hinzutrat, rasch, immer wieder erstaunlich rasch, in nichts als einen weichen, sämigen Brei auflösten – nur dann hatten sie reale Chancen, am Markt zu bleiben.

Lofart hielt sich auf diese Erkenntnis wenig zugute. Es war eine, mit der man nicht herumging. Außerdem, wem sollte damit gedient sein? Und ihm genügte es vollauf, der Sucht Herr zu bleiben, und das hieß, die Versuchung genau, wenn auch nur für sich, zu benennen.

10

Am Freitag morgen um elf versammelten sich die Mitglieder der Hauptabteilungsleiterkonferenz im Sitzungssaal der obersten Etage, gegenüber den Büros der Direktoren. Lofart war seit einer halben Stunde dort, er hatte noch einmal die Position des Overhead-Projektors geprüft, mit dem er die Graphiken an die Wand werfen wollte. Jetzt saß er an seinem Platz in der Nähe der Tür; um die Eintretenden zu begrüßen, mußte er sich umwenden, dabei hob er sich jedesmal ein wenig vom Stuhl. Vor ihm lagen die Kurz- und die Langfassung seines Plans. Ganz zum Schluß kam Schwering, der Zweite Direktor.

»Bleiben Sie sitzen«, sagte er, und während er Lofarts Hand nahm, drückte er ihn an der Schulter zurück. Dann beugte er sich herunter und brachte seinen Kopf neben Lofarts Ohr. »Das wird jetzt Staub aufwirbeln«, sagte er. »Aber stehen Sie es durch. Hören Sie? Unter allen Umständen.« Dann ging er zu seinem Platz an der Stirnseite des Tisches und sah sich um. »Wir können?« sagte er, und es wurde still. Schwering setzte sich und öffnete eine kleine Flasche Mineralwasser. »Jemand Anträge zur Tagesordnung?«

Der Direktionsassistent neben ihm schüttelte den Kopf.

»Fein«, sagte Schwering. »Aber ich. Ich habe nämlich offensichtlich im Gegensatz zu Ihnen eine schlaflose Nacht über den Memoiren unseres Doktor Lofart verbracht.« Er zog ein paar Papiere aus seiner Mappe und breitete sie vor sich aus. »Und da bekanntlich wovon das Herz voll ist der Mund überfließt, beantrage ich, die Diskussion um die Entwürfe zur Auflösung der Abteilung Römisch Drei sofort zu beginnen. Vortrag schenken wir uns. Jemand dagegen?«

Alle schüttelten den Kopf.

»Dann hören wir doch am besten zuerst die Betroffenen. – Hansberger!« Schwering wies auf die Papiere. »Sie haben das gelesen. Sagen Sie, was ist das für ein Gefühl, arbeitslos zu sein?«

Einige lachten. Der Angesprochene zog aus einem Stapel vor sich ein paar Blätter und setzte eine schmale Lesebrille auf. »Also nichts gegen den Kollegen Lofart«, sagte er langsam. »Aber ich halte das eher für ein Gedankenspiel, und solange wir –«

»Moment!« rief Schwering. »Die Fakten!« Er schlug mit der Handfläche leicht auf den Tisch. »Was davon beruht auf falschen Tatsachen? – Gerritzen, Sie teilen doch Hansbergers Weg ins soziale Abseits, was sagen Sie?«

Der Abteilungsleiter zog die Schultern hoch. Von der Einschätzung der Lage her könne man da wenig einwenden. Allerdings wisse ja keiner genau, wie sich alles in Zukunft entwickle.

»Stimmt«, sagte Schwering. »Das weiß immer noch keiner so ganz genau. Und mit diesem Manko müssen wir wohl gezwungenermaßen leben und alt werden. Und dafür sorgen, daß der Laden läuft. – Schön!« Er hob eine Hand. »Ich will diese Spontanumfrage hier einmal jäh unterbrechen. Und obwohl noch ein paar Posten mehr auf dem Spiel stehen, kann man unserem Freund Lofart wenigstens ein Motiv für seinen Kahlschlag nicht unterstellen, und das ist Karriereplanung. Sich selbst hat er nämlich auch an die Luft gesetzt.«

Alle lachten.

»Ernsthaft«, sagte Schwering. »Ich habe lange darüber nachgedacht. Diese Reorganisation würde uns ohne Frage Blut, Schweiß und Tränen kosten. Und, was am schlimmsten ist, Geld. Viel Geld. Aber bis wann sollen wir warten? Bis es besser wird und alles wieder im Trott läuft? Oder bis es noch schlechter kommt und wir sowieso von Improvisationen leben? Nein, verehrte Festgäste, das ist der Kairos, der Moment, welcher, für alle Nicht-Humanisten. Es sei denn, Sie sind lieber Kapitän auf einem untergehenden Dampfer als Steuermann auf einer schnellen, schlanken Yacht.« Schwering hielt kurz inne.

»Ich formuliere jetzt mal folgenden Vorschlag«, sagte er. »Die Leiter der betroffenen Abteilungen bilden eine Arbeitsgruppe, Lofart fungiert als primus inter pares. Und bis nächsten Freitag denken Sie diese Vorschläge mal gemeinsam zu Ende, bevor wir das noch weiter nach oben geben. Einverstanden?« Schwering schlug sein Notizbuch auf. »Der Rest ist, wie ich sehe, Routine. Ich muß mich leider entschuldigen.« Er legte die Papiere in seine Mappe, stand auf und ging in Richtung Ausgang. Hinter Lofart blieb er stehen, er tippte ihm auf die Schulter und sah in die Runde. »Und wenn mir zu Ohren kommt, daß jemand versucht hat, ihn zu vergiften«, er machte eine Drohgebärde mit dem Finger, »verständlich. Aber auf die Dauer keine Lösung.«

Als Schwering die Tür geschlossen hatte, meldete sich der Assistent. Er wolle noch einmal diejenigen nennen, die betroffen seien; einen Termin machten sie bitte untereinander aus. Er rief ein paar Namen auf, und die Männer gaben einander Handzeichen, daß sie am Montag telephonieren würden. Dann verlas der Assistent den nächsten Punkt der

Tagesordnung. In weniger als einer halben Stunde war alles erledigt. Mit Grüßen und Handschlag gingen sie auseinander.

Auf dem Weg zur Kantine nahm Lofart die Treppen. Da stieß er beinahe mit Froitzheim zusammen, der gerade aus einer der Türen zu den Etagenfluren trat.

»Was tun Sie denn im Dritten?« sagte Lofart. »Ist hier nicht die alte Datenverarbeitung?«

»Ja«, sagte der Stellvertreter. Er habe sich erkundigen wollen. Es gehe um die Sasse.

»Um wen?«

Froitzheim hob die Hände.

»Natürlich«, rief Lofart. »Ich war in Gedanken. Gibt es denn was Neues?«

»Nicht direkt. Aber eine Kollegin sagte, sie hätte hier eine Freundin. Da bin ich mal hingegangen. Unter einem Vorwand.«

»Und was sagt die Frau?« Sie gingen jetzt zusammen die Treppen hinab und bogen in den Gang zur Kantine.

»Im Grunde, was man immer so annimmt. Sie ist geschieden oder lebt jedenfalls getrennt, und sie hat ein Kind, ungefähr sechs oder sieben. Alles sehr schwierig, und außerdem kommt sie wohl mit dem Alleinsein nicht zurecht. Jetzt wohnt sie jedenfalls bei der Schwester.«

In der Kantine reihten sie sich in die Schlange vor der Essensausgabe. »Und was meinen Sie«, sagte Lofart. »Ob man da einfach mal vorbeigehen kann?«

»Das habe ich nicht gefragt.«

Lofart legte seine Essensmarke auf die Theke, und eine Frau rief etwas nach hinten in die Küche. »Natürlich«, sagte er, »ich dachte nur. Wenn sie überm Berg ist, sollte sich vielleicht jemand von uns sehen lassen.«

»Verlangen Sie das bitte nicht von mir«, sagte Froitzheim. Sie gingen jetzt beide mit den Tabletts zur Kasse. »Keine Bange«, sagte Lofart. »Nehmen Sie bitte für uns beide Besteck. Ich gehe voraus.« Auf dem Weg zu den Tischen kam ihm einer der Abteilungsleiter entgegen. Er blieb stehen. »Na, Sie Mörder«, sagte er, »dann guten Appetit zur Henkersmahlzeit.«

»Danke«, sagte Lofart, und es werde nichts so heiß gegessen, wie es gekocht sei. Er hob sein Tablett ein wenig in die Höhe. Der Abteilungsleiter winkte lachend ab, Lofart setzte sich an einen freien Tisch und machte Froitzheim ein Zeichen. »Ach, Besteck!« rief der und lief noch einmal zurück zur Theke.

»Es ist nur«, sagte Lofart, als sie nebeneinandersaßen und zu essen begannen, »weil ich denke, man müßte ein Zeichen setzen. Wer weiß, was solche Leute alles denken. Besonders, wenn sie allein sind.«

»Seien Sie nur vorsichtig. Und versprechen Sie ihr nichts.«

»Was denn?« Lofart legte sein Besteck auf den Tellerrand.

»Ich meine, wir müßten vielleicht das Gutachten abwarten«, sagte Froitzheim.

»Was für ein Gutachten?«

»Ich weiß nicht. Ich denke nur so.«

»Gutachten!« Lofart nahm sein Besteck wieder auf. Das gebe doch kein Verfahren. Soweit er jedenfalls wisse, sei Selbstmord straffrei. Und natürlich erhielten sie keinen Einblick in die ärztlichen Unterlagen. »Legen Sie mir auf jeden Fall die Adresse raus«, sagte er. »Die haben Sie doch?«

»Den Namen der Schwester. Ja.«

Lofart zeigte auf seinen Teller. »Gut heute«, sagte er. »Ich weiß wirklich nicht, warum die Leute rüber zur Stadtverwaltung gehen. Was haben Sie?«

»Putenschnitzel«, sagte der Stellvertreter.

Am Abend, Lofart zog gerade ein frisches Hemd an und eben schloß er die letzten Knöpfe, da hielt er plötzlich inne und sah an sich hinunter. Dann lief er ins Badezimmer vor den Spiegel. Natürlich, das war sein Hemd! Wie sollte es sonst in seinen Schrank gekommen sein? Und er glaubte sich auch daran erinnern zu können, es schon häufig getragen zu haben. Aber was fehlte, und das erschreckte ihn sehr, war irgendein sicherer Anhalt, irgend etwas, das ihm den Besitz unzweifelhaft machte.

Zum Beispiel: wo hatte er das Hemd gekauft; und unter welchen Umständen? Er hatte keine Ahnung. Er wußte nicht einmal zu sagen, ob es teuer oder billig gewesen war.

Oder war es vielleicht das Hemd, an dem immer wieder Knöpfe gefehlt hatten; das anfangs, vor der ersten Wäsche, am Hals gekratzt hatte? Nein. Auch nicht: zu welchen Hosen er es in der Regel trug; und zu welchem Jackett es nicht paßte.

Lofart hielt eine Manschette nahe ans Licht. Nach der Abnutzung an der Kante zu schließen, mußte das Hemd zu den älteren gehören. Und danach, wie der Stoff sich anfühlte, zu den besseren. Der Faden, mit dem der linke Manschettenknopf angenäht war, sah an der Unterseite ein, zwei Zentimeter hervor; er war dunkler als der an der rechten Manschette. Lofart zog einmal kurz mit Daumen und Zeigefinger daran. Er hielt.

Und dennoch, es blieb dabei, er wußte von dem Hemd nichts, als daß es aller Wahrscheinlichkeit nach ihm gehörte, lange schon, daß er vermutlich etliche Male darin herumgelaufen war, es an- und ausgezogen und in die Wäsche gegeben und, nachdem er es abgeholt, die Nadeln entfernt und es wieder in den Schrank getan hatte. Er griff in die Brusttasche. Aber nein! da waren auch nicht die Reste von einer Eintrittskarte oder einem Papiertaschentuch, das beim Waschen aufgeweicht worden wäre. Geschweige denn der Zettel mit einer Telephonnummer. Es half alles nichts; er mußte es vorerst auf sich beruhen lassen. Und hoffen, daß ihm vielleicht, wenn er sich nicht darum bemühte, alles wieder einfiele.

Lofart hatte überlegt, ob er sich anmelden sollte. Den Hörer hatte er schon in der Hand gehabt; doch vielleicht versetzte er damit nur alle in Panik. Er wählte statt dessen Dorothees Nummer und sprach ihr ein paar Sätze auf den Anrufbeantworter. Er freue sich schon auf morgen. Und für heute abend solle sie ihm die Daumen drücken. Er mache einen Canossa-Gang.

Unterwegs hielt Lofart am Hauptbahnhof an, er kaufte einen fertig gebundenen Blumenstrauß und eine Schachtel Pralinen. Als er die Bahnhofshalle verlassen wollte, kam er an einem Photoautomaten vorbei. Er blieb kurz stehen. Früher einmal hatte er sich in regelmäßigen Abständen in solchen Automaten photographieren lassen und die Aufnahmen in ein spezielles Album geklebt; immer vier in einer Reihe und die mit gleichen Posen untereinander. Zwei oder drei Jahre lang hatte er es durchgehalten, jetzt stand das Album in einem offenen Fach der Schrankwand neben den anderen; gelegentlich sah er hinein, ein bißchen schade war es schon, daß er aufgegeben hatte.

Lofart klemmte vorsichtig den Blumenstrauß und die Pralinenschachtel auf den Gepäckträger; vor einem Stadtplan prägte er sich den Weg ein. Hinter dem Bahnhof begann ein Viertel, das er kaum kannte. Er fuhr hindurch, bis er auf die Umgehungsstraße stieß, dann ging es über den Kanal und in eine Siedlung. Schließlich mußte er doch einmal fragen. Gleich um die Ecke, hieß es. Er schloß das Fahrrad an einen Zaun und ging durch einen schmalen Vorgarten zur Eingangstür eines Reihenhauses. Über der Klingel hing eine Tafel aus Ton mit fünf Vor- und einem Nachnamen als Relief, darüber klebte ein Papierstreifen mit dem Namen der Sachbearbeiterin auf den Klinkern. Lofart drückte die Klingel, es gab einen hellen, schrillen Ton, und ein Mann um die Vierzig öffnete die Tür.

»Ich muß mich entschuldigen«, sagte Lofart. »Guten Abend. Verzeihen Sie die Störung. Mein Name ist Lofart. Ich wollte eigentlich zu Frau Sasse. Wenn das geht.«

Der Mann nickte kurz. »Vom Büro?«

»Richtig.«

Der Mann wandte sich ins Haus zurück, gerade trat eine Frau aus einer Zimmertür in den Flur. »Sabines Chef«, sagte er.

Die Frau kam zur Haustür. »Das ist ja was. Warum haben Sie nicht angerufen?«

»Wir hatten nur die Adresse«, sagte Lofart. Er zeigte auf das Klingelschild an der Tür.

»Ach so«, sagte die Frau. »Ich geh mal eben rauf.« Der Mann machte eine Handbewegung, und Lofart trat in den Flur. Die Frau stieg eine enge, fast gerade Treppe nach oben, dort klopfte sie an eine Tür.

Lofart trug den Blumenstrauß und die Pralinenschachtel. Er versuchte, auf seine Armbanduhr zu schauen. »Es ist vielleicht ein bißchen spät geworden«, sagte er. »Ich habe den Weg hier hinaus unterschätzt.«

Der Mann schüttelte den Kopf. »Sabine ist eine Stiefschwester meiner Frau. Sie können sich vorstellen, daß wir ein bißchen von der Rolle sind.«

»Natürlich«, sagte Lofart. Ein Junge und ein Mädchen kamen jetzt die Kellertreppe hoch, sie blieben auf halber Höhe stehen und schauten durch die Geländerstäbe in den Flur.

Dann flüsterten sie miteinander. Lofart wollte etwas fragen.

»Das sind unsere Zwillinge«, sagte der Mann. »Die Große ist aus. Und Florian schläft schon, der ist fünfeinhalb.« Er zog einen Tischtennisball aus der Tasche und warf ihn durch die Stäbe. »Macht euch wieder runter«, sagte er. »Ich komme gleich.«

Oben ging jetzt eine Tür. Die Frau beugte sich über das Geländer. »Kommen Sie?« Der Mann grüßte, und Lofart stieg hinauf. Die Frau deutete auf eine Tür, die angelehnt stand. »Ich bin dann unten«, sagte sie.

Lofart klopfte an den Rahmen, und als er glaubte, eine Stimme zu hören, trat er ein. Die Sachbearbeiterin lag in einem hell bezogenen Bett, halb unter der Decke, den Oberkörper mit bunten Kissen gestützt. Sie legte gerade ein aufgeschlagenes Buch mit dem Rücken nach oben vor sich auf die Bettdecke. »Das ist aber eine Überraschung«, sagte sie.

Lofart lächelte. Er riß ein wenig das Papier von den Blumen und reichte den Strauß hinüber. Sie nahm ihn und drückte das Gesicht in die Blüten. Ihre Haare hatte sie mit einem Gummi oben auf dem Kopf zusammengebunden, jetzt fielen sie ihr beinah ins Gesicht. »Ach«, sagte sie. »Das gibts ja gar nicht.« Sie sah hoch. »Wann, glauben Sie, daß ich das letzte Mal Blumen gekriegt habe? Na, was glauben Sie?«

Lofart zuckte die Schultern. Er habe noch nie Blumen bekommen. Aber das sei ja auch etwas anderes. Er sah sich in dem Zimmer um. Vor einem niedrigen Schreibtisch stand ein Stuhl. »Nehmen Sie sich den«, sagte die Frau. »Aber seien Sie vorsichtig. Der ist nichts Schweres gewohnt.« Sie zeigte in den Raum. »Das ist nämlich das Zimmer meiner Nichte. Die habe ich vertrieben, und die haßt mich jetzt.

Manchmal kommt sie nachsehen, ob noch alles unbeschädigt ist.«

Lofart stellte die Pralinenschachtel auf den Schreibtisch. »Geben Sie ihr die. Als Mietabschlag.«

Die Frau schüttelte den Kopf. »Ausgeschlossen!« Sie zog die Wangen in den Mund und fuhr sich mit zwei Fingern durchs Gesicht. »Die achtet nämlich auf ihre Linie. Das muß man sich vorstellen. Und zwar mit vierzehn.«

Lofart zog den Stuhl ein wenig zum Bett und setzte sich. Es geht sehr gut, dachte er. Er war jetzt froh, gekommen zu sein. »Ich bringe Ihnen natürlich die Grüße von allen im Büro«, sagte er. »Sie haben uns einen ziemlichen Schreck eingejagt.«

»Ich weiß«, sagte die Frau. »Meiner Stiefschwester habe ich einen Schreck eingejagt, meinem Stiefschwager habe ich einen Schreck eingejagt, den Kindern, meiner Mutter, dem Arzt und den Krankenschwestern. Und jetzt auch noch Ihnen.« Sie roch wieder an den Blumen, dann hielt sie sie von sich, sagte schnell »Bu!« und schüttelte den Strauß in der Hand. Sie sah Lofart an. »Sehen Sie, ich jage sogar den armen Blumen einen Schreck ein.« Sie drückte den Strauß an ihre Schulter und strich über die Blüten. »Ist schon gut«, sagte sie. »Ist ja alles wieder gut. Mama tut es auch nie wieder.«

Lofart wandte sich einen Moment zur Seite. An der Stirnwand neben dem Fenster hingen ein paar gerahmte Puzzle-Bilder, auf einem Regal daneben saßen dicht an dicht gedrängt Puppen und Stofftiere auf zwei Brettern, auf einem dritten standen Dutzende winziger Kannen aus Porzellan oder Zinn, aufgereiht nach Größen und Farben. An die Wand dem Bett gegenüber waren Poster von Rockgruppen und Schauspielern geheftet, auf einigen klebten Programme und Reste von Eintrittskarten.

»So dürfen Sie nicht reden«, sagte Lofart.

Die Frau wiegte noch immer den Blumenstrauß. »Hörst du«, sagte sie in die Blüten, »der Onkel Abteilungsleiter hat gesagt, daß wir nicht so reden dürfen. Also los!« Sie warf den Strauß ans Fußende des Bettes. »Geht und sucht euch eine Vase. Schwester!« Sie schrie jetzt fast. »Schwester! Eine Vase!«

Fast im selben Augenblick kam die Schwester mit einer halb gefüllten gläsernen Vase ins Zimmer. »War schon in Arbeit«, sagte sie, riß das Papier ganz von dem Strauß und stellte ihn hinein. »Und wohin damit?«

»Stell ihn bitte so, daß ich diesen Schauspieler nicht mehr sehen muß«, sagte die Sachbearbeiterin. Die Schwester stellte die Blumen auf den Schreibtisch, dann ging sie. Die Frau schwieg jetzt. Von unten waren kurz Kinderstimmen zu hören.

»Ich –«, sagte Lofart nach einer Weile.

»Ja?«

»Nun, ich hoffe, ich mache mit diesem Besuch nichts falsch. Natürlich geht es Ihnen nicht gut, jetzt. Und am Ende bin ich es, der noch am wenigsten für Sie tun kann.«

»O doch«, sagte die Frau. »Stellen Sie die Blumen noch ein bißchen nach rechts, dann ist David ganz verdeckt. Das wäre eine große Hilfe für mich.«

»Lassen Sie das!« sagte Lofart scharf. Die Frau sah ihn erschrocken an. Er stand auf. »Ich weiß, Sie können sich jetzt ein paar Wochen lang alles mögliche rausnehmen. Sie können Ihre Familie quälen. Sie können Ihrem Chef sagen, was Sie wollen. Keiner wird Ihnen widersprechen.« Er ging einmal zur Tür und trat dann wieder an das Bett. »Aber das hört auf«, sagte er. »Das geht nicht ewig so weiter. Also müssen Sie wieder Tabletten schlucken. Und irgendwann glaubt Ihnen das keiner mehr. Dann sind Sie raus. Dann müssen Sie Ernst machen, verstehn Sie.« Er wischte sich mit der Hand über die Stirn. »Oder Sie können sich irgendwo zwischen Ihre Sachen setzen und darauf warten, daß es zu Ende geht.« Seine Stimme zitterte ein wenig. »Ihnen ist das vielleicht gleichgültig, und mir auch, glauben Sie mir das. Ich will nur keine«, er überlegte kurz, »keine halben Sachen. Verstehn Sie? Nichts, das immer so dahintersteht. – Also, wenn Sie wieder ins Büro kommen, wann immer das sein mag, dann können Sie von mir aus bearbeiten, was und wo Sie wollen. Wenn es sein muß, richten wir das Alphabet neu ein oder wir bauen das ganze Büro um. Wenn nötig, brechen wir die Wände durch. Und außerdem, Sie können kommen und gehen, wann Sie wollen.« Er legte den Kopf schief. »Das wissen Sie ja noch nicht: Wir ordnen sowieso alles neu.« Er klatschte in die Hände. »Und Sie sind dann der Mittelpunkt.«

Die Frau schwieg. Unten im Haus wurde gerufen.

»Entschuldigen Sie«, sagte Lofart. Er tastete in seinen Taschen. »Ich muß wieder. Ich bin nämlich mit dem Rad. Es ist ziemlich kühl für die Jahreszeit.« Er reichte der Frau die Hand. »Also jetzt mal im Ernst. Wenn ich etwas für Sie tun kann, sagen Sie bitte Bescheid.«

»Ich bringe Sie.« Die Sachbearbeiterin schlug die Decke zurück. Sie trug einen bunten Jogginganzug und dicke Frotteesocken. Zusammen gingen sie hinunter zur Haustür, Lofart trat hinaus und wollte das Rad vom Gartenzaun losmachen, dabei klemmte das Kettenschloß.

Sie war ihm ein Stück in den Vorgarten gefolgt. »Sie sind nicht verheiratet?«

»Stimmt.«

»Und was machen Sie an den Wochenenden?«

Lofart sah auf. »Dies und das. Letzten Samstag war ich beim Fußball.«

»Beim Fußball? – Wenn Sie wirklich etwas für mich tun wollen, nehmen Sie Florian einmal mit. Wissen Sie, er und die Zwillinge sind wie Katz und Hund.«

Lofart nickte. Das Schloß war endlich aufgegangen. »Ich habe ja jetzt Ihre Nummer.« Er reichte der Frau noch einmal die Hand. Sie standen einen Moment lang still. Dann machte sie einen Schritt, umarmte ihn kurz und heftig und lief zurück ins Haus.

Lofart band die Fahrradkette um den Sattel und fuhr los. Ein paar Straßen weiter schaltete er das Licht ein. Wenn das jetzt nur kein Fehler gewesen war. An der Kanalbrücke hielt er an. Eigentlich könnte er den Uferweg nehmen. Auch wenn das ein Umweg wäre.

Kurz bevor er in sein Viertel bog, begann Lofart es durchzuspielen, einmal verhört zu werden; wohlgemerkt, nicht einfach befragt, sondern wirklich verhört, nach allen Regeln der Kunst.

Er ließ die Vorgeschichte rasch abspulen: wie sie kommen würden, ihn abzuholen; die gemeinsame Fahrt, vielleicht in ein Amtsgebäude am Stadtrand; wie er eine Zeitlang allein bliebe in einem spärlich möblierten Dienstzimmer, mag sein auf einem Stuhl neben dem Schreibtisch.

Endlich würde es beginnen. Er hat die Männer vor der Tür flüstern hören, vermutlich eine Maßnahme, ihn zu verunsichern. Doch das zu wissen, schützt ihn nicht vor der Wirkung, und er fühlt seine Hände feucht werden.

Die erste Frage gilt, wie erwartet, seinem Aufenthaltsort an einem bestimmten Tag des vergangenen Jahres. Und was er dort getan habe? Viel hängt jetzt von der richtigen Antwort ab; allzu leicht geriete er durch eine überflüssige Wendung ins Hintertreffen und gleich mit dem Rücken zur Wand. Besonders gilt es, nichts zu sagen, das er später zurücknehmen müßte. Das machte den schlechtesten Eindruck. Und wäre er gleich vollkommen sicher, der Tag falle in eine Dienstreise: nur das nicht sagen! »Meine Herren«, beginnt er statt dessen, »ich bitte Sie.« Wer wisse denn aus dem Kopf, wo er am letzten Mittwoch gewesen sei? Geschweige denn vor einem Jahr. Dann läßt er sich Papier und Bleistift geben, um, wie er sagt, mit Hilfe seiner Erinnerung den Tag einzukreisen. Man erlaubt es ihm; und schließlich äußert er, guten Gewissens, eine Vermutung.

Natürlich stellt das die Frager nicht zufrieden. Sie nennen seine Korrektheit eine Ausflucht. Es kommt ein härterer Ton in ihre Stimmen, sie beharren auf ihrer Frage. Da betrachtet er noch einmal den Zettel, murmelt halblaut ein paar Schlüsse, bis er, was er lange vorher gewußt, endlich und mit einer kleinen Geste der Entschuldigung mitteilt: seinen genauen Aufenthalt und dazu einen Namen, eine Adresse, eine Telephonnummer, unter der alles umgehend zu bestätigen ist.

Nun kommt Bewegung in die Frager. Sie ziehen sich kurz zurück oder reden einander ins Ohr, vielleicht geht einer, ein Ferngespräch zu führen; ein anderer greift ärgerlich in eine Schublade und entnimmt ihr ein Photo, legt es vor sich hin, sieht es an und schiebt es ihm dann, ohne es umzudrehen, mit einem kurzen Satz über den Schreibtisch zu.

Er nimmt das Photo in die Hand. Es zeigt ihn auf der Straße, vor einförmigen Häusern, er steht hinter parkenden Autos, ist nur von der Brust an aufwärts zu sehen, er trägt den dunklen Mantel, den Kragen hochgeschlagen und eine Kappe. Nach rechts schaut er aus dem Bild, wo gerade einer sich abwendet.

Ein Frager ist hinter ihn getreten: Ob er das sei? Und wer der Mann am Bildrand? Und ob er zugebe, daß sie sich kennten?

Er führt das Photo nah an die Augen, dann hält er es weit von sich, wiegt den Kopf, legt das Photo zurück, sagt: Natürlich, das sei er, er lacht, er erkenne sich an Mantel und Kappe; ob er wissen dürfe, wo das aufgenommen sei? Denn *das* könne er beim besten Willen nicht sagen. Auch nicht, wer der andere Mann sei. – Und es wäre nichts als die Wahrheit.

Vielleicht packt ihn jetzt einer der Frager am Revers; ja! Oder ein anderer steht auf und tritt mit aller Kraft gegen einen Stuhl, daß der durch das Zimmer schleudert, oder einer wirft etwas fluchend in den Papierkorb: Er solle nicht lügen! Wen er vor sich habe! Ob er nicht wisse, worum es geht! Einer steckt schließlich mit zitternder Hand das Photo ein. »Name?« brüllt er, »Anschrift? Beruf? Familienstand? Zahl der Kinder?«

Soweit ließ Lofart es kommen. Gerne hätte er jetzt sein Gesicht gesehen. Nichts ist schwieriger, als aus der Unschuld Vorteile zu ziehen. Niemand soll glauben, man stehe allein wie ein Fels, eine Säule; er hat das früher geglaubt, jetzt weiß er es besser. Die Frager sind still geworden, sie sehen ihn an. – »Die Angst«, sagt er, »meine Herren! Fühlen Sie, wie mein Herz schlägt.«

Da geht ein Frager und bringt ihm Kaffee, und er dankt für den Kaffee und wird ihn nicht trinken.

Man solle von vorne beginnen, meint ein anderer Frager, und sie beginnen von vorn. Ein Dritter hat indes eine Akte geöffnet; er sieht sein Photo und den Personalbogen, dahinter geheftet sind Durchschläge, eingerissen an den Rändern und verblichen. Ruhig fällt jetzt Frage auf Frage; er antwortet in kurzen Sätzen, und wenn er die Antwort nicht weiß, so sagt er das knapp und versichert dabei, er mache die Sache ganz zu der seinen, so oder so; und die Frager sind einverstanden.

Ungefähr hier brach Lofart die Szene ab, weil er zu Hause angekommen war. Später dann wollte er sie weiterdenken, doch da verlor er sich gleich in Details.

11

Am Samstag morgen blieb Lofart lange im Bett; ein paarmal schlief er wieder ein, aber nach kurzer Zeit wachte er jedesmal auf und wunderte sich darüber, was er in den wenigen Minuten geträumt hatte. Um halb elf verließ er die Wohnung. Während er das Rad aus dem Keller holte, fiel ihm ein, daß heute der Supermarkt eröffnet werden sollte. Er ließ das Rad stehen und ging zu Fuß in die Richtung. An dem kleinen Platz mit dem Kriegerdenkmal hielt er an und setzte sich nach kurzem Überlegen auf eine freie Bank.

Jetzt stand ihm doch so einiges bevor. Lofart malte sich das Gespräch mit den anderen Abteilungsleitern aus. Das würde natürlich unangenehm werden. Zwar einerseits, er könnte sich notfalls immer darauf berufen, daß er selbst zu den Leidtragenden gehörte. Aber andererseits, das hieß nicht, er dürfte mitmachen, wenn alle es als bloße Spielerei abtäten. Das war er der Sache immerhin schuldig. Und wenn er erst daran dachte, wie weit Schwering sich für ihn hinausgelehnt hatte! Lofart schüttelte sich einmal. Obwohl, daß er gar nicht hatte referieren dürfen, war im Grunde eine Frechheit gewesen.

Er dachte an Dorothee. Er könnte sie heute nachmittag nach ihrer Meinung fragen. Sie war schließlich Unternehmensberaterin. Was immer das zu sagen hatte.

Gegenüber waren unterdessen eine Mutter und ein kleines Mädchen in Streit geraten. Das Mädchen schrie und stampfte auf den Boden. Lofart stand auf. Ich fühle mich nicht alt, dachte er; auch wenn bald ein paar Entscheidungen fallen könnten, hinter die es kein Zurück mehr gäbe. Aber im Grunde blieb das alles unwahrscheinlich. Er ging an den Streitenden vorbei in Richtung Straße, hatte gerade den Bürgersteig erreicht, da drehte sich das Mädchen von der Mutter weg und lief heulend an ihm vorbei und geradewegs auf die Fahrbahn zu. Lofart machte ein paar schnelle Schritte und faßte die Kleine am Arm, sie versuchte sofort sich loszureißen und schrie noch lauter.

»Hör doch mal«, sagte Lofart. Da stand die Mutter schon hinter ihm. »Luise«, sagte sie. Dann nahm sie das Kind unter den Arm und trug es, da es weiter schrie und mit den Beinen strampelte, zurück in den Park.

»Sie könnten danke sagen!« rief Lofart ihr hinterher. Die Mutter drehte sich kurz zu ihm um, sie sagte nichts.

Als Lofart um die nächste Ecke bog, hörte er Musik, und wieder eine Kreuzung weiter sah er, daß auf dem Bürgersteig vor dem Supermarkt Stände aufgeschlagen waren. Menschen standen bis weit in die Straße, eine Kapelle von vier oder fünf Mann spielte, und ein Clown auf Stelzen verteilte etwas an Kinder, die sich so eng um ihn drängten, daß er sich an den Dächern der Stände festhalten mußte.

Lofart wollte sich einen Weg zum Eingang bahnen, aber auf halber Strecke blieb er eingeklemmt stehen, er arbeitete sich zurück und überquerte die Straße. Da rief ihn jemand von der anderen Seite beim Namen, und auf ihn zu kam der junge Mann, den er zuletzt am Sonntag morgen vor Dorothees Haus gesehen hatte. »Wollen Sie etwa rein?« sagte er und reichte Lofart die Hand. »Tun Sie es nicht. Drinnen ist der Teufel los.«

Lofart nahm kurz die Hand. »Waren Sie schon?«

»Und ob!« Der junge Mann wies über die Stände. »Ich habe das alles organisiert, als freier Mitarbeiter für eine Agentur. Das ist mein erstes eigenes Projekt. Sozusagen mein opus primus. Wie finden Sie es?«

»Glückwunsch«, sagte Lofart. Er wies die Häuser hinter sich hoch. »Steigen Sie doch da aufs Dach und machen Sie ein paar Photos davon.«

Der junge Mann winkte ab. »Ist alles schon veranlaßt. Wir machen eine komplette Dokumentation. Übrigens, wie geht es mit Ihnen und Doro? Als ich sie gestern anrief, hatte sie richtig was Melancholisches. Es entwickelt sich doch alles gut, oder?«

Lofart wollte etwas antworten, da kam eine Stimme über Mikrophon. Gleich beginne eine neue Runde im Preisspiel. Noch einmal die Teilnahmeregeln: Wer es innerhalb der nächsten fünfzehn Minuten schaffe, dreizehn verschiedene Produkte mit verschiedenen Preisen einzusammeln, die zusammen genau dreizehn Mark kosteten, brauche dafür nur eine Mark zu bezahlen.

»Auch meine Idee«, sagte der junge Mann. »Das ist die achte Runde heute morgen, und es läuft immer noch wie verrückt. Wollen Sie auch teilnehmen?«

»Danke«, sagte Lofart. Aber ein paar Besorgungen hätte er schon gerne gemacht.

»Kommen Sie«, sagte der junge Mann. »Ich muß auch wieder hinein.« Er zog Lofart zu einer Einfahrt neben den Schaufenstern des Supermarktes und schloß sie auf. Sie gingen über einen Hof, durch einen Gang, wieder durch eine Tür; und dann standen sie neben der Brottheke. Gemeinsam traten sie in den Kassenbereich. »Donnerwetter«, sagte Lofart. »Das hat sich aber wirklich verändert.«

»Kann sein«, sagte der junge Mann. »Machen Sie mich

dafür nicht verantwortlich. Im einzelnen regieren natürlich die Sachzwänge. Wir machen nur die Präsentation.« Er wies mit der Hand. »Sehen Sie da!« Neben dem Durchgang zum Einkaufsbereich hing eine große Photographie in einem Rahmen; der Filialleiter begrüße die Kunden, hieß es, und er mache auf die aktuellen Sonderangebote aufmerksam, die man ab jetzt immer an den rot und blau geränderten Preisschildern erkenne.

»Bis ich von dem eine brauchbare Aufnahme hatte«, sagte der junge Mann. »Kommt der mir doch ernstlich mit Photos, auf denen sich seine ganze Familie tummelt.«

»Es sind keine Einkaufswagen mehr da«, sagte Lofart.

»Auch so eine Nuance. Früher hieß es immer: Bloß nicht zuwenig Wagen! Heute sagt man: Lieber ein paar Wagen weniger! Nicht den Eindruck von Überfluß aufkommen lassen. Oder von Unterbeschäftigung.« Er wies auf die Gemüseabteilung, die gleich hinter der Absperrung lag. »Ein anderes Beispiel. Weg mit den Spiegeln hinter dem Obst! Ruhige, überschaubare Angebote. Was verkauft ist, ist verkauft. Basta! Und bloß nicht die Leere verdoppeln.« Er grinste, dann rief er einem Mann jenseits der Kassen, wo die Kunden in langen Reihen standen, ein paar Zahlen zu. »Sorry«, sagte er, wieder zu Lofart gewandt. »Ich muß mich ins Gewühl stürzen. Sagen Sie Doro Grüße und daß ich ganz in der Sache aufgehe. Wie sie es gesagt hat.«

Lofart grüßte zurück und machte einen Schritt, um einen leeren Einkaufswagen zu nehmen, da hielt der junge Mann ihn bei der Schulter. »Noch wegen Doro. Keiner weiß, wie Sie das machen. Aber Respekt!«

»Ich mache nichts.«

Der junge Mann winkte ab und lachte. »Bescheidenheit. Vielleicht ist es das. – Ich muß!« Er ging zu einer Kasse und schlängelte sich an den Kunden vorbei in den Einkaufsbereich. »Dringender Einsatz«, rief er, als eine Frau protestierte.

Lofart wartete ein paar Sekunden, dann verließ er den Supermarkt. Er ging in Richtung Innenstadt und dort eine Zeitlang, ohne besonderes Ziel, durch die Straßen.

In Frankreich an der Küste hatte Lofart zum ersten Mal seit vielen Jahren wieder die klappbaren Liegestühle gesehen, wie er sie aus den Italien-Urlauben mit seinen Eltern kannte. Damals gehörten sie dem Hotel und waren über Nacht in einem Kellerraum abgestellt. Bei jedem Frühstück war es die erste Frage, welche sie heute bekommen würden: den roten mit dem verschossenen Bezug; den mit dem schwarzen Rahmen, von dem Vater sagte, der müsse einmal im Wasser gelegen haben; oder den mit den rostigen Metallteilen an der hinteren Stütze, die nicht mehr richtig in die Auskerbungen des Unterteils griffen? Oder am Ende einen von denen mit dem anderen Mechanismus? Davon hatte es nur ein paar gegeben.

Christa und er hatten dem Vater jeden Morgen beim Zusammenbau aus einiger Entfernung und scheinbar unbeteiligt zugesehen. Immer hatte der Vater angekündigt, heute bestimmt werde er sich furchtbar klemmen. An den Teufelsdingern! Zur Vorsicht legte er die Liegestühle, wenn er sie aufklappte, mit der Seite in den Sand. So könnten sie sich nicht selbständig machen! Und immer schwor er dabei, nie wieder hierhinzufahren und überdies jeden, der ihn jetzt störe, und seien es sein eigener Sohn oder seine Tochter, mit bloßen Händen zu töten. Schließlich, wenn er mehrmals geprüft hatte, ob alles an der richtigen Stelle eingerastet war, kippte er den Liegestuhl langsam zurück auf die Beine, probierte ihn, warf sich dann hinein und lobte laut das Wetter, das Hotel und überhaupt sein ganzes glückliches Leben.

In Frankreich hatten dann wieder ebendiese Liegestühle gestanden. Ein Unternehmen am Strand vermietete sie zusammen mit den Zelten aus grüner Leinwand. Man schloß sie abends mit einer Fahrradkette an die Pfosten. Lofart hatte tatsächlich überlegt, ein Zelt samt Liegestuhl zu mieten, ließ es dann aber. Und wenn er nicht den Klappstuhl aus dem Hotel mitbrachte, saß er bei den Reisebekannten auf Handtüchern und Badematten, oder er legte sich allein, nachdem er ein paar Steine und trockene Algen beiseite geräumt hatte, in den feinen, weißen Sand.

Dennoch war es schön gewesen, die Liegestühle wiederzusehen. Daß es die noch gibt! hatte er zu einem Bekannten gesagt, als sie die Promenade entlanggegangen waren. Oder daß sie wieder hergestellt würden. Denn einige waren ohne Zweifel fast neu. Womöglich kämen sie aus derselben Firma, seit damals auf genau die gleiche Weise gebaut! Man müsse sich das vorstellen, sagte er. Da könne also einer als junger Mann in solch ein Unternehmen eingetreten und jetzt um die fünfzig oder viel älter sein, und noch immer arbeite er an genau demselben Produkt.

Der Bekannte hatte den Kopf geschüttelt. Im Prinzip denkbar, aber wer könne schon sagen, wie das wirklich zugehe? Vielleicht seien ja einmal alle Firmen eingegangen, und heute werde ganz anderswo produziert. Und mit anderen Methoden. Oder sie hätten damals im Rausch des Geschäftes so gewaltige Mengen hergestellt, daß die in Lagern verschwunden seien; und jetzt, da wieder Bedarf bestehe, mache einer das Geschäft, der seit Jahren bloß auf totem Kapital gesessen habe.

Sie waren dann weitergegangen. Stimmt, sagte Lofart. Für gewöhnlich stelle man sich alles zu glatt vor; und der Bekannte stimmte zu. Später waren sie noch einmal stehengeblieben und hatten eine hübsche junge Frau im Bikini beim Aufstellen eines Liegestuhls beobachtet. »Wenn man es richtig anfängt«, hatte der Vater immer gesagt, »ist das kein Problem. Ein Griff an die richtigen Stellen, und er rastet wie von selber ein.« Alles eine Frage der Konzentration und des klaren Denkens.

Die junge Frau am Strand hatte sich schwergetan. Da hatte Lofart den Bekannten beim Arm genommen. Sie sollten rasch weitergehen, lange könne er sonst nicht mehr an sich halten.

Gegen Mittag schien es kurz, als wollte es regnen, und Lofart hatte schon den Telephonhörer in der Hand, um Dorothee anzurufen; doch dann war der Himmel binnen kurzem fast wolkenlos, er holte das Rad aus dem Keller, klemmte einen zusammengelegten Pullover auf den Gepäckträger und fuhr zu dem Hochhaus. Er wollte klingeln, da trat Dorothee aus der Tür. Sie küßte ihn aufs Kinn. »Ich hab dich gesehen«, sagte sie. »Vom Balkon. Du fuhrst wie ein einsamer, stolzer Ritter auf seinem schwarzen Drahtesel über die Hauptstraße, dann hieltst du die Hand heraus, als wolltest du dem nachfolgenden Heere die Richtung anzeigen, und bogst majestätisch in die Anliegerstraße.«

Lofart lachte. Ob sie denn überhaupt ein Fahrrad habe?

»Nein. Du wirst mich auf die Stange nehmen. Es wird aussehen, als führen wir durch einen französischen Film aus den sechziger Jahren.« Sie griff sich ins Haar. »Natürlich müßte ich dann einen Hut mit Bändern tragen und einen ausgestellten Rock, am besten rot mit weißen Punkten. Obwohl es natürlich ein Schwarzweißfilm ist.« Sie wies auf den Fahrradständer, da stand ein altes Damenrad mit zerrissenem Kettenschutz.

»Deins?« sagte Lofart.

Dorothee nickte. Sie ging hinüber, zog das Rad aus dem

Ständer und tat, als träte sie gegen die Speichen. »Das war mein erstes großes Rad«, sagte sie. »Später habe ich es bei uns in eine Scheune gestellt, so wie es war, verstehst du. Es sollte eine Erinnerung werden. An die Armut. Und dann wurden mir alle Fahrräder, die ich mir gekauft habe, nach ein paar Monaten geklaut. Zuletzt ein *Peugeot*. Über zweitausend Mark futsch! Jetzt fahre ich wieder mit dem. Das klaut keiner. Ich schließe es nicht einmal ab. Verrückt, nicht wahr!«

»Ich könnte es erklären«, sagte Lofart.

»Bitte nicht.«

»Gut. Und wohin solls gehen?«

»Fuchsbau«, sagte die Frau. »Kennst du doch, oder?«

»Nein. Kenne ich nicht.«

Dorothee hängte eine Tasche an den Fahrradlenker. »Nicht? Das gibts nicht!«

»Vielleicht kein Platz für Ritter.«

»Im Gegenteil. Es liegt mitten im Wald, und es gibt nur ein Gericht, fettig triefende halbe Hähnchen. Im Garten sitzen schweißnasse Familien auf Holzbänken, und das Bier wird in Flaschen serviert. Wer keine Kindheit gehabt hat, kann sie da nachholen. Also los!« Sie stieg auf und trat an, Lofart ihr hinterher. Er fuhr an ihre Seite.

»Übrigens soll ich dich von deinem Bekannten grüßen. Der Student, ich weiß seinen Namen nicht. Er organisiert die Wiedereröffnung von unserem Supermarkt. Du weißt schon.«

»Heiko«, sagte Dorothee. »Richtig, das war heute. Und wie liefs?«

»Ich hatte Mühe, reinzukommen.«

»Na, großartig. Erinnere mich daran, ihn anzurufen. Es ist eine Art Initiation, weißt du. Oder so ähnlich. Jedenfalls hat er jetzt schon mal Blut gerochen.«

»Wie stehst du eigentlich zu ihm?« sagte Lofart. Sie waren an eine Kreuzung gekommen, er stieg ab und drückte den Knopf an der Fußgängerampel.

»Geschäftlich«, sagte Dorothee. »Eifersüchtig?«

Die Ampel sprang auf Grün, und Dorothee fuhr quer über die Straße auf den Radweg an der anderen Seite. Erst an der nächsten Einbiegung hatte Lofart sie eingeholt. »Ein bißchen schon«, sagte er außer Atem. Sie waren jetzt auf der Ausfallstraße.

»Was?«

»Eifersüchtig.«

»Schmeichelhaft«, sagte Dorothee.

Sie fuhren rasch, und bald lagen rechts und links nur noch einzelne Häuser weit von der Straße zurück inmitten großer Gärten. »Da vorne«, sagte Dorothee; sie bogen in einen Feldweg und gleich wieder schräg in ein Wäldchen, es ging ein kurzes Stück steil hinauf, dann waren sie auf einem sehr schmalen und gewundenen Weg zwischen Büschen und niedrigen Bäumen.

»Wo sind wir?« rief Lofart, der hinterherfuhr.

»Das ist die Landwehr«, sagte Dorothee. »Ist das nicht toll?« Sie stieg aus dem Sattel, beugte sich ein wenig über den Lenker und trat schneller in die Pedale. »Los jetzt! Wer zuerst da ist!«

Lofart versuchte ihr zu folgen. Doch vergebens, er mußte zu sehr auf den Weg achten, manchmal liefen Wurzeln quer darüber, oder er führte in engen Windungen um Baumstämme und Einbrüche. Ein paarmal schlugen ihm tiefhängende Zweige schmerzhaft ins Gesicht. »Langsamer!« rief er, aber Dorothee antwortete nicht. Bald sah er sie nicht mehr vor sich.

Nach einer ganzen Strecke ging es unversehens wieder steil hinab und aus den Büschen und Bäumen hinaus auf einen querenden Feldweg. Lofart kam mit Mühe zum Halten. Rechts und links lagen abgeerntete Felder, und die Sonne schien jetzt so hell, daß er eine Hand über die Augen nehmen mußte. Er rief noch einmal Dorothees Namen, dann hielt er den Atem an. Es war nichts zu hören. Er rief wieder; wenn Dorothee ihn suchte, dann mußte sie notgedrungen denselben Weg zurückkommen. – Aber, nein, Dorothee würde ihn nicht suchen. Er schob das Rad an der anderen Seite die Landwehr hoch und fuhr langsam weiter. Nach vielleicht einem halben Kilometer mündete der schmale Weg in einen breiteren, und kurz darauf wies ein Hinweisschild zu der Gaststätte: *Fuchsbau.* Darunter stand *kein Ruhetag.* Lofart trat schneller, und als er vor dem Lokal ankam, sah er Dorothee an einem der Gartentische sitzen. Vor ihr standen zwei Bierflaschen und Gläser. Durch eine Pforte, über die an einem Gestell wilder Wein rankte, ging es in den Garten. Gerade kam eine Kellnerin an den Tisch. Sie brachte zwei Brathähnchen, die auf dicken weißen Tellern lagen.

»Das ist Timing«, sagte Dorothee. »Entschuldige, aber ich muß immer probieren, wie schnell es noch geht.«

Lofart setzte sich, die Kellnerin goß etwas Bier in sein Glas, es schäumte hoch bis zum Rand. Dorothee zog ihres zurück. »Ich mach das schon!« Die Kellnerin ging. »Scheußlich«, sagte Dorothee leise. Sie hielt ihr Glas schief und goß langsam aus der Flasche hinein. Dann nahm sie ihre Serviette, riß sie mittendurch, faßte damit ihr Hähnchen an zwei Seiten und bog es auseinander. Eine Dampfwolke stieg auf. »Irre, nicht wahr?«

Lofart tat es ihr nach. »Ich war vor zehn Jahren einmal verlobt«, sagte er.

»So. Und da hast du auch Ausflüge gemacht? Oder warum?«

»Das auch.« Lofart goß Bier nach, etwas Schaum lief am Glas hinunter. »Ich dachte, ich sollte das einmal sagen.«

Dorothee hatte den Hähnchenflügel abgerissen und nagte daran. »Vor zehn Jahren war ich im Tanzkurs. Der letzte Schrei waren schwarze Miniröcke und schwarzweiße Jacken. Pepita!« Sie zeigte auf ihre Brust. »Hier hatte ich eine rote Stoffrose. Als Anstecknadel.«

»Und dabei ist dein Herz gebrochen?«

»Wie?«

»Die Narbe.«

»Nein.« Sie legte den abgenagten Flügelknochen hin. »Ich habe einen Herzfehler.«

»Entschuldige«, sagte Lofart.

»Keine Ursache. Als Kind bin ich mal operiert worden.«

»Und jetzt ist alles gut?«

Sie zog mit der Gabel einen breiten weißen Fleischstreifen herunter. »Nein. Richtig in Ordnung kommt das nie.« Mit einem schmatzenden Geräusch biß sie hinein. Dann sah sie sich um. »Gartenwirtschaften lassen einen verwildern«, sagte sie mit vollem Mund.

»Mußt du Tabletten nehmen?«

Sie schüttelte den Kopf. »Verringerte Lebenserwartung«, sagte sie, immer noch mit vollem Mund. »Statistisch gesehen ungefähr so, als würde ich trinken oder rauchen oder fünfzigtausend Kilometer im Jahr Autobahn fahren.« Sie steckte das Fleisch ganz in den Mund und wischte die Hände mit den Serviettenstücken. »Aber das bedeutet nicht viel. Damit kann man bekanntlich neunzig werden.«

Lofart hatte noch nichts gegessen. »Ich könnte auf dich aufpassen«, sagte er. »Dann wirst du hundert.«

»So wie du radfährst? Ich weiß nicht.« Sie lachte. »Übrigens, wir sprachen doch letzten Mittwoch mal kurz von Geld. Jetzt im Ernst. Wieviel hast du? Ich meine, flüssig.«

Lofart machte eine Handbewegung.

»Komm! Vertrauen gegen Vertrauen.«

»So um die achttausend.«

»Gut. Paß auf!« Sie schob ihren Teller ein wenig zur Seite. »Du kennst doch die Bahls und Heiko. Wir und noch ein paar andere machen Warentermingeschäfte. Ich habe schon mit allen gesprochen. Wenn du willst, kannst du mitmachen.«

»Warentermingeschäfte?«

»Ja. Tu nicht, als wüßtest du nicht, was das ist. Wir haben im Schnitt Positionen für tausend pro Mann. Und mit viertausend steigst du ein.« Sie trank ihr Glas leer und goß aus der Flasche nach. »Ende vorigen Jahres lagen wir bei dreißig Prozent. In letzter Zeit ist es allerdings schlechter gelaufen.« Sie tippte sich an die Stirn. »Die spinnen jetzt alle. Und unser Berater hat gesagt, wir sollten etwas aufstokken.«

»Mit entsprechend höherem Risiko?«

Sie zog die Nase kraus. »Klar. Was natürlich auch die Spannung erhöht.« Sie holte ihren Teller wieder heran und hob mit zwei Fingern die braune Hähnchenhaut hoch. »Das ist komisch«, sagte sie. »Manchmal esse ich die, und manchmal wird mir fast schlecht bloß vom Ansehen.«

»Im Ernst«, sagte Lofart. »Es könnte also sein, daß ich da einsteige, und kurz darauf ist alles weg?«

»Nicht alles. Vielleicht die Hälfte. Und außerdem kann man nachgeben.«

Lofart hob einen Finger. »Und was wird dann aus meiner Eigentumswohnung?«

»Welche Eigentumswohnung?« Dorothee verdrehte die Augen. »Ach so, ja! Natürlich. Die geht dann flöten.« Sie trank ihr Bier aus und winkte der Kellnerin. »Weißt du, ich mache nicht gern Grundsatzerklärungen. Aber am besten ist: alles geht so Schritt für Schritt.« Sie ließ Zeige- und Mittelfinger wie zwei Beine über den Gartentisch laufen. »Sonst kann man es wahrscheinlich lassen. Auch privat.«

»Bitte?« sagte die Kellnerin.

»Eine *Fanta.* Eine doppelte *Fanta* in einem großen Glas.«

»Und der Herr?«

»Danke. Nichts im Moment.«

»Es muß aber auch *Fanta* auf dem Glas stehen«, sagte Dorothee. »Mit Bläschen rund um den Namen.« Sie lachte die Kellnerin an.

»Ich werd mal sehen, was wir dahaben.«

»Das mit den Bläschen ist *Bluna*«, sagte Lofart.

Dorothee ließ sich zurück gegen die Lehne des Gartenstuhls fallen. »Stimmt. Und *Bluna* gibts nicht mehr. Oder?« Sie seufzte laut, dann beugte sie sich wieder über ihren Teller.

»Gibst du mir ein paar Tage Bedenkzeit?« sagte Lofart.

Dorothee nickte. Er machte ein Zeichen; wo das hier sei? Das gewisse Örtchen.

»Da hinten«, sagte sie, wieder mit vollem Mund. »Nicht zu verfehlen.« Es stehe ein ausgestopfter Fuchs davor. Mit einem Huhn in der Schnauze.

In letzter Zeit war es Lofart, als wüchsen seine Fingernägel immer schneller. Natürlich, im Grunde hielt er es nicht für möglich, und erkundigt hatte er sich nie. Wahrscheinlich lag es daran, daß ihm die Zeit jetzt rascher verging. Allerdings tat diese Überlegung nichts zur Sache; denn egal warum: am Eindruck, er müsse seine Fingernägel in immer kürzeren Abständen schneiden, änderte sie beileibe nichts.

Das Schlimme nun daran: das Nägelschneiden war ihm von klein an ein Greuel. Jedesmal, nachdem es die Mutter getan hatte, kamen ihm seine Fingerspitzen ganz beschädigt vor, wie nackt, als sei der Schutz über hoch empfindlichen und immer verdeckten Stellen weggebrochen. Er wußte dann regelmäßig für Stunden nicht, wie etwas anfassen. Und vielleicht gerade weil er vor allem zögerte, schon vor dem Öffnen der Tür, stieß er mit den Fingerspitzen schmerzhaft dagegen. Er schob daher das Nägelschneiden immer hinaus, später zudem, weil er damit für Tage die Fähigkeit verlor, bei seinen Basteleien kleine Teile schnell und sicher zu fassen. Meist waren seine Nägel überlang; oft mit breiten Rändern von Farbe, Schmutz und Klebstoff darunter.

Einmal hatte ihm dann sein Vater die Nägel geschnitten. Die Mutter lag damals im Krankenhaus, eine harmlose Operation, und der Vater griff eines Morgens im Bad seine Hände. Er fluchte leise; und statt ihm, wie er es von der Mutter gewohnt war, die Nägel mit mehreren geraden Schnitten kurz über dem Nagelbett abzutrennen, setzte er die Schere mit der Krümmung gegen die der Fingerkuppe gekehrt an einer Seite des Nagels an, um ihn in einer einzigen Bewegung, die fast ein Schälen war, abzutrennen und ohne dabei an den Seiten zu reißen, wo der Nagel in den Fingern verschwand. Ein Nachfeilen, wie es die Mutter tat, um die zackigen Kanten zu runden, war nicht mehr nötig. Und nachdem er auf Anweisung des Vaters die Fingerkuppen mit Seife und einer weichen Bürste behandelt hatte, erschien, da sie trockneten, über den blaßroten Nägeln ein gleichmäßiger, schmaler weißer Rand.

Doch geholfen hatte das wenig. Denn den Vater noch einmal zu bitten, hatte er sich gescheut. Und endlich: selbst konnte er seine Nägel nicht schneiden; lange war er vollends unfähig, so geschickt er sonst in manchem war, irgendein Gerät und erst recht eine Schere mit der linken Hand zu führen. Tatsächlich lief er daher noch in der Tanzstundenzeit manchmal tagelang herum, die Nägel der linken Hand geschnitten und die der rechten nicht. Und obwohl ihm fast noch mehr als vor dem Schneiden davor graute, sich einen seiner langen Nägel bei einer unvorsichtigen Bewegung umzuknicken, fand er keine Lösung.

Bis heute. Er besaß jetzt zwar einen teuren und sehr scharfen Nagelclipser, eine verchromte Zange, deren schalenförmige Schneiden von einer Feder gespreizt wurden; aber jedesmal, wenn er ihn hervorholen mußte, war ihm unwohl, oft verschob er das Nägelschneiden. Dann wieder benutzte er den Clipser kurz vor einer Verabredung unter Zeitdruck und mit noch größerer Angst, sich zu verletzen.

Was also tun? Da die Zeit immer kürzer wurde. Zur Maniküre gehen und ihr wie im Film präzise erklären, welche Empfindlichkeiten sie unbedingt zu beachten habe? Einen suchen, dem er vertraute? Oder vielleicht sich zwingen, jeden Morgen, wirklich jeden, mit einer biegsamen Sandblattfeile abzufeilen, was den vergangenen Tag über nachgewachsen war.

12

Spät am Abend saßen Lofart und Dorothee nebeneinander auf der Ledercouch in ihrem Wohnzimmer; die Füße hatten sie zusammen in eine Decke geschlagen und auf den Glastisch gelegt. Sie sahen fern, einen Film aus den siebziger Jahren, in dem ein Hochhaus während der Einweihungsfeier in Flammen aufging. »Wunderbar«, sagte Dorothee nach einer halben Stunde; sie kannte den Film nicht. Lofart erzählte, wie er ihn vor zwanzig Jahren im Kino gesehen hatte. Danach hätten sie den ganzen Abend Witze über Feuer und Feuerwehr gemacht, und im *MAD* sei später eine tolle Parodie erschienen.

»Sei ruhig«, sagte Dorothee. »Und verrat bloß nichts!« Sie zeigte auf den Bildschirm. »Sieh dir die Kleider an. Das soll jetzt wieder modern werden. Furchtbar! Findest du nicht?«

Es könnte ihn sentimental machen, sagte Lofart.

Dorothee schwieg eine Zeitlang. Es kam jetzt allmählich heraus, daß beim Bau des Hochhauses an allem gespart worden war. Ein Verwandter des Bauunternehmers hatte die Differenz eingesteckt; jetzt wurde er zur Rede gestellt. Da nahm Dorothee die Fernbedienung und schaltete auf einen anderen Kanal.

»Was ist los?« sagte Lofart.

»Mist!« rief sie. »Warum kann es nicht einfach brennen? Einfach so. Wie es eben manchmal brennt.« Statt dessen werde jetzt in Gute und Böse eingeteilt. »Und dann ist alles klar. Die Bösen ins Feuer und die Guten sonstwohin.«

In groben Zügen habe sie recht.

»Also!« Im anderen Kanal lief eine Wettsendung. »Ich kann den Typ nicht ausstehen«, sagte Dorothee. »Aber der darf wenigstens nicht ganz so tun, als wäre er der liebe Gott.«

Sie sahen noch eine halbe Stunde fern, dann stand Dorothee auf und zog Lofart mit sich ins Schlafzimmer. »Komm«, sagte sie. »Das ist eine Einladung zum Frühstück.« Sie wies auf einen kleinen Kasten. »Du weißt schon.« Sie tat, als bliese sie einen Ballon auf. Dann schliefen sie miteinander. Später ging Dorothee zu einem Schrank, holte einen Herrenschlafanzug heraus und warf ihn Lofart zu. »Stell bloß keine Fragen«, sagte sie. »Sonst erzähle ich dir, daß es meiner ist und daß ich ihn anziehe, wenn ich mich einsam fühle.«

Lofart lachte.

»Lach nicht!« Dorothee kam zurück ins Bett und zog sich die Decke bis zum Kinn. »Erzähl mir wieder was. Wie letzthin.«

»Eben wolltest du nichts hören.«

»Eben ist eben. Erzähl mir wieder, wie du den Müll geprügelt hast. Oder erzähl mir, wie du –«, sie hielt inne. »Ich weiß nicht.«

»Eigentlich bist du mit dem Erzählen dran.«

Dorothee schüttelte den Kopf. »Los!«

»Ich überlege. Einen Moment.« Lofart stand auf, ging ins Badezimmer und urinierte auf der Klobrille sitzend. Dann trat er vor das Waschbecken. Neben dem großen Spiegel hing an einem Teleskoparm ein kleiner runder mit einer dünnen Neonröhre rings herum. Er schaltete sie ein und zog sich den Spiegel vors Gesicht. Er vergrößerte sehr; Lofart sah seine Bartstoppeln als kleine bräunliche Pfähle aus der Haut ragen. Eine leicht entzündete Stelle sah aus wie ein rötliches Kissen oder wie ein Gummibonbon, das lange in der Sonne gelegen hat. Er blies einmal durch die Nase und bleckte die Zähne vor dem Spiegel. Um den Rand der Füllung in einem der oberen Schneidezähne lief eine dünne, braune Linie, und an einem Goldzahn waren Kratzer, die der Zahnarzt beim Einsetzen gemacht haben mußte. Lofart schaltete das Licht am Spiegel aus. Er fuhr sich mit angefeuchteten Fingern durchs Haar, dann ging er zurück ins Schlafzimmer. Dorothee lag jetzt auf der Seite, ihm zugewandt und ganz zusammengekrümmt.

»Schläfst du?«

Sie murmelte etwas durch die Decke, er legte sich neben sie und fing leise an zu sprechen.

Auf der Heimreise aus dem letzten Urlaub hatte Lofart, obwohl die Fahrt im ganzen kaum mehr als acht Stunden dauern sollte, in einer Stadt kurz vor der belgischen Grenze den Zug verlassen. Sein Gepäck war aufgegeben, und er trug nur eine kleine Reisetasche mit ein paar Sachen bei sich. Eine Zeitlang war er durch die Stadt gegangen, dann hatte er für die Nacht ein Zimmer in einem kleinen, alten Hotel genommen. Bis gegen zehn hatte er im Fernsehraum gesessen, wo ein paar Männer eine Fußballübertragung verfolgten, dann war er auf sein Zimmer gegangen. Eine Weile las er noch in dem Buch, das er begonnen hatte. Es gab gerade die ersten Anzeichen dafür, daß die junge Frau ein wenig frigid war. Irgendwie mußte es mit dem Krieg zu tun haben. Aber darüber wurde nicht offen gesprochen. Nach wenigen Seiten legte Lofart das Buch zurück in die Tasche.

Er hatte schon das Licht löschen wollen, als er sich noch einmal in dem Zimmer umsah. Und da kam ihm eine Frage: Wäre jemand, der von sehr weit her mit verbundenen Augen in dieses Zimmer gebracht worden ist, in der Lage zu sagen, wo, vielleicht sogar wo genau, er sich befindet?

Besser: wie würde er selbst es anfangen? Er hatte dann irgendwo begonnen. Waren das nicht unverwechselbar französische Tapeten? Oder: gab es diese Art, sie zwei Handbreit unter der Decke mit einer schmalen aufgeklebten Stoffborte enden zu lassen, anderswo als in Frankreich? Ebenso diese hohen, oben von zwei halbrunden Leisten abgeschlossenen Fußhölzer, und diese Lichtschalter, deren Zuleitungen über Putz sauber mit Tapete umklebt waren?

Nein! hatte Lofart sich da sagen müssen. Das war alles einfach nur alt; hier war ja so wenig zerstört worden. Und das verwischte die Unterschiede. Um wenigstens die Ausgangsbedingungen korrekt zu halten, müßte der Kandidat schon in ein *neues* französisches Zimmer geführt werden, am besten ins Hotelzimmer einer Kette, ja, einer internationalen Hotelkette mit Häusern von Kanada bis Australien.

Lofart versuchte jetzt, es genau zu formulieren: *Ulrich L., 37, Verwaltungsjurist, erkennt, wenn man ihn mit verbundenen Augen hineinführt, in welchem Land der Welt sich fünf per Zufall ausgesuchte Einzelzimmer der XY-Hotelkette befinden.* Das wäre natürlich etwas aufwendig. Man müßte ihn gewissermaßen blind einmal rund um die Erde fliegen, damit er die Orientierung vollständig verlöre. Helferinnen müßten ihn führen, und niemand in seiner Nähe dürfte sprechen. Wahrscheinlich müßte er zusätzlich zu der Binde Kopfhörer tragen.

Dann endlich würde er sehen dürfen. Er steht im betreffenden Zimmer; gerade hat sich das Team ein letztes Mal vergewissert, daß alle Beschriftungen sorgfältig entfernt und die Fenster vollkommen verhängt sind. Er sieht sich also um, prüft fürs erste, wie die Steckdosen verlegt sind, befühlt die Oberflächen von Sitzbezügen und Bettwäsche, betätigt zwei-, dreimal die Wasserspülung der Toilette und läßt den Widerstand auf sich wirken, den die Lichtschalter beim Umlegen leisten. Er wirft sich einmal ansatzlos aufs Bett. Schließlich klopft er an verschiedenen Stellen die Wände ab; und nach einer kurzen Überlegungszeit, während der er hin und her gegangen ist und gelegentlich auf den Boden gestampft hat, sagt er mit einem sicheren Lächeln *Hongkong* oder *Manila* oder *Wien*; und Millionen an den Fernsehschirmen, die die richtige Lösung seit einiger Zeit eingeblendet sehen, klatschen in die Hände, springen begeistert auf; es war dies die letzte Station, fast eine Woche hat alles gedauert. Und er erhält einen fabelhaften Preis.

»Bist du eingeschlafen?« sagte Lofart.

Dorothee hielt die Augen geschlossen. »Du bist verrückt. Und was wäre der Preis?«

»Lebenslanges Wohnrecht in allen Hotels. Oder besser: eine vollmöblierte Eigentumswohnung.«

»Mach die Augen zu«, sagte Dorothee.

»Sind zu.«

»Wo bist du?«

Er berührte sie unter der Decke und nannte ihre Adresse.

»Wunderbar.« Sie schaltete das Licht aus. »Jetzt schlaf.«

Am Sonntag morgen wurde Lofart wach, als Dorothee aufstand. Er stellte sich weiter schlafend und rechnete nach. Es war seit fünf Jahren die erste Nacht gewesen, die er, von Tagungen und Urlauben natürlich abgesehen, nicht in seinem Bett verbracht hatte. Er erinnerte sich an dieses letzte Mal. Dann hörte er Geräusche aus der Küche, vorsichtig schlug er die Augen auf und rückte hinüber, dahin, wo Dorothee geschlafen hatte. Wenn es immer so wäre, dachte er. Er probierte, ob das Kopfkissen nach ihr roch. Nein. Dann schaute er, was an Dorothees Seite neben dem Bett und halb unter einem offenen Nachtschränkchen aus Bambusrohr lag. Es waren ein paar Zeitschriften, ein Fieberthermometer und ein Brief, der hochkant in einem Umschlag steckte. Lofart glaubte wieder einen Moment, sich vorstellen zu müssen, aus wie vielen Dingen so ein Leben bestand, doch er vertrieb den Gedanken. Dann fiel ihm die Sachbearbeiterin ein. Rasch stand er auf und ging in die Küche. Dorothee war nackt, sie hielt ein Tablett in den Händen. »O schade!« rief sie. »Ich wollte uns Frühstück ans Bett bringen.«

Lofart legte einen Finger an den Mund, auf Zehenspitzen und übertrieben leise ging er zurück ins Bett. Als sie nachgekommen war, lag er wieder auf seiner Seite. »Aufwachen!« rief sie von der Tür her. »Der Kaffee ist fertig.«

Lofart gähnte laut und streckte sich.

»Guck mal!« Sie drückte auf zwei Knöpfe an den Griffen des Tabletts, und zwei Stützen klappten herunter. Sie stellte es in die Mitte des Bettes.

»Phantastisch«, sagte Lofart.

»Um das zu kriegen, mußte ich mich für ein Abo werben lassen. Bei der ersten Gelegenheit hab ich es wieder abbestellt.«

»Und das hat sich gelohnt?«

»Hat es. Das Ding kostete im Geschäft doppelt so viel wie das Abo.« Sie goß Kaffee in die Tassen. »Außerdem war es nur ganz kurz im Handel. Limitierte Auflage, weißt du.«

Lofart tat Zucker in seinen Kaffee. Dorothee trug die Kanne zurück, dann kam sie zu ihm ins Bett, und sie begannen zu essen. »Übrigens«, sagte er nach einer Zeit, »ganz was anderes, vorgestern abend war ich bei einer Frau aus meiner Abteilung, die einen Selbstmordversuch unternommen hat.«

»War das der Canossa-Gang? Ich wollte schon fragen.«

»Ja.«

»Und warum?«

»Ich weiß nicht genau. Sie lebt jetzt mit ihrem Kind bei einer Schwester. Einer Stiefschwester.«

»Ich meine, warum warst du da?«

Lofart trank seinen Kaffee aus. »Ich hatte mir Sorgen gemacht.«

»Fehler«, sagte Dorothee. »Jetzt wird sie sonst was glauben und ist auf dich fixiert. Kommt sie überhaupt zurück ins Büro?«

»Ich denke, ja.«

»Dann mach dich auf alles gefaßt. In der Schule hat ein Mädchen aus meiner Parallelklasse Tabletten genommen. Darauf wollten natürlich alle ihr helfen. So was muß schiefgehen.«

Sie sprachen eine Zeitlang nicht.

»Und«, sagte Lofart, »hat sie es wieder getan?«

»Weiß ich nicht. Ist abgegangen.«

Lofart stand auf, neuen Kaffee zu holen. »Vielleicht geht es gut aus«, rief er von der Küche her. »Ich glaube nämlich, ich habe meine Abteilung wegrationalisiert.«

»Wie denn das?«

Er kam wieder ins Bett. »Ich sollte einen Plan zur Organisationsreform machen, und dabei habe ich drei Abteilungen in eine zusammengelegt.«

»Mit dir als Chef?«

»Nein. Gott bewahre!«

»Na dann!« Dorothee sprang auf und lief ins Badezimmer. Sie kam mit einem Glas Wasser und einer Tablettenschachtel zurück. »Vitamine«, sagte sie, wieder im Bett.

»Aber ich würde mir keine Sorgen machen. Im Moment baut keiner seine internen Strukturen um. Entlassen, ja, vielleicht. Aber keine Reformen.« Sie verschränkte die Arme und zog den Kopf zwischen die Schultern, daß sie mit dem Kinn ihre hochgedrückten Brüste berührte. »Alles klammert und krampft. Da kommst du nirgendwo dazwischen. Übrigens«, sie tippte sich ans Handgelenk. »Wir haben nicht ewig Zeit. Leider.«

»Es ist Sonntag«, sagte Lofart.

»Korrekt. Du wolltest doch etwas über meinen Job wissen. Also! In dem besucht man am Sonntagmittag alleinstehende Unternehmer auf dem Lande.«

»Schon wieder?«

Dorothee begann sich anzuziehen. »Denk dir nichts dabei«, sagte sie. »Das ist üblich. Die eigentliche Überzeugungsarbeit wird meistens in freier Wildbahn geleistet.«

Das höre er aber nicht so gern! Da könne man sich ja sonst was drunter vorstellen. Dorothee trug jetzt einen kurzen, schwarzen Rock und ein schwarzes, seidenes Oberteil. Außerdem bezweifle er, daß das die richtige Kleidung fürs Land sei.

»Mach dir keine Sorgen. Da kommt noch was drüber.« Sie ging aus dem Schlafzimmer.

Lofart blieb noch ein paar Sekunden liegen. Dann zog er sich an und ging ins Wohnzimmer. Er öffnete die Fenstertür und trat hinaus auf den Balkon. Es war diesig, weit konnte er nicht sehen. Er beugte sich über das Geländer. Da war immerhin das Bürohaus. Er überlegte. Irgendwo zwischen den Direktionszimmern müßte doch eine Toilette sein. Oder ein Raum mit Putzsachen. Dort könnte er vielleicht ein Zeichen für Dorothee anbringen. Statt ihr immer auf den Anrufbeantworter zu sprechen. Ein rotes Handtuch hieße dann: Samstag um drei.

Jetzt fiel ein schmaler Sonnenstrahl durch den Dunst. Einen Moment lang war die Autobahn zu erkennen. Um den Turm der Antoniuskirche war offenbar ein Gerüst gebaut worden, und irgendwo weit hinten stieg Rauch auf.

»Wie weit bist du?« rief Dorothee von drinnen.

»Fertig, Schatz«, sagte er leise. Dann ging er zurück und schloß die Balkontür. »Wir können.«

Im Aufzug küßte Dorothee ihn lange auf den Mund. Vor dem Haus verabredeten sie sich für den Mittwochabend. Wenn nichts dazwischenkomme. Ein Taxi wartete, und sie gingen winkend auseinander.

Ein Gedankenspiel: Einem, der nach mehreren Schicksalsschlägen schließlich in nackte Armut geraten ist, werden alle Sachen gezeigt, die er im Laufe seines Lebens rechtmäßig besessen hat. Angefangen von der ersten Kleidung und von Spielzeugen, an die er keine Erinnerung mehr hat, über das Viele, das er, da man es ihm zeigt, wiedererkennt, bis hin zu den Dingen, von denen sich zu trennen er gerade kurz zuvor gezwungen war.

Es findet statt in einer großen Halle. Alles ist in Sachgruppen aufgeteilt. Die Schränke zusammen, die Sessel und Tische, die Teppiche und Lampen, die Betten zu den Betten, und getrennt davon Matratzen und Bettzeug; Geschirre nebeneinander, Schuhe, Kleidung ebenso, Feuerzeuge, elektrische Geräte, Bücher und Stifte, der Schmuck. Die Autos und Fahrräder in Reihe samt allen Ersatzteilen. Eine Sammlung mit Münzen, eine andre mit kleinen, metallenen Flugzeugen. Und schließlich, in der letzten Abteilung, alles, was er in der Regel nur kurz besessen hat oder was rechtens für sich allein steht: Fahrscheine, Flugblätter, Schlüssel, Mitgliedskarten, Kunstwerke oder irgendwelcher Nippes, Erinnerungsstücke, Briefe und Photos, kleine Tiere aus Kastanien und Bucheckern gebastelt, Figürchen aus Wundertüten; und Knöpfe, die er gefunden und, da er sie für seine gehalten, eine Zeitlang in der Tasche verwahrt hat.

Frage jetzt: Was wird aus dem Mann? Treibt ihn der Anblick umgehend zur Verzweiflung oder gar in den Tod? Und wenn ja: Weil er das Ausmaß des Verlustes ermißt? Oder weil er das Sinnlose aller seiner Anstrengung nun vollends übersieht? Oder aber: Zieht der Mann aus all dem neue Hoffnung? Wird angesichts der Dinge fähig zu einer ungeheuren Konzentration auf etwas, von dem er bislang nicht wußte, daß es existiert? Bricht also zum Beispiel auf, völlig mittellos, möglichst viele fremde Länder und Städte zu sehen. Engagiert sich bei halsbrecherischen Projekten.

Oder entscheidet er sich, da er die Erlaubnis erhält, dafür: alles zu zerstören, und wohlgemerkt, jedes einzelne auf seine Art? Die Papiere also zu zerreißen, das Porzellan zu Boden zu werfen, die Möbel mit der Axt zu zerschlagen und was sonst immerhin mit einem großen Hammer so lange zu bearbeiten, bis es unkenntlich ist. Oder, allerletzte Möglichkeit: Es kommt ihn nach den ersten Stunden der Musterung eine solcher Überdruß an, daß sich aus allem gar nichts ergibt. Rein gar nichts.

Schon in seiner Straße, drehte Lofart um; und so schnell er konnte, fuhr er zum Bahnhof. Dort schloß er sein Fahrrad zwischen anderen an, durch den Nebeneingang lief er hoch zu den Gleisen. Gerade vor der Abfahrt stieg er in den Nahverkehrszug, er zahlte beim Schaffner, und am Bahnhof der Kleinstadt, eine gute halbe Stunde später, nahm er ein Taxi zum Haus seiner Eltern. Als er vor der Haustür stand, war es fast eins, er hielt einen Moment inne, sicher saßen die Eltern gerade bei Tisch, dann klingelte er.

»Das ist aber eine Überraschung!« rief die Mutter.

Warum um alles in der Welt er nicht angerufen habe? Lofart ging durch den Flur ins Eßzimmer.

»Guck an«, sagte der Vater. »Unser Sohn.«

Lofart setzte sich auf seinen Platz, und die Mutter brachte einen Teller. »Du hast aber Glück«, sagte sie. »Es gibt Rouladen, und da mache ich immer ein paar extra zum Einfrieren.«

»Ist was passiert?« sagte der Vater.

Es sei alles in Ordnung.

Ob er jemanden besuchen wolle?

»Nein. Gehst du heut nachmittag zum Fußball?«

»Nein«, sagte der Vater. »Ich hab das immer gesagt. Über die Kreisliga kommen die nicht raus. Ich geh da jetzt nicht mehr hin.«

»Erzähl doch mal was«, sagte die Mutter. Sie stieß Lofart unter dem Tisch an und machte ein Zeichen zum Vater hin.

Lofart winkte kurz ab und begann zu essen.

»Wann kaufst du dir endlich ein Auto?« sagte der Vater. Er könne doch nicht den ganzen Winter mit dem Rad fahren.

»Wenn es zu sehr schneit, nimmt er ja den Bus«, sagte die Mutter. Sie finde das sehr vernünftig.

»Wie gehts Tante Martha?« sagte Lofart.

Besser. Sie hätten sie letzte Woche besucht, der Arzt sage, für ihr Alter habe sie sich gut erholt. Es sei fast ein Wunder.

Nach dem Essen setzte sich Lofart in den Flur auf die kleine gepolsterte Bank mit dem angebauten Telephontischchen. Er nahm das Telephonbuch; es war ihm in den Sinn gekommen, einen Klassenkameraden anzurufen und ihn zu überreden, mit ihm zum Fußballplatz zu gehen. Aber dann ließ er es sein. Keine gute Idee. Er trug das Telephonbuch ins Wohnzimmer und blätterte weiter darin. Der Vater war nach dem Essen weggefahren, jetzt kam er mit der *BILD*-Zeitung zurück und legte sich aufs Sofa.

»Kann ich dein Rad haben?« sagte Lofart.

»Wozu?« sagte der Vater. Er wolle vielleicht selbst gleich wieder los.

»Nimm mein Rad«, rief die Mutter aus der Küche.

Bis gegen vier war Lofart unterwegs. Zuerst fuhr er in einer großen Runde um die Stadt, dann im Zickzackkurs mitten hindurch. Es waren kaum Menschen in den Straßen. Dabei waren die Schulferien doch vorbei. Vor seinem Gymnasium hielt Lofart kurz an. Seit Jahren wurde das Gebäude von einer Behörde genutzt, und die Klassenräume waren in kleine Büros unterteilt. Er sah durch ein Fenster. Dann fuhr er weiter zu einem Schreibwarengeschäft am Markt, das den Eltern eines Klassenkameraden gehörte. Mit dem hatte er manchmal in einem Lagerraum im Keller Bleistifte oder Radiergummis auspacken und in die Präsentierständer räumen dürfen. Oder sie klebten Etiketten mit dem Namen der Schule auf Hefte mit Deckeln aus schwarzem Papier.

Später, als Lofart in einem Straßencafé saß, glaubte er einen Moment, seine Schwester Christa mit ihrem Mann und den Kindern auf der anderen Seite des Marktes zu sehen. Aber es war eine Täuschung. Endlich kam ihm die Idee, Dorothee von hier aus zu schreiben. Er zahlte, fuhr zum Bahnhof und betrat den kleinen Zeitschriftenladen. Nein, hieß es da, Briefpapier führe man nicht, nur Postkarten. Lofart kaufte eine mit der Ansicht des Marktplatzes, lieh sich einen Kugelschreiber und setzte sich damit auf eine Bank in der Bahnhofshalle. *Liebe Dorothee,* schrieb er, dann die Adresse. *Herzliche Grüße von hier.* – Unsinn! Er strich das durch. So nicht. Zurück in dem Laden, blätterte er in den Zeitschriften, bis er eine mit großen Anzeigen fand, auf denen viel freier Platz war. Die kaufte er, setzte sich wieder auf die Bank, riß eine der Anzeigenseiten heraus und begann in seiner kleinsten Handschrift zu schreiben, langsam, oft absetzend, beinahe Wort für Wort:

An die Direktion der HIT-Märkte
Sehr geehrte Damen und Herren,
mein Anliegen, dem Sie bitte eine kurze Weile Aufmerksamkeit schenken wollen, mag Ihnen, da Sie Begriffe wie Effizienz und Praxis sicher anders definieren als ich, vorderhand abseitig scheinen. Ich weiß! Aber ich spüre, nicht alleine zu stehen. Und wenn mein Befremden größere Ursache hat als gestörte Gewohnheit, dann kann ich gewiß sein, ein die Allgemeinheit betreffendes Thema aufzuwerfen. Doch zur Sache!

Am vorvergangenen Donnerstag begannen Sie mit den Umbauarbeiten an Ihrer Filiale Ecke Fischer- und Albertstraße; eine Zeitlang – ich beschwere mich nicht darüber! – war dies mit Einschränkungen im Sortiment und besonders in der Bewegungsfreiheit verbunden. Endlich schlossen Sie die Filiale für einige Tage und eröffneten sie gestern mit einem, sagen wir: Volksfest.

Ich bekenne nun, daß mein erster Besuch in der neugestalteten Filiale kurz war und praktisch ausgefüllt mit dem Erstaunen über die Anzahl der Neuerungen, ja daß mich der erkennbare Zwang, alle Waren neu aufsuchen zu müssen, geradezu vertrieb. Das war zugegebenermaßen mein Versagen; wie immer es auch veranlaßt war. – Aber wäre nicht dennoch zu erwägen, frage ich, die alte Ordnung der Produkte, den Zusammenhang zum Beispiel zwischen Broten und Keksen, zwischen Reinigungsmitteln und solchen zur Körperpflege, Fertiggerichten in Dosen und dem Sortiment orientalischer Gewürze und Soßen, diesen Zusammenhang also, da es ihn nun einmal gab, auch zu erhalten?

Hier war die Seite vollgeschrieben, und er mußte erst eine neue suchen.

Gut! Sie sagen, dieser Zusammenhang sei, mehr oder minder, zufälliger Natur gewesen. Ich stimme unumwunden zu. Aber erkennbar prägt sich doch, wenn auch in vielen Variationen, eine Art wiederkehrendes Muster in allen Supermärkten aus. Und vermittelt so zumindest die Ahnung von einem objektiven Gesetz. Könnte es daher nicht denkbar sein und leicht zu arrangieren auf den oberen Verwaltungsebenen einer Kette wie der Ihrigen, daß man einen Grundplan entwürfe, vor dem jede Abweichung sich zu legitimieren hätte?

Dieser Grundplan könnte, ganz einfach, der Ablauf des Tages sein. Man begänne am Eingang mit den Dingen des Frühstücks, es folgten die Reinigungsutensilien, dann Fleisch und Geflügel und die Dosenware, Gebäck zum Kaffee oder Tee, ich lasse jetzt einiges aus, bis hin zu Nüssen, Chips und den Spirituosen. Oder radikaler: hier flüssig, da fest, oder sauer und süß, einheimisch und fremd. Vielleicht auch vom Ganzen zum Detail. – Verstehen Sie mich bitte nicht falsch: das sind Hypothesen, Vorschläge; alles bleibt ganz Ihnen überlassen.

Wieder war kein Platz mehr. Lofart riß jetzt wahllos eine Seite aus der Zeitschrift und schrieb auf ihrem Rand, schnell und ohne abzusetzen.

Ich war einmal, dies abschließend, im Traum in einem riesigen Supermarkt, dessen Regale so niedrig waren, daß ich, ohne mich als Riese zu fühlen, über sie hinweg und sogar in die abgewandten Fächer schauen konnte. Gleich war mir klar, was tun. Mit der rechten Hand umfaßte ich, um Halt zu haben, den Nacken der schlanken Kassiererin; und die linke an einem unendlich biegsamen Arm ausstreckend, raffte ich mit eleganten Bewegungen das Notwendige zu-

sammen, um es ihr in den Schoß zu legen, wie es kleine Kinder bei ihren Müttern tun.

Sie sehen mir die Abschweifung nach? Und Sie werden, wenn irgend möglich, meine Vorschläge erwägen? Antwort erwarte ich nicht.

Mit freundlichen Grüßen
Ihr Ulrich Lofart

In dem Zeitschriftenladen ließ sich Lofart die beschriebenen und gefalteten Blätter mit Tesaband zusammenkleben, er adressierte das Ganze, zog vor dem Postamt eine Marke aus dem Automaten und warf die Blätter in den Briefkasten. Er sah nach; der würde heute noch geleert werden. Dann fuhr er zum Haus seiner Eltern zurück und verabschiedete sich. Sie brachten ihn zur Tür. »Ruf wieder an«, sagte die Mutter. Der Vater ging ins Haus, und sie hielt Lofart am Arm zurück. Wie es denn mit dem Mädchen sei? sagte sie leise.

»Das ist kein Mädchen.«

»Du weißt, was ich meine.«

»Gut«, sagte Lofart. »Aber es ist noch nichts entschieden.«

Gegen sechs kam er wieder zu Hause an. Er stellte das Rad in den Keller und ging hinauf in die Wohnung. Später legte er sich auf die Couch vor den Fernseher. Die Ansagerin gab gerade eine Programmänderung bekannt, dann begann ein *Tatort.* Der alte Vorspann lief, und Lofart gab wie jedesmal darauf acht, ob er nicht abgenutzter war als zuletzt. Vermutlich war das Unsinn; Magnetaufzeichnungen konnten sicher nicht altern. Es kam ihm bestenfalls so vor. Er öffnete noch schnell eine Flasche Rotwein und sah den Film bis zum Ende. Dann ging er ins Bett.

13

Am Montag morgen vereinbarte Lofart telephonisch einen Termin mit den anderen Hauptabteilungsleitern, und nach dem Essen trafen sie sich im Besprechungsraum der Direktionsetage. Lofart war als erster da, er hatte zur Probe wieder eines seiner Schaubilder an eine Stellwand geworfen. Als die Männer kamen, schaltete er das Gerät aus und begrüßte jeden einzelnen mit Handschlag. Dann setzten sie sich um die Spitze des langen Tisches. »Bitte«, sagte Lofart. »Schießen Sie los!«

»Ich kann mich kurz fassen«, sagte Hansberger. »Ich habe das alles übers Wochenende mit nach Hause genommen. Sie wissen das, ich bin seit siebzehn Jahren in dem Laden. Und ich sage: Das ist gut gemacht, aber das funktioniert nicht. Wenn ich die Gründe dafür aufzählen sollte, würde das Stunden dauern. Also ersparen Sie mir das. Doch wie gesagt, gut gemeint, das muß ich zugeben.«

»Genau meine Meinung«, sagte ein zweiter Mann. Er zeigte auf ein Papier in seiner Hand. »Die hier geplante Abteilung ist einfach zu groß. Denken Sie sich bloß mal den dritten Stock, wie er jetzt ist. Da müßte alles andere raus, sonst treten sich die Leute gegenseitig die Hacken ab.«

»Das ist ein abstrakter Entwurf«, sagte Lofart. »An bauliche Maßnahmen hatte ich nicht gedacht.«

»Sehen Sie«, sagte Gerritzen. »Wesentlich ist doch, wir müssen im Moment damit rechnen, daß die allgemeine wirtschaftliche Entwicklung auf uns durchschlägt. Und nicht nur die. Energiesparen ist doch gewissermaßen, ja, Volkssport geworden.« Jemand erhob Einspruch. »Natürlich«, sagte Gerritzen, »wir merken das nicht sofort, und nicht präzise, aber genau das ist doch das Problem. In guten Zeiten kann man den Laden mal eine Zeitlang auf halber Kraft fahren, aber jetzt ist das der falscheste Moment.«

Lofart stand auf. Er schaltete den Projektor wieder ein und machte einen Schritt zu der Stellwand, doch dann hielt er inne und wandte sich zurück. Er stützte sich leicht auf die Lehne seines Stuhls und sah vor sich auf den Tisch. »Ich verstehe das«, sagte er. »Und wahrscheinlich haben Sie alle recht. Aber ich bin davon ausgegangen: Es gibt immer eine gewisse Trennung. Entweder, man konzentriert sich auf die Sache. Gut. Oder, man zieht dauernd alles Mögliche in Rechnung. Und dann fängt unweigerlich das Taktieren und Abwägen an. Man muß da unterscheiden.« Er hob den Kopf. »Offen gesagt, mich interessiert nur, ob die Sache in sich stimmig ist. Ansonsten«, er schlug leicht mit den Handflächen auf die Stuhllehne, »nach mir die Sintflut.«

»Sie haben gut reden«, sagte Hansberger. »Seien Sie mal über fünfzig. Dann sprechen Sie nicht mehr so.«

»Entschuldigung«, sagte Lofart. »Ich meinte natürlich niemanden persönlich. Außerdem wissen Sie ja, daß für mich bei alldem nichts herausspringen würde.«

»Das stimmt allerdings«, sagte Gerritzen.

»Schauen Sie«, sagte Lofart. »Wir werden heute mit Einzelheiten nur so überschüttet. Wenn Sie«, er holte mit den Armen aus, »wenn Sie nicht aufpassen, dann werden Sie in tausend Sachen reingezogen. Und wenn wir da überall mitmachen, kommen wir zu nichts mehr.«

»Wie meinen Sie das?« sagte einer der Männer.

»Tut mir leid. Ich komme vom Thema ab.« Lofart setzte sich wieder und sah auf die Uhr. »Schwering hat mich noch einmal gebeten, umgehend Bericht zu erstatten. Unbedingt. Ich wäre Ihnen also für Ihre Anregungen sehr dankbar. Und natürlich werde ich die Absender erwähnen.«

Sie sprachen dann noch eine knappe Stunde über die Details. Lofart machte sich an den entsprechenden Stellen Notizen. Als die Männer sich verabschiedeten, nahm ihn Hansberger beiseite. »Seien Sie vorsichtig«, sagte er leise. »Schwering soll Order haben, kräftig durchzusieben.«

»Gut«, sagte Lofart. »Danke.« Er wartete, bis alle gegangen waren, dann nahm er seine Folien aus dem Projektor und packte seine Unterlagen zusammen. Er knöpfte sein Jackett auf, mit der Hand fuhr er sich kurz durch die Achseln; dann sah er vorsichtig aus dem Besprechungszimmer in den Flur. Es war niemand mehr da. Er trat hinaus und ging langsam an den Türen der Parkseite vorbei. Nein, Toiletten gab es hier nicht, auch keinen Abstellraum. Wenn er ein Zeichen für Dorothee anbringen wollte, mußte er sich etwas anderes ausdenken. Vielleicht sollte er überhaupt ganz hinauf steigen! Aufs Dach. Und dort einen Ballon festbinden. Oder selbst da stehen, mit zwei Kellen in der Hand wie die Männer, die die großen Flugzeuge einwiesen. Er strich sich mit dem Zeigefinger über die Nase, dann trat er vor den Aufzug und drückte die Ruftaste.

Jahrelang hatte Lofart das Deodorant benutzt, das ihm seine Mutter als erstes gegeben hatte. Er müsse das jetzt tun, nach dem Baden. Es war eine weißliche Creme in einem kleinen Töpfchen mit rotem Deckel; sie roch beinahe nach nichts.

Eines Abends, viel später, hatte die Mutter erzählt, das

Deodorant werde vom Markt genommen. Der Vater hatte geflucht; von Sprays bekomme er Ausschlag, hundertprozentig. Aber, hatte die Mutter gesagt, die Drogistin bestelle ihr einen ganzen Karton, hundert oder zweihundert Stück, je nachdem, was noch am Lager sei, und seitdem hatte der Karton mit den kleinen Dosen auf dem Boden des Wandschranks neben der Tür zum Badezimmer gestanden. Noch während des Studiums nahm Lofart alle paar Wochen, wenn er zu Besuch war, eine davon mit.

Endlich war der Karton aufgebraucht. Ja, hatte die Mutter gesagt, nichts halte ewig und jetzt müßten sie alle sich umstellen, Papa benutze neuerdings einen Roller.

Lofart war gerade aus der Dusche gekommen, ein Badetuch um die Hüften gewickelt. Ich muß mir jetzt ein Deodorant kaufen, hatte er gedacht. Im Grunde nicht auszudenken! Er müßte es aussuchen, unter wer weiß wie vielen. Und da gäbe es Vorzüge und Nachteile, die ihn persönlich beträfen! Auf der Rückseite würden die längeren Texte stehen, vorne nur der Name. Und wenn er jetzt Werbung dafür sähe, im Fernsehen oder in einer Zeitschrift, dann wäre er gemeint. Wohin sollte das noch führen!

Anderntags war er aufs Geratewohl in einen Drogeriemarkt gegangen. Und als erstes sah er: das alte Deodorant war wieder im Handel! Und in genau der gleichen kleinen Dose mit dem geriffelten Rand und dem roten Deckel. Er hatte zwei gekauft, war hinausgelaufen und hatte von der nächsten Telephonzelle aus die Mutter angerufen.

Nicht möglich! hatte die Mutter gesagt. Ob er ihr welches schicken könne?

Der Aufzug kam, Lofart drückte den Knopf für seine Etage, da trat der Zweite Direktor aus einem der Zimmer gegenüber. »Hallo!« rief er. Das treffe sich aber!

Die Aufzugstüren schoben sich zusammen. Lofart streckte einen Arm dazwischen, und als sie ihn berührten, stoppten sie mit einem Ruck und öffneten sich wieder.

Schwering lachte. »Mutig«, sagte er. »In ein paar Minuten wollte ich Sie nämlich rufen lassen.«

»Ich komme eben erst aus der Besprechung«, sagte Lofart. Er machte einen Schritt aus dem Aufzug und schlug leicht auf seine Mappe. Er müsse das noch einarbeiten.

Schwering winkte ab. »Egal. Wir haben nämlich einen kleinen Anschlag auf Sie vor. Kommen Sie!« Er deutete auf die Tür, und Lofart ging an ihm vorbei in das Zimmer. Ein Mann und eine Frau saßen um einen kleinen Tisch beim Fenster. Der Mann stand auf. »Lettner kennen Sie ja«, sagte Schwering. »Und das ist Frau Dr. Woldt. Sie vertritt den Vorstand.« Lofart gab beiden die Hand. Kurz sah er aus dem Fenster.

»Nehmen Sie Platz«, sagte Schwering. »Ich will es möglichst schmerzlos machen. Aber zuerst müssen Sie uns versichern, über alles, was jetzt gesagt wird, vollkommenes Stillschweigen zu bewahren.«

»Natürlich«, sagte Lofart.

So natürlich sei das in diesem Falle leider nicht. Lettner, der Personalchef, schob Lofart ein Papier herüber. »Das ist eine schriftliche Versicherung. Wenn Sie unterzeichnen, ist ein Bruch dieser Vereinbarung Grund für eine sofortige Kündigung. Ich muß Ihnen das leider in dieser Deutlichkeit sagen.«

Lofart las den kurzen Text durch, Lettner gab ihm einen Kugelschreiber, er unterschrieb und schob das Papier zurück. »Sie machen mir ein bißchen angst«, sagte er.

Schwering lachte. »Ja!« rief er. »Das sind keine einfachen Zeiten, in denen wir leben.« Er zog ein anderes Papier hervor und schlug es auf. »Als wir Sie mit den Plänen zur Neuorganisation beauftragten, war das, nun sagen wir mal, eine Art Versuchsballon. Wir haben mehrere davon gestartet, verstehen Sie, mal öffentlich, mal nicht, in den verschiedensten Abteilungen. Es ging uns auch mehr ums Atmosphärische, um grundsätzliche Bereitschaften.«

Lofart wollte etwas sagen.

»Ich weiß, ich weiß«, sagte Schwering. »Ihr Fall hat sich ganz besonders entwickelt. Wissen Sie, von den meisten haben wir nur diffuse Signale bekommen. Bei Ihnen war das anders. Sie haben sich da richtig reingekniet.«

»Und Sie sind eine Art Prophet«, sagte die Frau, die den Vorstand vertrat. An ihr vorbei sah Lofart noch einmal hinaus.

»Ja, so ähnlich«, sagte Schwering. »Und nun mal ganz im Ernst. Ihre Vorschläge decken sich sehr weitgehend mit dem, was uns eine große Beratungsagentur in einer sehr teuren Studie nahegelegt hat. Die haben natürlich das ganze Unternehmen geröntgt. Damit verglichen, haben Sie gewissermaßen einen Teil des Konzeptes farbig ausgemalt. Sie glauben nicht, wie die gestaunt haben, als sie das unter die Augen bekamen.«

»Was soll das alles heißen?« sagte Lofart.

»Das heißt zum Beispiel, daß wir entlassen müssen. Unter anderem Sie.«

»Das ist ein Ding«, sagte Lofart.

Die Frau faßte ihn kurz beim Arm. »Machen Sie sich keine Sorgen. Sie sind eine von den Ausnahmen.«

»Stimmt«, sagte Schwering. »Eine besonders komplizierte Ausnahme sogar. Faktum ist: Ihr Laden wird aufgelöst. Definitiv. Aber für eine der neuen Direktionen sind Sie zu jung, und zurücksetzen wollen wir Sie nicht. Also haben wir einen Vorschlag, einen sehr guten Vorschlag. Bitte!« Er machte eine Handbewegung zum Personalchef hin.

»Sie gehen in eins der neuen Tochterunternehmen im Osten«, sagte der Personalchef. »Als Assistent der Direktion. Das ist faktisch eine leichte Zurückstufung, aber finanziell gleichen wir das aus. Pro forma durch einen Beratervertrag. Das begründen wir mit Ihren Reformvorschlägen. Außerdem zahlen wir Ihren Umzug und alles andere.« Er lächelte. Inklusive einer gewissen Entschädigung.

»Und das ist nur der Anfang«, sagte Schwering. »Sobald hier Gras über alles gewachsen ist, bekommen sie eine Direktion. Das ist, realistisch gesehen, in zwei bis drei Jahren soweit. Allerhöchstens in vier.« Er klopfte mit dem Zeigefinger auf den Tisch. »Nur ein kleiner Karriereknick. Ein vorübergehender.«

Lofart schwieg.

»Kommen Sie«, rief Schwering. »Sagen Sie was!«

»Ich weiß nicht. Es ist einerseits sehr verlockend.«

»Sehen Sie!«

Ob man ihn für eine Minute entschuldigen könne?

»Nehmen Sie meine«, sagte Schwering. Er wies auf eine Tür in der Täfelung hinter seinem Schreibtisch. Lofart nickte, als er aufstand, den beiden anderen zu, dann ging er durchs Zimmer und öffnete die Tür. Links war eine Garderobe, geradeaus hing ein beleuchteter Spiegel, rechts war ein kleines Bad. Lofart schloß sich ein. Über der Toilette war ein schmales Fenster aus geriffeltem Glas, über ein Gestänge ließ es sich kippen. Er sah kurz unter seine Schuhe, riß ein paar Stücke Toilettenpapier ab und legte sie auf die Klobrille, dann stieg er hinauf. Von hier erreichte er den Griff des Fensters, er löste einen Riegel und es klappte nach unten ab. Er stellte sich auf die Zehenspitzen.

Sehr weit entfernt, über die Bäume des Parks hinweg, sah er das Hochhaus, in dem Dorothee wohnte. Ihr Balkon im obersten Stockwerk war von allen der grünste. Lofart schaute zurück in den Raum. Nun das Zeichen! Er stieg von der Toilette, nahm ein rot-weiß gestreiftes Handtuch und knotete es um den Stiel der Klobürste. Dann suchte er nach einer Befestigung. Schließlich schob er mit aller Kraft den Bürstenstiel außen neben dem Fenster in eine offene Fuge zwischen Rahmen und Wand. Dann schloß er das Fenster und sah auf die Uhr. Jetzt war sie sicher nicht zu Hause. Da mußte er mit dem Anruf noch warten. Er zog die Spülung und wusch sich die Hände. Im Spiegel sah er, daß ihm ein paar Schweißtropfen auf der Stirn standen. Er wischte sie ab und ging zurück ins Zimmer. »Entschuldigung«, sagte er. »Ich vermute, ich muß mich nicht sofort entscheiden.«

»Nicht sofort, aber bald«, sagte Schwering.

»Wann genau, bitte?«

»Sagen wir, in einer Woche, also nächsten Montag. Ich mache Ihnen einen Vorschlag: Nehmen Sie frei. Es geht nicht vom Urlaub ab. Fangen Sie gleich mit dem Nachdenken an. Reden Sie mit Ihrer Familie. Sie sind doch verheiratet, oder?«

»Verlobt«, sagte Lofart.

»Also!« Schwering stand auf und ging voraus zur Tür. Sie folgten ihm alle. »Kommen Sie am Montag gleich zu mir. Oder melden Sie sich, wann immer Sie wollen.« Er reichte Lofart die Hand.

Der nahm sie. »Ich danke Ihnen«, sagte er.

»Und vergessen Sie nicht«, rief ihm der Personalchef hinterher. »Absolutes Stillschweigen.«

Lofart legte einen Finger auf seinen Mund. Der Aufzug stand offen; er grüßte noch einmal, dann fuhr er hinunter. Als er in den Gang zu seiner Abteilung bog, kam ihm Froitzheim entgegen. »Ich wollte mich heute morgen schon melden«, sagte der Stellvertreter, »wegen der Sasse. Aber Sie hatten bestimmt andere Sachen im Kopf.«

»Was ist passiert!«

»Nichts. Vielmehr, ich weiß nicht. Ob Sie da waren, wollte ich fragen.«

»War ich«, sagte Lofart. Sie gingen jetzt nebeneinander her.

»Und?«

Lofart schwieg einen Moment, dann blieb er stehen. »Alles halb so schlimm. Was solche Leute brauchen, ist manchmal nur ein klares Wort. Statt dessen gehen wir auf Zehenspitzen und machen es nur noch schlimmer.«

»Respekt!«

»Ich denke, in zwei Wochen ist sie wieder da. Und dann sagen wir ihr ein bißchen, daß sie an allen Ecken gefehlt hat und ob sie nicht ein paar Überstunden machen kann, damit wieder Ordnung in die Sachen kommt.« Er ging jetzt weiter.

»Wenn Sie meinen«, sagte Froitzheim.

Vor seinem Büro trennten sie sich. Lofart saß kaum hinter dem Schreibtisch, da meldete sich die Sekretärin. Die Post sei soweit. Und ob sie ihn einen Moment sprechen dürfe.

»Sicher«, sagte er. Die Sekretärin legte ihm einen Stapel auf den Schreibtisch. Sie habe gehört, ihre Abteilung und noch ein paar andere würden aufgelöst, und da interessiere sie natürlich, was mit ihr werde.

Lofart lehnte sich zurück. »Ich verstehe Sie nicht«, sagte er. »Sie haben das vorige Woche selbst abgeschrieben. Da müßten Sie am besten wissen, welchen Status das hat. Das ist doch alles himmelweit entfernt von jeder Entscheidung.«

»Ja«, sagte die Sekretärin, aber seit heute morgen sprächen irgendwie alle darüber, und außerdem wisse man ja nie, woran man sei.

»Geben Sie nichts drauf«, sagte Lofart. »Und glauben Sie mir: ich wünschte selbst, ich könnte das alles rückgängig machen. Das einzige Ergebnis ist nämlich eine völlig unnötige Hysterie.«

»Wenn Sie es sagen.«

»Das tue ich«, sagte Lofart; er begann, seine Post durchzusehen. Als die Sekretärin gegangen war, schob er alles beiseite. Er stand auf und sah sich um. In Filmen packten die Leute jetzt ihre persönlichen Sachen in einen Pappkarton. Obenauf lag immer das Photo von Frau und Kindern. Furchtbar! Andererseits, ihm war ja eigentlich nicht gekündigt worden. Im Gegenteil. Im Prinzip war alles wunderbar. »Ganz einmalig«, sagte Lofart leise. Als hätte ihm jemand im allerletzten Moment eine besonders peinliche Besorgung abgenommen. Er trat ans Fenster und sah hinunter auf die Straße. Dann blieb er noch für eine halbe Stunde am Schreibtisch sitzen. Endlich meldete er sich bei seiner Sekretärin unter einem Vorwand ab. Auf einem Umweg fuhr er nach Hause.

Von etwa Ende März bis zu den Schulferien war Lofart bei seinen Fahrten regelmäßig an einem Stadtstreicher vorbeigekommen, der die Passanten anzusprechen versuchte. Der Mann war nicht eben alt, eher groß, schlank, er hatte längeres, dunkel rötliches Haar, sein Gesicht war gebräunt, und auf dem Rücken trug er ein vollgepacktes Tragegestell. Aus der Entfernung hatte ihn Lofart beim ersten Mal für einen jungen Touristen gehalten und dann beim Heranfahren gesehen, daß alles an ihm beschädigt und heruntergekommen war. Der Mann hatte ihm etwas nachgerufen. Was, hatte er nicht verstanden; allein, es würde das Übliche gewesen sein.

Schon am nächsten Tag, als er den Mann von weitem wieder an der gleichen Stelle sah, nahm Lofart sich vor, ihm auf keinen Fall in die Augen zu sehen, um nicht erkannt und vielleicht sogar beschimpft zu werden. Es gelang ihm auch, denn der Mann sprach gerade laut zu zwei älteren Frauen, und die schienen drauf und dran stehenzubleiben. Wieder verstand er nicht, was er sagte; doch es schien ihm nichts Unfreundliches.

Ein paar Tage war der Mann darauf ausgeblieben, dann stand er an der Einmündung zum Domplatz, hundert Meter hinter der Brücke, später auf dem kleinen, dreieckigen Platz vor der Bibliothek. Und während Lofart es weiter angestrengt vermied, seinem Blick, gleich aus welcher Entfernung, zu begegnen, versuchte er doch, und mit der Zeit immer stärker, im Vorbeifahren auf sein Reden zu hören.

Denn der Mann sprach jedesmal, ob nun einer kam oder nicht, und nie nur vor sich hin, sondern wie an jemanden gerichtet; und wenn einmal Passanten, ihre ersten unvorsichtigen Blicke verfluchend, wieder zur Seite sahen oder sich, waren sie in Gesellschaft, in ein Gespräch vertieften, so berührte ihn das anscheinend nicht, und er redete weiter im gleichen Ton. Allein, wie sehr Lofart solche Situationen zu nutzen versuchte: nie schnappte er auch nur ein einziges deutliches Wort auf. Und jetzt, seit den Schulferien, blieb der Mann verschwunden.

Abends war, wie schon den ganzen Tag über, strahlendes Wetter. Lofart hatte ein paarmal bei Dorothee angerufen, immer war der Anrufbeantworter eingeschaltet gewesen. Zuerst hatte er noch eine Nachricht hinterlassen, dann hängte er jedesmal auf, wenn nach dem Signalton das Band zu laufen begann.

Endlich war er doch losgefahren. Er machte noch eine Zeitlang halt in dem kleinen Park mit dem Kriegerdenkmal, dann fuhr er am Bahnhof vorbei zu dem Hochhaus; es war fast sieben, als er das Rad neben Dorothees anschloß. Er klingelte, und sofort wurde geöffnet. Er fuhr hinauf. Dorothee stand in der Tür, sie trug eine viel zu weite, hellblaue Jeans mit einem Riß unterhalb des Knies und ein weites, weißes T-Shirt. Die Haare hatte sie mit einer Spange zu einem kurzen, borstigen Zopf zusammengesteckt. Jetzt tat sie, als schirmte sie die Augen gegen das Licht ab, winkte kurz und ging zurück in die Wohnung. Lofart folgte ihr ins Wohnzimmer und auf den Balkon, dort lag ein Stapel Zeitungen und Papiere auf dem Boden. Ein paar Decken waren von der Liege zurückgeschlagen. »Ich hab dich gestört?« sagte er.

»Quatsch. Warum hast du nicht angerufen?«

Der Anrufbeantworter sei dauernd eingeschaltet gewesen.

»Kann doch nicht sein«, sagte Dorothee. Sie ging in den Flur, dann kam sie wieder. »Stimmt. Hast du schon gegessen?«

»Nein«, sagte Lofart. Er trat ans Geländer und beugte sich ein wenig vor. Langsam ging er die Fenster im obersten Stockwerk des Bürohauses durch, und dann sah er wirklich das Handtuch neben Schwerings Toilette hängen. Ein winziger Farbfleck, und er schien sich leicht zu bewegen. Aber man würde es wissen müssen!

Dorothee hatte sich auf die Liege gelegt und in die Dekken gedreht. »Was suchst du da?«

Lofart wandte sich zu ihr. »Nichts. Wie wars gestern bei dir?«

»Wo?«

»In der freien Wildbahn.«

Dorothee schob die Unterlippe vor. »Wie immer.«

»Bist du sehr kaputt?«

»Frag nicht!« Dorothee richtete sich halb auf und versuchte, die Zeitungen und Papiere zusammenzulegen, da fiel der Stapel vollends um. Lofart ging in die Hocke und half beim Zusammenräumen. Ein paar beschriebene Seiten fielen aus einer Zeitschrift. Er hielt sie hoch. Es war sein Brief. »Ich hätte gleich gefragt«, sagte er.

Dorothee riß ihm die Seiten aus der Hand.

»Was ist los?«

»Das gehört jetzt mir.«

»Natürlich gehört es dir.«

»Na also.« Sie stand auf, drängte ihn ein wenig zur Seite, nahm alles Papier in die Arme und trug es durchs Wohnzimmer in die Küche. Dann kam sie zurück und blieb in der Balkontür stehen. »Kommst du rein«, sagte sie. »Mir wird draußen zu kalt.«

»Ich komme.« Lofart trat ins Wohnzimmer, blieb aber am Fenster stehen und sah noch einmal hinaus.

Dorothee hatte sich auf die Ledercouch gesetzt. »By the way. Was ist denn jetzt mit unseren Geschäften? Hast du dirs überlegt?«

»Ach Gott«, sagte Lofart. »Eigentlich nicht so richtig.« Es sei heute nämlich eine Menge passiert. »Aber einmal ganz vorläufig: Wärst du sehr böse, wenn ich das nicht mache?« Er hob die Arme. »Weißt du«, sagte er, »ich hätte dabei ein Gefühl, als wäre ich ein kleiner Junge, der auf dem Spielplatz unter lauter ältere geraten ist, und die wollen jetzt von ihm seine Mütze und seinen Anorak.« Lofart tat, als schüttle er sich. »Es ist Winter, verstehst du, und der kleine Junge traut sich nicht, *Warum?* zu sagen und *Wann krieg ich das wieder?* Dabei weiß er ziemlich sicher, daß die Großen damit nur abhauen wollen.«

»Und was macht er?«

»Er gibt beides her.«

»Der muß verrückt sein«, sagte Dorothee.

»O nein! Weißt du, da ist ja noch die Möglichkeit, daß alles in Ordnung ist, daß es irgendeinen Grund hat; so eine kleine Chance, und dann wäre er natürlich vor allen blamiert, weil er sich wunders wie angestellt hat.«

Dorothee schwieg. Dann schüttelte sie den Kopf. »Das paßt doch nicht auf uns.«

Lofart machte einen Schritt ins Zimmer. »Ja ja«, sagte er. »Ich wollte auch auf was andres hinaus.«

»Und auf was?«

»Das ist schwer zu sagen.«

»Versuchs«, sagte Dorothee. »Du kannst dich natürlich auch bei unserem Berater erkundigen.«

»Nein. Das ist es nicht. Es gibt da etwas Neues.« Lofart ging in die Mitte des Zimmers. »Eigentlich darf ich gar nicht darüber reden.« Er lachte einmal, dann wies er über die Schulter zum Fenster hinaus. »Manchmal glaube ich, du weißt das hier gar nicht zu würdigen.«

»Was meinst du?« Dorothee stand auf und trat neben ihn. »Etwa die Aussicht?«

»Ja.«

»Bestimmt nicht so wie du. Würdest du eigentlich ein Fernglas aufstellen?«

»Wenn schon«, sagte Lofart, »dann ein Teleskop. Aber ich glaube, nein.«

»Irgendwo unten wohnt vielleicht eine Rothaarige, die sich jeden Abend vor dem Fenster auszieht.«

»Mach kein Monstrum aus mir.«

»Alle Männer sind Monster.«

»Was ist das? Eine Erfahrung oder ein Motto?«

Dorothee wandte sich zu ihm, legte ihm die Arme um den Hals und drückte ihren Unterkörper gegen seinen. »Eine Wahrheit«, sagte sie. Dann begann sie, ihn zu küssen.

»Moment!« rief Lofart. Er machte sich ein wenig los. »Mir ist heute gekündigt worden.«

»Was?« sagte Dorothee, ohne ihn loszulassen.

»Ich hab dir davon erzählt. Sie haben alle meine Pläne akzeptiert. Einschließlich meiner Entlassung.«

Dorothee machte einen Schritt zurück. »Wahnsinn«, sagte sie. »Und was tust du jetzt? Willst du hier einziehen?«

»Wie bitte?«

»Nur vorläufig, wenn du willst. Dann sparst du die Miete.«

Lofart ging ein paar Schritte durchs Zimmer. »Vielen Dank. Aber ich bin nur entlassen. Das heißt nicht, ich nage schon am Hungertuch.«

»Weiß ich auch«, sagte Dorothee. »Aber solange unsicher ist, was kommt, ist es das Klügste, überall zu verschlanken.«

»Verschlanken«, sagte Lofart.

»Nenn es, wie du willst. Hier ist jedenfalls Platz genug. Und wenn du deine Miete riskierst und wir Glück haben, kriegen wir vielleicht in einem halben Jahr genug zusammen, um uns selbständig zu machen.« Sie boxte ihn in die Seite. »Mit deinen Qualifikationen!«

»Ich habe mich abgeschafft.«

»Genau. Und wenn ich das überall rumerzähle, wird dich jeder sehen wollen.« Sie lachte. »So was ist heute gefragt.«

»Du bist gut.« Lofart nahm sie wieder in die Arme. »Ich denke, ich geh mal nach Haus und schlafe eine Nacht drüber.«

»Tu das«, sagte Dorothee. Sie küßten sich lange. Und ansonsten bleibe es bei Mittwoch.

Wie immer nach dem Urlaub holte Lofart auch in diesem Jahr, bevor er ihn wegwarf, den Prospekt hervor, aus dem er kurz nach Weihnachten das Reiseziel ausgesucht hatte, und schlug die betreffende Seite auf. Da standen sie wieder, die vier, fünf kleinen Photos vom Ort; darunter in Reihe die der Hotels und Pensionen. Ein kurzer Text über Landschaft und Klima, Freizeitangebote und Einkaufsmöglichkeiten; dann die genauen Angaben zur Unterkunft in den Abkürzungen, die am Fuß jeder Seite erklärt waren. Schließlich die Preistabellen mit den Spalten für Vor-, Haupt- und Nachsaison.

Lofart hatte sich auf der Couch zurückgelehnt. Bislang war immer ein Bild dabei gewesen, mit dem er im nachhinein dies oder das verband: einen ausnehmend schönen Tag, eine Bekanntschaft, vielleicht ein Erlebnis. Diesmal schien es nicht so. Er wollte den Prospekt schon beiseite legen, dann blätterte er doch noch weiter. Die Küste entlang ging es jetzt Richtung Süden. Zusehends stiegen die Preise. Dann folgte ein Schlenker ins Binnenland. Und ein paar Seiten lang war nichts als eine Art Club beschrieben, oder ein ganzes Dorf, in dem die Feriengäste die Gemeinschaftsarbeiten übernahmen; sogar am Aufbau der Häuser konnte sich, wer wollte, beteiligen. Und je größer die Leistung, desto niedriger waren die Kosten.

Lofart sah die Bilder durch. Da saßen einige junge Leute auf einem hochbeladenen, kleinen Karren, den ein Esel zog. Andere, und ältere darunter, standen in Badezeug und mit Geräten in der Hand um einen Pool ohne Wasser. Auf dem größten Bild saßen Dutzende an einfachen, langen Tischen vor niedrigen, weißen Gebäuden, und immer zwei gingen mit großen Körben und Schüsseln durch die Reihen.

Lofart sah nach, wo der Ort lag. Allzuweit von der Küste schien es nicht, und von einem Fluß war die Rede, der hier in einer tiefen Schlucht aus den Bergen breche und durch eine Reihe von flachen Seen fließe. Alle Materialien, hieß es weiter, würden gestellt, immer sei fachkundige Anleitung gewährleistet, und für Fahrten in die Umgebung und zu den Sehenswürdigkeiten ständen eigene Busse zur Verfügung.

Ich werde alt, hatte Lofart da gedacht. Ganz von ungefähr und ohne daß er hätte sagen können, wie er darauf gekommen war. Ziemlich verwundert stand er auf und ging ein wenig umher. Dann schnitt er die Seite mit seinem Reiseziel aus und steckte sie zu den Photos ins Album. Die neuen Prospekte würden in der Regel kurz vor Weihnachten ausliegen. Bis dahin war noch eine Menge Zeit, und von Altwerden konnte keine Rede sein. Er warf den Prospekt in den Abfall. Nur, weiter nach Süden führe er das nächste Jahr, das nahm er sich vor. Des Wetters wegen; und einmal ohne aufs Geld zu achten.

14

Lofart sah auf die Uhr. Es war nicht einmal neun, und das Rad stand noch vor der Tür. Warum also nicht! Eine Zeitlang fuhr er in der Innenstadt umher, endlich schlug er den Weg Richtung Umgehungsstraße ein. Gegen halb zehn kam er vor dem Haus an, in dem die Sachbearbeiterin bei ihrer Schwester wohnte. Er klingelte. Sie öffnete selbst. »Das ist aber eine Überraschung«, sagte sie.

»Darf ich reinkommen?«

»Ich bin allein. Mit den Kindern. Meine Schwester ist im Kino.«

Da verstoße er hoffentlich nicht gegen den Anstand.

»Unsinn!« sagte die Sachbearbeiterin. Sie ging voraus in ein Wohnzimmer. Dort schaltete sie den Fernseher aus, dann holte sie zwei Gläser und eine Flasche aus dem Barfach eines großen Schrankes. »Ihre Pralinen sind leider alle«, sagte sie.

Lofart setzte sich auf eine Couch aus rauhem, bräunlichem Leder. »Ich hätte mich natürlich anmelden sollen.«

Sie schüttete die Gläser voll. »Egal. Ist doch schön, daß Sie da sind.« Sie setzte sich ihm gegenüber in einen Sessel. Wann bekomme man schon mal Besuch von seinem Chef.

Lofart trank einen Schluck. »Ich bin nicht mehr Ihr Chef«, sagte er.

»Man hat Sie doch nicht entlassen!«

»Im Gegenteil.« Er tat, als trüge er einen Rucksack. Es gehe jetzt in den Osten. Vielleicht schon zum nächsten Ersten.

»Das ist ja phantastisch.«

»Ich dachte mir, ich sags Ihnen gleich. Wenn Sie wiederkommen, bin ich wohl nicht mehr da.«

Die Sachbearbeiterin schwieg.

»Wie geht es dem Jungen?«

»Wie immer. Er kommt mit den Zwillingen nicht zurecht.«

»Sie sollten nicht alles einfach so weiterlaufen lassen«, sagte Lofart. »Treffen Sie jetzt ein paar Entscheidungen. Bevor es zu spät ist.« Sie stellte gerade ihr Glas auf den Tisch, da griff er nach ihrer Hand und drückte sie. »Ich will nicht irgendwo sein und mir Sorgen um Sie machen.«

Sie sah ihn an und ließ ihre Hand kurz in seiner, dann zog sie sie langsam zurück. »Das ist aber nett.«

Lofart lehnte sich zurück. »Stellen Sie sich das bloß mal vor«, sagte er. »Ich, mitten in den neuen Ländern.« Wahrscheinlich müsse man da mit allem von vorn anfangen, und es fehle permanent am Nötigsten. Vermutlich müsse er irgendwo zur Untermiete wohnen oder am Ende in seinem Büro ein Bett aufschlagen.

Ob er sich denn trotzdem freue?

»Natürlich.« Irgendwoher kam ein Geräusch. »Die Kinder?« sagte er. Sie horchten eine Zeitlang. Es war alles ruhig.

»Dann will ich mal wieder«, sagte Lofart. »Aber, bevor ich es vergesse. Warum ich gekommen bin: Am nächsten Samstag ist ein Heimspiel. Kann ich den Jungen mitnehmen?«

»Das würden Sie wirklich tun?«

»Sie hatten mich doch darum gebeten.«

»Na ja«, sagte sie. Das sei doch nicht ganz im Ernst gewesen.

Lofart biß einmal fest die Zähne aufeinander. »Ich hatte es so verstanden.«

»Mein Gott«, sagte die Sachbearbeiterin. »Wenn Sie wirklich wollen.« Florian würde sich natürlich freuen. Und wie!

»Also.« Lofart stand auf. »Ich komme dann so gegen halb drei.« Er schnippte einmal mit den Fingern. »Ich habe allerdings kein Auto.«

»Er hat ein Rad.«

»Prima! Also bis dann.« Er reichte ihr die Hand, und sie begleitete ihn bis zum Bürgersteig. Sie wisse gar nicht, was sie sagen solle.

Lofart machte sein Rad los. Das sei doch keine besondere Sache, sagte er. Sie standen einander gegenüber. »Wir sehen uns dann am Samstag.« Sie nickte, dann gaben sie sich noch einmal die Hand. Lofart stieg aufs Rad und fuhr nach Hause. Unterwegs sah er sich um, ob das Rücklicht brannte. Morgen früh würde er seine Sekretärin anrufen: Er sei den Rest der Woche zu Hause. Eine Krankheit, aber nichts Ernstes. Und Froitzheim solle ihn ruhig anrufen, wenn etwas Besonderes vorfalle.

Obwohl es noch früh war, stand der Supermarkt voller Kunden, dabei war nur eine Kasse geöffnet. Lofart schob den Einkaufswagen an den neuen Regalen vorbei, etwa in der Mitte ließ er ihn stehen. Neben der Fleischtheke hing ein Bild des Metzgermeisters; er garantiere, stand darunter, für täglich schlachtfrische Ware. Ungefähr da, wo er Dorothee zum ersten Mal gesehen hatte, standen jetzt Erfrischungsgetränke und Sport-Drinks. Im nächsten Regal waren die exotischen Lebensmittel und Saucen. Lofart wartete, bis er sicher war, daß niemand ihn beobachtete, dann schob er schnell ein kleines Glas mit eingelegten Fischen über den Regalrand. Es fiel auf den Boden und zerplatzte mit einem matten Geräusch. Er ging rasch weiter, nahm eine Zeitschrift von einem Stapel und stellte sich vor der Kasse an. Von weiter hinten Stimmen: jemand fluchte, dann rief ein anderer nach einem Eimer.

Natürlich, dachte Lofart, die beste Antwort für alle, jetzt, wäre zu sagen, er werde Kassierer. Vor Dorothee zum Beispiel würde er es einen Rückzug nennen. Vor hundert Jahren, würde er sagen, sei man in seiner Lage Diener geworden; natürlich ein Diener, der es freiwillig ist, der kaum darüber spricht und den die Herrschaft, da sie seine Gründe ahnt, auch fast nur im Notfall zum Sprechen bringt.

Vorne verließ jetzt die Kassiererin ihren Platz und schloß die Kasse ab, wohl um den Preis einer Ware zu erfragen.

Selbstverständlich, dachte Lofart weiter, würde er seine Einstellung an Bedingungen knüpfen. Eine herkömmliche Kasse würde er nicht akzeptieren; mindestens gäbe es: ein automatisches Zulieferfließband, drei Stauräume für die registrierte Ware, einen Geldwechsler und ein Lesegerät für den Strichcode auf den Verpackungen. Außerdem, alles nach ergonomischer Norm, der Sitz in der richtigen Höhe, zu den Seiten leicht schwenkbar und beim Nachlassen der Anstrengung von einer Feder zurück in die Frontstellung gezogen.

Die Kassiererin kam jetzt zurück, sie hielt etwas hoch und nannte den Preis; doch dann war die Kasse defekt. Sie ging wieder, den Geschäftsführer zu holen, es sei meistens nur ein Handgriff. Einer in der Schlange schlug vor, die Nachbarkasse zu öffnen.

Lofart blickte zurück in den Gang zwischen den Regalen.

Eins noch: zu Lager- oder Stapelarbeiten dürfte man ihn nicht heranziehen; und ganz entschieden würde er sich weigern, mit dem pistolenähnlichen Gerät die Preisschilder lagenweise auf Packungen und Konserven zu kleben!

Eine andere Kassiererin kam, schloß die Nachbarkasse auf und winkte herüberzukommen. Fast alle taten es, nur die vorne schon zwischen den Zigarettenständern und denen für Süßigkeiten standen, zögerten, ihren Platz aufzugeben. Zwei blieben schließlich, und Lofart rückte zu ihnen auf. Das Fließband lag voller Sachen, auch der Stauraum; dazwischen drehte sich ein Marmeladenglas geräuschvoll vor der Barriere.

Allerdings, in einem gäbe er jedem Einspruch statt! Das Praktische bliebe so lange Vorwand, wie er nicht eingestehe: es heiße hier, eine Schaltstelle besetzen. Und dort, gewissermaßen heimlich, alles in Erfahrung bringen.

Denn vom Platz hinter der Kasse, über die Waren hinweg, hätte er den besten Blick auf den Käufer. Der, während er seine Einkäufe ablädt, ungeschützt ist und ihm völlig ausgeliefert; ein kurzer Blick genügt, daß er die Augen niederschlägt und, selbst wenn er noch nicht an der Reihe ist, vielleicht so tut, als entnähme er seiner Geldbörse den ungefähren Betrag. Ohne Zweifel ist ihm, was er gekauft hat, peinlich. So, nebeneinander. Und wenn es wirklich nur Lücken in den Beständen füllte: eine Halbwahrheit, schon unausgesprochen schämt er sich ihrer; denn alles ist, so oder so, ausgewählt, nichts mit schlichter Notwendigkeit erklärt; und hinter jeder Sache steht eine andere. Jedes Fertiggericht setzt den Besitz der Küchengeräte voraus; Toilettenartikel lassen auf kleine Gebrechen schließen, Sonderangebote auf gewisse Vorlieben; *no Name*-Produkte vielleicht auf Armut und Elend! Dinge gab es, die sagten schier alles; und was läge da näher, als sich auf die andere Seite zu schlagen? Als den weißen Kittel anzuziehen, alles zu berühren und nichts zum Kauf, alles an sich vorüberfließen zu lassen und es sorgsam in den Endpreis zu verwandeln – und jedesmal den kurzen Blick auf den Käufer zu werfen, bei der Geldübergabe vielleicht, oder wenn der, eilig, um eine Tragetasche bittet.

Unterdessen war die Schlange vor der neugeöffneten Kasse kürzer geworden, während der Geschäftsführer mit einem Spezialinstrument die defekte öffnete. Die Quittungsrolle spule sich schief ab. Die Kassiererin nahm ihren Platz wieder ein; endlich erreichte Lofart das Fließband. Er legte seine Zeitschrift darauf, und als es anfuhr, warf er zwischen sie und die Sachen des Vordermannes eins der ganz neuen Holzstücke mit der Aufschrift *NÄCHSTER KUNDE*.

Am Mittwoch morgen rief die Sekretärin an und verband ihn mit Froitzheim. »Hier läuft einiges aus dem Ruder«, sagte der Stellvertreter. Seit dem Morgen seien Leute von irgendeiner Agentur in der Abteilung und ließen sich alle möglichen Einzelheiten erklären.

»Das ist schon in Ordnung«, sagte Lofart.

Wann er denn wieder im Haus sei?

»Bald.« Lofart hängte ein. Gegen sechs duschte er, zog frische Sachen an und wartete, bis seine Haare getrocknet waren. Langsam fuhr er zu dem Hochhaus. Als er in die Anliegerstraße bog, schien es ihm einen Moment, als stände Dorothee auf dem Balkon. Er tat, als hätte er nicht hinaufgesehen, klingelte und nahm den Aufzug. Dorothee stand in der Tür, sie trug nur ein langes T-Shirt mit einer aufgedruckten Disney-Figur, ihre Haare hingen ihr beinahe ins Gesicht. »Gut, daß du kommst«, sagte sie.

Was es denn gebe?

»Ärger.« Sie zog ihn mit sich hinein.

»Beruflich?«

»Wo sonst.« Sie legte sich im Wohnzimmer auf die Couch.

»Was ist es denn genau?« sagte Lofart.

»Ich will nicht drüber reden. Du sollst mich nur ablenken. Dann gehts schon vorbei.«

»Dazu bin ich der falsche Mann.«

»Unsinn.« Sie winkte ihm. »Komm, erzähl mir wieder so eine Geschichte! Der Müll und die Hotelzimmer. Das kann ich jetzt brauchen.«

»Gut«, sagte Lofart. »Also: Ich habe am Montag geschwindelt. Ich bin nicht wirklich entlassen. Ich sattle nur um. Ich gehe in den Einzelhandel.«

»Du? Wohin?«

Lofart tat, als tippte er in eine Kasse. »Supermarkt. Vollkommen krisenfest. Natürlich ganz oben. *Planung und Organisation.*« Er lachte.

Dorothee war aufgestanden. »Hör auf mit dem Quatsch«, sagte sie. »Das ist ja nicht anzuhören.«

»Warum?«

»Warum! Du tust, als könnte dich nichts aus der Fassung bringen. Aber warte ab, wenns ernst wird. Wenn du wirklich was Neues suchst. Die machen dich *so* klein. Die machen jeden so klein. Also dich auch.«

»Laß uns von was anderem reden«, sagte Lofart.

»Nein. Ich will jetzt wissen, was los ist. In Wahrheit!«

»Du mußt für mich sorgen. Das ist los.«

Dorothee war vor ihn getreten. »Mann«, sagte sie, dann machte sie einen Schritt zurück, faßte ihn mit ausgestreckten Armen bei den Ohren und schüttelte ihn. Er ließ seinen Kopf in ihre Hände fallen. »He«, sagte sie. »Komm. Streng dich ein bißchen an. Nicht so weich!«

»Nein«, sagte Lofart. »Ich muß jetzt nur locker bleiben.«

Dorothee legte den Kopf in den Nacken und schrie leise. »Du liebe Güte. Woher hast du das denn?« Und bevor er antworten konnte, griff sie ihm in die Haare und führte ihn rückwärts vorangehend durchs Zimmer.

»Was machst du!« rief er.

Sie drehte ihn herum und zog ihn hinunter, bis er halb auf den Boden zu liegen kam, die Schultern eben noch gegen die Couch gelehnt. Dann setzte sie sich rittlings auf seine Oberschenkel und brachte ihr Gesicht nahe an seins, die Hände noch immer in seinen Haaren. »In Ordnung«, sagte sie, »dann bist du ab jetzt mein Leibsklave.« Sie beugte sich vor und schmiegte sich an ihn.

Lofart legte die Arme hinter sich auf die Couch, um sich abzustützen. »Gerne«, sagte er und stöhnte. »Und was muß ich dann tun?«

»Vor allem, den Mund halten.« Sie begann, seinen Hosengürtel zu öffnen.

»Du!« sagte er.

»Ja? Hast du was gesagt?« Sie hatte die Schnalle gelöst, jetzt zog sie den Gürtel mit einem Ruck aus den Schlaufen, wand ihn sich einmal um die Hand und schlug dann hart damit auf das Sitzkissen der Couch. Es gab einen lauten Knall. »Bist du verrückt!« sagte Lofart.

»Nein«, sagte Dorothee. Sie rutschte ein Stück zurück, bis sie auf seinen Knien saß. Es tat etwas weh, und Lofart versuchte, seinen Oberkörper in eine andere Stellung zu bringen. Dorothee beugte sich wieder herunter, bis ihre Haare sein Hemd berührten. Sie zog den Reißverschluß an seiner Hose und fuhr mit der rechten Hand hinein. »Was tust du!« rief er. »Komm, laß das! Es ist jetzt genug.« Er lachte. »Ich will auch nie wieder lügen. Ich verspreche es.«

Lofart wollte Dorothee von sich schieben, doch als er die Hände von der Couch nahm, hatte er nichts mehr, sich abzustützen, und er rutschte ein Stück hinunter. »Vorsicht«, sagte er. »Ich brauche Gewalt.« Fast schon flach auf dem Boden liegend, stemmte er die Arme seitwärts und spannte alle Muskeln, um die Frau mit einem Satz abzuschütteln – da spürte er eine Art Schmerz. Seine Arme knickten ein, mit der Stirn geriet er unter das lederne Sitzkissen der Couch; augenblicklich fühlte er seine Schläfen glühen. Dorothees Kopf war jetzt in seinem Schoß, die linke Hand hatte sie unter sein Hemd geschoben, sie griff ihm in die Seite.

»Nein«, rief er. »Laß das, bitte! Genug! So geht das nicht.« Er faßte ihr in die Haare und wollte ihren Kopf zur Seite ziehen, als ihn ein zweiter, ein ganz anderer Schmerz durchfuhr. Sofort ließ er wieder los. »Nicht«, sagte er ohne Stimme. Gleich ließ der Schmerz nach.

Was soll ich tun? dachte Lofart. Er versuchte, klar zu sehen; doch wie auch immer: dem mußte ein Ende gemacht werden! Er tastete in Dorothees Haar, bis er ihr Ohr fühlte. Er packte es und begann es zu drehen. »Laß jetzt los!« sagte er. Da kam wieder der Schmerz; und zugleich spürte er die Erregung steigen. Er konnte nicht anders als die Augen fest schließen und sich ein Bild machen, was sie da tat. Das Ohr ließ er wieder los. Mit aller Macht versuchte er, an etwas Abstoßendes zu denken. Wie er sich in der Kantine der Stadtverwaltung mit Essensresten verschmiert hatte! Oder an ein totes Tier!

Doch es gelang nicht. Dorothee hatte die Hand von seiner Seite genommen und sie ihm in den Schritt geschoben. Seine Hosenbeine spannten an den Oberschenkeln, irgendwo schnitt der Gummizug ein. Ein-, zweimal gab es ein Geräusch, dann war es soweit. Lofart biß die Zähne zusammen und unterdrückte ein Stöhnen. Die Augen öffnete er nicht. Endlich war es ganz vorbei. Verflucht! dachte er. Verdammt und Verflucht!

Als Dorothee sich von ihm losmachte und das Zimmer verließ, schob sich Lofart unter der Couch hervor. Er brachte Hemd und Hose in Ordnung. Im Badezimmer wurde das Wasser aufgedreht. Er wollte aufstehen, da spürte er, daß sein linker Fuß eingeschlafen war; fast wäre er wieder eingeknickt. Er stützte sich irgendwo ab, es war, als ginge er auf einem Ballon. Mit Mühe erreichte er den Flur. Die Badezimmertür war geschlossen, das Wasser lief noch immer, und er hörte das Geräusch vom Zähneputzen. An der Wand entlang humpelte er zur Wohnungstür, öffnete sie und schloß sie leise hinter sich. Der Aufzug war nicht da, er nahm die Treppe, den Oberkörper gegen das Geländer gelehnt, hüpfte er die Stufen auf einem Bein hinunter. Im zweiten Stock kehrte mit einem furchtbaren Stechen und Prickeln das Gefühl in seinen Fuß zurück. Er hätte beinahe geschrien, mit aller Überwindung stieg er weiter hinab und machte die paar Schritte hinaus zu seinem Rad; da rief jemand von oben seinen Namen.

Nicht um alles in der Welt! dachte Lofart. Er riß sein Rad aus dem Ständer, es verhakte sich mit dem Lenker in einem anderen, und das stellte sich quer. Lofart fühlte, er würde gleich zu weinen beginnen. Mit zitternden Händen zog er die Lenker auseinander. Vielleicht rief es noch einmal. Er sah nicht hoch. Endlich war das Rad frei, als er es aufschließen wollte, fiel ihm der Schlüssel zu Boden.

Lofart heulte vor Wut. Dann fuhr er los, eine ganze Strecke lang konnte er nur das rechte Pedal treten.

Zu Hause legte sich Lofart fast nackt aufs Bett. Er rührte sich nicht. Einmal, als er wieder daran dachte, was geschehen war, kam kurz die Erregung wieder. Zwei-, dreimal klingelte das Telephon. Später ging Lofart im Bademantel durch die Wohnung, vor der Schrankwand im Wohnzimmer blieb er stehen. In dem offenen Regalfach stand das provisorisch zusammengesteckte Oldtimer-Modell. Lofart trat hinter die Couch ans Fenster und zog die Gardine zur Seite. Es schien sehr ruhig auf der Straße. Er öffnete das Fenster und beugte sich ein wenig hinaus. Auf dem Bürgersteig unter ihm spielten zwei Kinder, sie hockten auf dem Boden im Licht einer Straßenlaterne und schoben sich etwas zu. Ob er einen Groschen habe? riefen sie hinauf.

Lofart trat wieder hinter der Couch hervor, das Fenster ließ er offen. Er ging in die Küche und holte die Suppendose aus dem Schrank, er wog sie in der Hand, dann stellte er sie auf die Spüle. Im Badezimmer putzte er sich lange und sorgfältig die Zähne, dann ging er wieder ins Wohnzimmer. Er nahm das Oldtimer-Modell vorsichtig, daß es zusammenhielt, aus dem Regal, dann warf er es mit aller Kraft gegen die Wand. Die Teile spritzten auseinander; an der Tapete blieben ein paar farbige Kratzer. Lofart suchte alles zusammen und warf es in den Mülleimer.

Gegen ein Uhr nachts wählte er Dorothees Nummer. Der Anrufbeantworter meldete sich. »Hallo«, sagte er. »Hier ist Uli. Tut mir leid, daß ich so abgehauen bin. Ich glaube, ich habe ein bißchen den Kopf verloren. Wie gesagt, tut mir leid. Wir sehen uns dann wieder am Samstag, nicht wahr? Wie immer, sagen wir, gegen drei bei dir. Wenn was dazwischenkommt, ruf mich bitte an. Tschüss und gute Nacht.« Er drückte die Gabel und legte den Hörer neben den Apparat. Dann schloß er das Fenster, und als er jetzt deutlich das Freizeichen hörte, zog er den Telephonstecker aus der Wand.

15

Am Donnerstag morgen gegen zehn lag Lofart noch im Bett. Er hörte auf die Geräusche von der Straße. Nach dem Aufwachen hatte er mit sich ausgemacht: Wenn unter den nächsten zwanzig Autos mindestens fünf Lastwagen wären, würde er auf Schwerings Angebot eingehen. Aber seitdem war sicher eine Viertelstunde verstrichen, und es waren erst vier Autos vorbeigekommen. Lofart wartete noch ein wenig, dann stand er auf, ging ins Badezimmer, wusch und rasierte sich und zog frische Sachen an. Als er das Fahrrad aus dem Keller holte, traf er dort den Vermieter. Was denn mit dem Ausbau sei? Er habe lange keine Handwerker mehr im Haus gesehen.

»Was für ein Ausbau?« sagte der Vermieter.

»Der Kellerraum«, sagte Lofart. »Sie bauen doch einen Kellerraum aus. Direkt neben meinem.«

Davon könne keine Rede sein, sagte der Vermieter. Er habe einzig die Isolation nach außen hin erneuert, weil im Frühjahr Wasser durch den Boden gekommen sei.

»Dann muß ich mich verhört haben.« Lofart grüßte, trug das Fahrrad hoch und fuhr in Richtung Innenstadt. An einer Bäckerei hielt er an und kaufte ein belegtes Brot, damit setzte er sich auf den Rand des Brunnens vor der Antoniuskirche. Aus Richtung der Geschäftsstraßen kamen Frauen mit Einkaufstüten, vor dem Kirchenportal stand eine Gruppe Menschen und sah an dem eingerüsteten Turm empor, und links am Postamt bemühte sich ein Angestellter auf einer Leiter, die Stadtfahne, die verheddert von einer kurzen Stange hing, wieder zu entfalten.

Als er gegessen hatte, fuhr Lofart weiter, und bald war er aus der Stadt hinaus. Er folgte der Ausfallstraße einen flach ansteigenden, langen und sanften Hügel hinauf. An der Spitze stieg er ab. Er war etwas außer Atem. Auf das Fahrrad gelehnt, sah er zurück zur Stadt. Ja, sagte er sich, er hatte gern hier gelebt. Jetzt lag die Stadt da wie auf einer alten Ansicht. Es war sehr angenehm gewesen, die ruhige, preiswerte Wohnung, die kurzen Wege. Überhaupt alles.

Lofart schob das Rad eine Strecke. Nicht daß ihm alles völlig vertraut geworden wäre; aber er war gut zurechtgekommen. In Gedanken ging er die Orte durch, an denen die neuen Tochterunternehmen saßen. Leise sagte er sich die Namen vor. Bei einem schüttelte es ihn regelrecht, und er lachte. Dann stieg er wieder auf; wenn hinter dem Hügel irgendwo rechts ein Feldweg abzweigte, ginge es vielleicht in einem großen Bogen zurück zur Stadt.

Natürlich, er könnte sich andererseits da drüben eine größere Wohnung nehmen, vielleicht sogar ein Haus mit eigenem Garten. Und er würde unbedingt ein Auto kaufen müssen; wer wußte schon, wie die Bahnverbindungen waren, besonders an den Wochenenden. Lofart dachte an Dorothee. »Na warte!« sagte er laut. Hatte sie nicht auch gesagt, daß sich heute keiner an größere Veränderungen herantraue? Natürlich hatte sie das! Alles Gerede.

Jetzt ging es den Hügel hinunter, und unten bog Lofart in einen Feldweg; an Bahngleisen entlang fuhr er bis zu einem Übergang mit kurzen, rot-weiß lackierten Schranken. Da endeten die Felder vor einer Kuhweide. Lofart hielt an und setzte sich vor ihren Zaun in den Schatten einer einzelnen Birke.

Er dachte an die Sachbearbeiterin. Sabine hieß sie. Wie jemand auf die Idee kam, sich umzubringen! Lofart strich mit der Hand neben sich durch das hohe Gras. Wahrscheinlich waren die allermeisten Selbstmorde tatsächlich mißglückte Versuche. Er jedenfalls, er würde es nicht tun. Auch nicht in der schlimmsten Lage. Er würde einfach alles, was er besäße, zu Geld machen und nach Südamerika oder nach Ostasien fahren, natürlich mit falschem Paß. Und ein neues Leben beginnen. Man stellte sich das wahrscheinlich schwerer vor, als es war. Zehntausende verschwanden Jahr für Jahr, ohne daß man wieder von ihnen hörte. Und nicht allen würde es schlecht gehen.

Langsam waren ein paar der Kühe herangekommen. Sie blieben eng aneinandergedrängt und ein, zwei Meter vom Zaun entfernt stehen. Lofart sah sich nach ihnen um. Übrigens war vielleicht ein falscher Paß der schlimmste Fehler. Die Fälschung könnte auffliegen, und am Ende säße er in einem heißen Büro irgendwo am Ende der Welt und müßte Fragen beantworten. Nein, wenn, dann besser unter eigenem Namen. Abzuhauen war ja kein Verbrechen.

»Seid gegrüßt!« rief Lofart zu den Tieren hinüber. Sie zuckten zusammen und machten ein paar Schritte auf der Stelle.

Lofart stand auf. Er faßte vorsichtig an den Zaun und erhielt einen leichten Stromstoß. Er sah die Tiere an. Ihr kommt in die Wurst! wollte er rufen, aber er ließ es. Da standen sie. Vor lauter Angst und Neugier könnten sie nicht vor und nicht zurück. Er klatschte ein paarmal in die Hände, da liefen ihnen Schauer über das Fell am Rücken. Er hob das Rad auf und versuchte, sich zu orientieren. Zur Stadt hin müßte er sich rechts halten.

Der Feldweg war jetzt ganz ausgefahren, die tiefsten Löcher mit zerbrochenen Ziegeln aufgefüllt; Lofart mußte achtgeben, nicht hineinzugeraten. Später kam er an einem Bauernhof vorbei, von da ab war der Weg wieder asphaltiert. Ein Traktor zog eine breite Landmaschine. Lofart klingelte, als er überholte.

Dorothee kam von einem Bauernhof! Er erinnerte sich nicht daran, sie nach Geschwistern gefragt zu haben. Wenn sie keine hätte, würde sie vielleicht einmal alles erben. Lofart stellte es sich vor. Sie zwischen Tieren und Geräten. Morgens stünde sie auf und schaute durch ein kleines Fenster hinaus nach dem Wetter. Und abends säßen sie in der Küche hinter einem gescheuerten Holztisch; es lägen Eier darauf, an denen noch kleine Federn klebten.

Lofart bog in einen Weg, der zu einer anderen Ausfallstraße führen mußte. »Warentermingeschäfte!« rief er laut. Dabei hätte er alles mögliche mitgemacht. Er war jedenfalls keiner, der darauf bestand, daß es nur nach seinem Kopf ging. Nicht im geringsten. Außerdem waren sie erwachsene Menschen, da zählte vor allem Respekt. »Warentermingeschäfte«, sagte er noch einmal. »Holz von der Elfenbeinküste, Kakao aus Brasilien, Soja aus Madagaskar.« Was für ein Unsinn! Er fuhr ein paar Meter freihändig und mit ausgebreiteten Armen.

Dann kreuzte wirklich die Ausfallstraße auf einer höhergelegenen Trasse. Lofart trug das Fahrrad zwischen niedrigen Büschen den Hang hinauf; oben angekommen, nahm er die Richtung zur Stadt. Nach ein paar Biegungen und hinter einem kleinen Waldstück kamen die ersten Häuser in Sicht. Niemals, dachte er, würde er sich zwingen lassen, hier wegzugehen. Da war schließlich das letzte Wort noch nicht gesprochen. Man wußte doch, wie das heutzutage vor sich ging. Die hatten nur auf den Busch geklopft. Außerdem, wozu gab es eine Gewerkschaft und einen Betriebsrat! Die könnten da einiges mitreden. Und nach dem üblichen Hin und Her käme ein Kompromiß heraus. Er jedenfalls würde nicht zu denen gehören, die man herumreichen konnte.

Bald hatte Lofart die alte Reiterkaserne erreicht. Kurz darauf passierte er das TÜV-Gelände und den Verbrauchermarkt mit der Tankstelle und der Wagenwaschanlage. Er fühlte sich jetzt sehr gut. In einer Wohnstraße sah er zu den Balkonen der Häuser hoch. Ja, überall wohnten Leute. Und die trieben dies und das. Wahrscheinlich gaben die allermeisten sich redliche Mühe. Aber sie genauer zu kennen war nicht unbedingt nötig. Wenn man einander zuvorkommend und mit Achtung behandelte, war alles andere ein Kinderspiel.

Er fuhr noch ein wenig kreuz und quer durch die Wohnviertel, dann auf dem nächsten Weg nach Hause. Als er dort ankam, war es nach zwei. Er machte ein paar Hausarbeiten, dann lag er eine Zeitlang auf der Couch im Wohnzimmer; gegen vier steckte er das Telephonkabel wieder ein und rief bei der Sachbearbeiterin an. Die Schwester war am Apparat, er hörte, wie das Telephon durchs Haus getragen wurde.

»Ja?« sagte die Sachbearbeiterin.

»Ich bins. Haben Sie mit dem Jungen gesprochen?«

»Der ist vollkommen begeistert.«

»Gut, dann also bis übermorgen.« Er hängte ein und zog den Stecker wieder heraus. Dann ging er durch die Wohnung; hier und da räumte er etwas beiseite.

Am Freitag morgen wurde Lofart vom Klingeln an der Haustür geweckt. Er erschrak sehr, kurz sah er zur Uhr, es war noch vor acht. Er rührte sich nicht. Da klingelte es noch einmal, jetzt an der Wohnungstür. Auf Zehenspitzen ging Lofart in den Flur. Es klingelte wieder, dann wurde geklopft. »Ulrich?« Es war Dorothee. »Bist du zu Hause?« Lofart atmete nicht mehr. Er hörte Geräusche, auf die er sich zuerst keinen Reim machen konnte, dann wurde ein Papier unter der Tür durchgeschoben. Es klingelte noch einmal, endlich waren Schritte von der Treppe zu hören. Lofart atmete ein paarmal durch und hob das Papier auf. Es war eine von Dorothees Visitenkarten. Auf der Rückseite stand: *Versuche dauernd Dich zu erreichen! Müssen reden. Samstag nachmittag ist schlecht. Ruf vorher an. Und entschuldige! Doro.*

Lofart las es dreimal. Dann ging er rasch zum Telephon und schloß es an. Dorothees Anrufbeantworter war eingeschaltet. »Hallo«, sagte er. »Ich noch mal. Ich hatte vergessen zu sagen, daß ich frei genommen habe und zu meinen Eltern bin.« Er nannte langsam eine falsche Nummer. Am Samstag komme er direkt von da. Er machte eine kleine Pause. »Ich freue mich«, sagte er. »Ehrlich.« Er legte auf und dachte nach. Dann ließ er das Telephon angeschlossen, steckte ein paar Sachen ein und ging rasch aus dem Haus.

Im dichten Berufsverkehr fuhr Lofart Richtung Innenstadt. Auf halbem Weg begann es mit einem Mal kräftig zu regnen; er stieg ab und stellte sich unter einen Straßenbaum. Bald staute sich das Wasser vor dem Gulli im Rinnstein. Es schien nicht aufhören zu wollen. Zwischen den Zweigen herab floß es da und dort wie aus einem Hahn, und als er nicht mehr ausweichen konnte, lief Lofart zu einem Hauseingang in der Nähe. Doch der bot gar keinen Schutz. Da drückte er kurz entschlossen alle Klingelknöpfe, endlich wurde geöffnet, und er trat in den Flur. Wer denn da sei? rief es von irgendwo oben im Treppenhaus.

»Post!« rief er zurück. Dann sah er sich um. Es war ein altes Haus. Der Flur war bis in Kopfhöhe gekachelt, die Decke hatte Stuckwerk, und es hingen zwei Lampen an dünnen, messingfarbenen Rohren herab. Am Ende des Flurs führte eine Tür nach draußen, gleich daneben ging es in den Keller. Lofart machte Licht und stieg die Treppe hinab. Die Kellerräume hatten alte, dunkle Lattentüren mit Vorhängeschlössern. Nur eine stand offen. Er ging hinein und schloß die Tür hinter sich. Der Raum war fast vollgestellt mit Möbeln und Sachen. An der Stirnwand stand ein altes, rotes Sofa, daneben waren in einem schiefen Regal ziemlich ordentlich Bücher und Papiere gestapelt.

Lofart hängte seine Jacke über einen umgedrehten Stuhl. Dann zog er die Schuhe aus, von einem Stapel Zeitungen nahm er ein paar Blätter, knüllte sie zusammen und steckte sie hinein. Die Strümpfe waren einigermaßen trocken geblieben. Er legte sich auf die Couch, den Kopf auf die eine Armlehne, die Beine über die andere. Da ging mit einem Klacken die Kellerlampe aus. Zuerst war kurz vollkommenes Dunkel, dann sah er etwas Licht durch ein fast verdecktes Kellerfenster fallen.

Mitten im Sommer vor zwei Jahren war Lofart ein Stück aus der großen Füllung eines der unteren Backenzähne gebrochen. Das war nicht mit einem Mal geschehen, sondern er hatte erst etwas Lockeres an der Füllung bemerkt, das er für einen Fremdkörper gehalten, dann aber bald als loses, vermutlich keilförmiges Bruchstück ertastet hatte. Seit diesem Moment war seine Zunge beinahe pausenlos über den Zahn gefahren, hatte das lose Teil in alle Richtungen zu bewegen und aus der Füllung zu saugen versucht. Endlich heraus, war es ein erstaunlich kleines Stück stumpf-silbernen Metalls, mit einer runden und einer sehr scharfen Kante. Der entsprach am Zahn jetzt eine ebenso scharfe Stelle; und um diese kreiste nun, mehr noch als vorher um das lockere Teil, ja dauernd, die Zunge; anfangs, um die Stelle zu schützen wie eine Wunde. Später, als sich erwiesen hatte, daß keineswegs ein empfindlicher Teil, der Nerv gar, freilag und kein Schmerz sich zeigte, war es dann eine bloße Manie.

Lofart hatte damals drei Bewegungen unterschieden. Die eine war das alte saugende Kreisen, als gelte es immer noch, etwas herauszubringen; die zweite war ein Tasten und Drücken, wie um zu prüfen, ob der Zahn etwa lose sei; die dritte schließlich ein pausenloses Entlangfahren exakt an der scharfen Kante des Abbruchs. Diese letzte Bewegung, auf die es immer hinauslief, reizte in der Regel schnell die Spitze der Zunge; und da es ihm mit keiner Willensanstrengung gelang, sie dauerhaft im Zaum zu halten, fürchtete Lofart bald, sie ernsthaft zu verletzen oder an der Sache verrückt zu werden.

Dabei dauerte es bis zur Behandlung. Zwar hatte der Zahnarzt die sofortige Überkronung vorgeschlagen. Doch dafür war die Erlaubnis der Kasse nötig, und als Lofart endlich mit großer Verspätung das Papier besorgt hatte und er den nächsten Termin berufshalber kurzfristig absagen mußte, vereinbarte er keinen weiteren, schob das vielmehr auf und ließ am Ende, aus Scham über seine Versäumnisse, die Sache auf sich beruhen.

Im Winter war ihm dann urplötzlich ein weiteres, viel größeres Stück aus der Füllung gebrochen, jetzt lag der Nerv frei; es bedurfte der Notbehandlung, und kaum zwei Wochen später saß an der Stelle des alten Zahnes ein Goldzahn, glatter als alle anderen Zähne und so wunderbar deutlich gegliedert, daß die Zunge seine vier erhabenen Ekken einzeln ertasten konnte.

Seitdem hatte sich Lofart oft gewundert. Denn schon nach ganz wenig Zeit schien seine Zunge diese gewaltige Veränderung völlig vergessen zu haben, lag sie immer ruhig im Mund. Er hatte sich die Zunge wie eine empfindliche

Hand gedacht und die Mundhöhle wie ihre schützende Wohnung. Und da war nun ein so auffälliges Stück von seinem Stammplatz genommen und durch ein anderes ersetzt worden – und es fiel dem Bewohner nicht auf? Kein Streichen, hin und her, über den neuen, glatten Zahn. Natürlich, an das Gute oder wenigstens an das Bessere sich zu gewöhnen ist leicht. Das wäre eine Erklärung. Doch daß auch die Manie aufzugeben so einfach schien, versetzte Lofart beinah in Unruhe.

Nach Mittag waren Lofarts Sachen trocken genug, daß er sie wieder anziehen konnte. Er verließ den Keller und das Haus; das Rad stand noch unter dem Straßenbaum, er wischte ein paar Tropfen vom Sattel und fuhr weiter. Im Kino-Center beim Bahnhof löste er nach kurzem Zögern eine Karte für den Film, der nonstop lief. Es waren kaum Besucher da, sie saßen verstreut über die hinteren Reihen. Gerade kam ein befestigtes Gebäude ins Bild, das Tor ging auf, und einige Männer in grauen, schlechtsitzenden Anzügen traten auf einen Vorplatz, in den Händen braune, mit Kordel verschnürte Pappkartons. Die stellten sie auf eine Wiese mit kurzem, gelblichem Gras, daß zwei Tore entstanden. Dann hatte einer einen Ball in den Händen, aus Stoffstükken zusammengedreht und mit Schnur umwickelt. Die Männer lachten einander an. Dann begann der Abspann, es folgten Werbung und die Ankündigung des nächsten Programms. Nach einer halben Stunde schlief Lofart ein, die Arme vor der Brust verschränkt und den Kopf in den Nakken gelegt.

Als er wieder aufwachte, sah er auf die Uhr. Dienstschluß war längst vorüber. Er verließ das Kino. Jetzt war keine Wolke am Himmel. An einem Kiosk kaufte er zwei Flaschen Bier, eine Flasche Cognac, Kekse, Nüsse und zwei Tafeln Schokolade, dann fuhr er langsam zum Bürohaus und betrat es durch den Fahrradkeller. Die Aufzüge waren schon abgeschaltet, er stieg die Treppen hoch zu seiner Abteilung. Im Büro setzte sich Lofart hinter den Schreibtisch. Aus dem untersten Fach holte er ein Wasserglas mit dem Signet des Unternehmens und ein Werbegeschenk, einen Taschenrechner, in den ein winziges Radio eingebaut war. Aus seinem Diktaphon nahm er die Batterien, sie paßten. Er schaltete das Radio ein und suchte einen Sender, dann trug er den Besucherstuhl hinter den Schreibtisch, zog die Schuhe aus und legte die Füße darauf. Gerade liefen die Nachrichten. Es fiel ihm ein, daß er nicht wußte, gegen wen die Heimmannschaft morgen spielen würde.

»Egal«, sagte er, dann öffnete er eine Bierflasche und aß und trank. Endlich zog er aus der Schublade das Korrekturexemplar seines Plans und warf es hoch an die Decke. Die Blätter verteilten sich, als sie herunterfielen, im ganzen Raum. Ein paar landeten wieder auf dem Schreibtisch, und Lofart ließ sie, wo sie gerade lagen. Da klopfte es an die Tür.

Lofart nahm die Füße von dem Besucherstuhl und schaltete das Radio aus. »Herein.«

Einer der Hausmeister erschien in der Tür. »Ach Sie!« sagte er. »Ich hatte noch was gehört. Entschuldigung.«

»Keine Ursache.«

»Noch gearbeitet?« Der Hausmeister deutete auf die Blätter, die am Boden lagen.

»Ja ja.« Lofart tippte sich an die Stirn. Es sei nicht so gut von der Hand gegangen.

Der Hausmeister schien jetzt die Flaschen auf dem Schreibtisch anzusehen. Er blieb halb in der Tür. Lofart schwieg kurz, dann zog er die Stirn kraus. »Sonst noch etwas?«

»Nein nein«, sagte der Hausmeister. »Ich will dann mal

wieder. Und schönes Wochenende auch. Trotzdem.« Dann schloß er leise die Tür.

Lofart sammelte die Blätter vom Boden auf. Im Radio begann die Übertragung der Freitagsspiele. Er richtete sich wieder auf den beiden Stühlen ein. Als es dunkel wurde, war die Cognacflasche zu einem Drittel leer. Später wählte er Dorothees Nummer. Der Anrufbeantworter meldete sich. »Hallo«, sagte er, »ich bins.« Und daß er sich auf morgen freue.

Die meisten Dinge des täglichen Gebrauchs sind heute beim Erwerb beklebt. Das dient der schnellen, auch der elektronischen Identifizierung, und es erleichtert insbesondere die Abfertigung an hochentwickelten Kassen. Zweifelsohne bilden daher unter den Aufklebern die Preisschilder die bedeutendste Gruppe. Doch herunter müssen sie! Sofort nach dem Kauf! Und selbst die schlechtesten Erfahrungen ändern an diesem Grundsatz nicht das geringste.

Um es richtig zu machen, prüft man vor Beginn des Ablösens als erstes, auf welchem Untergrund der Aufkleber haftet. Bei weichem Papier ist alle Anstrengung vergebens. Ohne es zu beschädigen, wird man weiches Papier nicht von Aufklebern befreien können; es ist hier dem Einfallsreichtum jedes einzelnen zu überlassen, welche Maßnahmen er oder sie ergreift.

In sehr vielen Fällen haftet der Aufkleber jedoch auf glatten Oberflächen aus Kunststoff, Metall oder Leder (Schuhe). Dann beginnt man wie folgt: Mit dem Daumennagel oder dem des Zeigefingers, auf keinen Fall mit Werkzeugen, löst man die Schmalseite, vorsichtig und Stück für Stück; nie bloß eine Ecke! Und obwohl häufig geübt, sollte man den Aufkleber, sobald man ihn fassen kann, keinesfalls nach oben hin abziehen; auch nicht, wenn dabei zur Sicherheit beobachtet würde, wie sich die Klebemasse zu langen Fäden dehnt, sich mit leichtem Geräusch vom Untergrund ablöst und wie ein losgelassenes Gummiband zurück unter den Aufkleber springt. Das ist zwar schön anzusehen, aber so gelingt es nie. Denn entweder übt man unbewußt an einer Stelle zuviel, an einer anderen zuwenig Zug aus, oder man übersieht, nachlässig, einen einzelnen Klebefaden, der sich nicht vom Untergrund löst; oder ungeduldig zieht man den Aufkleber überhaupt mit einem Ruck herunter, so wie ein Pflaster von der Haut. In jedem Fall bleibt mit Sicherheit auf der Sache der hauchdünne Rückstand des Klebers und darüber noch, wie ein feiner, weißer Pelz, etwas vom Papier.

Hingegen: den abgehobenen Rand des Aufklebers zurückbiegen, mit sich selbst verkleben und daraufhin von dieser Seite, wie einen Teppich, zur gegenüberliegenden rollen. Was neben anderem den Vorteil hat, daß selbst die zum Schutz gegen unerlaubtes Entfernen drei- oder mehrgeteilten Preisschildaufkleber sich dabei über die wellenförmige Grenze ihrer Teile hinweg wie in eins entfernen lassen. Freilich – oberste Devise ist einzig Sorgfalt! Nichts wird gelingen, wenn man in Eile ist.

Leider aber herrscht fast immer Eile. Und zumal, wenn ein Aufkleber zu entfernen ist. Man brennt darauf, den neuen Schuh anzuziehen oder die neue Kanne mit Kaffee zu füllen oder das neue Spielzeug in Gang zu setzen. Der Weg vom Geschäft nach Hause war lang genug. Zu schweigen von aller vorangegangenen Planung, finanziellen Erwägung und peinlichem Kaufgespräch! Und vielleicht erweckt die Berührung der klebenden Masse Widerwillen, oder beim Rollen erhitzt sich die Kuppe des Daumens, oder es schieben sich Reste der Klebemasse ins Nagelbett.

Was Wunder also, wenn es so selten gelingt, einen Aufkleber vollkommen abzulösen? Wenn sich hingegen wieder und wieder die Reste des Klebers unter starkem Reiben fleckengleich ausbreiten, schmutziggrau werden und sich überdies, wenn der Gegenstand hingefallen oder aus Wut beiseite geschleudert worden ist, mit Haaren, Flusen und Staub bedecken. Und wie oft greift man dann doch zu groben Mitteln, Bürsten mit Drahthaar, Schmirgelpapieren, Scheuerpulver und chemischen Reinigern!

Vielleicht hilft also tatsächlich nur: den Aufkleber geflissentlich zu übersehen. Ebenso den Blick, den andere darauf richten. Und besonders: keinen Hinweisen und Ratschlägen zu folgen und statt dessen zu behaupten, man warte auf natürlichen Verschleiß.

Am Samstag morgen erwachte Lofart durch ein Geräusch. Es dauerte ein, zwei Sekunden, bis er wußte, wo er war. Die Bürotür wurde geöffnet. Etwas stieß gegen die Wand. Er wollte sich rasch dorthin wenden, aber es ging nicht, irgendwo gab es einen starken Schmerz. Er nahm vorsichtig die Füße von dem Besucherstuhl und drehte sich mit dem Sessel zur Tür, ohne den Kopf zu bewegen. Eine Putzfrau schob den Wagen mit ihren Geräten herein. »Einen Moment«, sagte Lofart. »Ich bin gleich soweit.«

Er stand sehr langsam auf. Mit einer Hand stützte er sich auf den Schreibtisch, mit der anderen griff er sich vorsichtig an den Nacken. Dann sah er auf die Uhr, es war gerade neun. »Keine Angst«, sagte er leise; Zeit genug, alles in Ordnung zu bringen. Er hatte noch fast sechs Stunden. Ohne sich zu bücken, zog er seine Schuhe an, die Schnürsenkel ließ er offen. An der Putzfrau vorbei ging er hinaus in den Flur. Jetzt funktionierten die Fahrstühle wieder, und er verließ das Bürohaus. Sein Fahrrad ließ er, wo es war.

In der Stadt wurden gerade die Geschäfte geöffnet. Lofart mußte den ganzen Rumpf drehen, wenn er vorm Überqueren einer Straße nach rechts und links sehen wollte. Er zwang sich, seine Arme möglichst schwer am Körper hängen zu lassen, doch nach ein paar Schritten schon spürte er, wie sich die Schultern wieder hochzogen. Endlich fand er eine Apotheke. Er war der einzige Kunde. »Ich muß ganz falsch gelegen haben«, sagte er zu dem Apotheker. »Ich kann meinen Hals nicht mehr bewegen. Keinen Zentimeter. Was empfehlen Sie mir da?«

Der Apotheker schüttelte langsam den Kopf. »Da sollten Sie unbedingt einen Arzt aufsuchen.«

»Sicher«, sagte Lofart. »Aber heute ist Samstag. Und ich habe einem Jungen versprochen, ihn zum Fußball mitzunehmen.«

Es gebe doch Notfallärzte, sagte der Apotheker. Er könne ihm gern den diensttuenden heraussuchen.

»Nein«, sagte Lofart. »Das ist ein wichtiger Tag für mich.«

Der Apotheker wollte etwas sagen.

»Bitte«, sagte Lofart. »Ich kenne das. Jeder beurteilt die Dinge vom Standpunkt seines Berufes. Oder seiner Interessen. Egal. Aber so kommen wir nicht weiter. Also machen Sie eine Ausnahme. Verkaufen Sie mir ein Schmerzmittel.«

Der Apotheker griff hinter sich in ein Regal, zog eine Pakkung heraus und behielt sie in der Hand. »Es gibt viele Schmerzmittel«, sagte er. »Aber wahrscheinlich ist bei Ihnen etwas ausgerenkt. Da helfen die nicht. Sie nehmen das, fühlen sich für eine Stunde besser, und dann ist alles wie zuvor. Oder noch schlimmer.«

Lofart fühlte Tränen in seine Augen treten. »Bitte«, sagte er. »Bitte!«

Der Apotheker legte die Packung vor sich auf den Tresen. »Haben Sie Vertrauen?«

»Wozu?«

»Zu mir vielleicht.«

»Ja. Warum nicht?«

»Dann kommen Sie mit durch.« Der Apotheker ging voran in ein Hinterzimmer und Lofart folgte ihm. Er solle den Hals freimachen und sich hinsetzen, sagte der Apotheker, dann tastete er an Lofarts Nacken entlang. »Donnerwetter«, rief er. »Sie hat es aber erwischt.« Er machte eine Handbewegung, Lofart solle aufstehen, und ließ ihn mit angewinkelten Armen die Hände auf die Augen legen. »Gut so.« Dann griff er Lofart von hinten um die Schultern, nahm ihn fest unter den Ellenbogen, zog ihn zu sich hintüber und wiegte ihn hin und her. »Locker«, sagte er. »Lassen Sie sich vollkommen hängen.« Plötzlich hob er ihn mit einem schnellen Ruck vom Boden. Lofart hörte ein Geräusch in seinem Nacken, als habe jemand ein Fingergelenk zweimal knacken lassen.

»Wie ist es jetzt?« sagte der Apotheker.

Lofart bewegte vorsichtig den Kopf. Es schmerzte noch, aber der Widerstand war verschwunden. »Wie Muskelkater.«

»Das ist kein Wunder«, sagte der Apotheker.

Lofart rieb seinen Nacken. »Was bin ich Ihnen schuldig?«

»Nichts.«

»Ich kann Sie weiterempfehlen.«

»Tun Sie das bloß nicht!« rief der Apotheker. »Sonst bin ich meine Zulassung los.« Er ging voran in den Verkaufsraum.

»Dann nehme ich die Schmerztabletten«, sagte Lofart. »Und eine Packung Drops.«

Ganz wie er wolle.

Lofart zahlte und reichte dem Mann eine Hand über den Tresen. »Sie wissen nicht, was Sie für mich getan haben.«

»Keine Ursache«, sagte der Apotheker.

Draußen band Lofart seine Schuhe zu, dann ging er zu dem Café in der Fußgängerzone; er bestellte das große Frühstück und aß es so langsam wie möglich. Später nahm er eine Tageszeitung aus einem Verkaufsständer und setzte sich damit auf eine Bank in der Nähe des Bahnhofs. An einer Lottoannahmestelle kaufte er drei der teuersten Sitzplatzkarten für das Fußballspiel. Schließlich ging er einfach durch die Geschäftsstraßen. Noch gegen Mittag waren sie voller Leute. Lofart rechnete nach. Richtig, es mußte langer Samstag sein.

16

Gegen zwei holte Lofart das Fahrrad aus dem Keller des Bürohauses, und kaum eine halbe Stunde später war er draußen in der Siedlung. Er hatte während der Fahrt so aufrecht wie möglich gesessen und den Kopf ganz gerade gehalten. Er klingelte, drinnen wurde gerufen, und dann öffnete die Sachbearbeiterin selbst. »Kommen Sie einen Moment herein«, sagte sie. »Es gibt ein kleines Problem.« Sie schlug sich an die Stirn und reichte ihm die Hand. »Und natürlich guten Tag!«

Lofart ging ihr nach ins Haus. Sie trug eine dunkle, enge Jeans und eine weite, weiße Bluse. Die Haare hingen ihr mit einer Innenrolle auf die Schultern. In der Küche saß ein kleiner Junge auf einer Eckbank, ein Kleidungsstück hielt er zusammengerollt auf dem Schoß, neben ihm lehnte eine Vereinsfahne der Heimmannschaft, die Stange sicher so groß wie er selbst. Die Schwester der Sachbearbeiterin stand am Herd; als Lofart eintrat, gab sie ihm die Hand. »Das ist wirklich nett von Ihnen«, sagte sie. »Wissen Sie, unsere Zwillinge sind jetzt zwölf. Der Altersunterschied ist einfach zu groß.«

»Bedanken Sie sich nicht«, sagte Lofart. Vor dem Küchenfenster hing ein Stadtpanorama, aus schwarzer Pappe geschnitten und die Fenster mit farbigem, durchsichtigem

Papier hinterklebt. Auf einem Regalbrett lagen in einer flachen Schale Steine und Muscheln nach Farben geordnet. Daneben stand eine *Barbie*-Puppe in einem Hochzeitskleid mit Schleier und Schleppe. »Und wo ist das Problem?« sagte Lofart.

Die Sachbearbeiterin strich dem Jungen über die Wange. »Florian möchte seine Fahne mitnehmen. Aber das geht doch nicht, oder? Auf dem Rad?«

»Kein Problem«, sagte Lofart. »Wenn Sie Kordel haben, soll er sie bei mir an den Rahmen binden.«

Die Schwester nahm den Jungen und zog ihn mit sich. »Wir machen das schon.« Als sie die Tür schloß, hörte Lofart ein Radio leise spielen. Sie schwiegen ein paar Sekunden. Die Frau stand, seitlich gegen den Küchentisch gelehnt, und sah vor sich hin. »Ich weiß wirklich nicht, wie ich mich bedanken soll«, sagte sie. »Möchten Sie vielleicht noch einen Schluck trinken?«

»Nein.« Lofart machte einen Schritt. Sie kam ihm entgegen; plötzlich fuhr sie ihm mit der Hand durchs Haar. »Sie passen gut auf Florian auf, ja?«

»Natürlich.«

Sie ließ die Hand noch einen Moment an Lofarts Arm. »Ich bin ja vielleicht zu ängstlich. Aber er soll sich nur immer neben Ihnen halten. Im Stadion. Lassen Sie ihn nicht weit von sich weg.«

»Machen Sie sich keine Sorgen.« Lofart zeigte die Eintrittskarten. Tribüne, Sitzplätze ganz oben, da könne man am besten sehen, und da gehe niemand so leicht verloren.

»Phantastisch!« Sie wandte sich ab und nahm einen Topf vom Herd. Einen Moment war es Lofart, als weinte sie. Und nach einem kurzen Schrecken glaubte er, er könnte das ertragen. Aber schon sah sie ihn an, und er hatte sich getäuscht. »Ich war gestern beim Arzt«, sagte sie. »Am Montag kann ich wieder. Und Sie sind dann wirklich nicht mehr da?«

»Nein.« Lofart lachte. Den Montag erlebe er schon nicht mehr.

»Schade.«

»Machen Sie sich darüber keine Gedanken.« Er sei ja nicht gleich aus der Welt. Und vielleicht auch nicht für immer. Da kam die Schwester mit dem Jungen zurück. Sie müßten sich das ansehen! Gemeinsam traten sie auf die Straße. Die Vereinsfahne ragte schräg nach hinten hoch über den Gepäckträger an Lofarts Rad hinaus, das Tuch hing hinunter.

»Wunderbar«, riefen sie.

Die Sachbearbeiterin half dem Jungen, einen Anorak anzuziehen. Sie hockte dabei vor ihm und flüsterte ihm etwas zu, den Mund nahe an seinem Ohr. Der Junge nickte, dann küßte sie ihn. »Was ich dir gesagt habe.« Der Junge nickte noch einmal, und Lofart schob sein Rad auf die Straße. Dann verabschiedeten sie sich und fuhren los. »Du bleibst immer hinter mir!« rief er dem Jungen zu. »Und wenn irgendwas ist, rufst du. Einverstanden?«

»Ja!« rief der Junge zurück. Geräuschvoll flatterte die Fahne im Fahrtwind.

Nachdem sie den Kanal überquert hatten, schlug Lofart einen Weg um die Innenstadt herum ein. Es ging durch ruhige Wohnviertel; regelmäßig sah er sich nach dem Jungen um. Als sie an einer Kreuzung anhalten mußten, überquerte vor ihnen auf dem Zebrastreifen ein Zug Fußballfans die Fahrbahn. Einer deutete auf die Fahne an Lofarts Rad, dann riefen alle herüber und begannen zu singen. Lofart hob einmal die Hand und machte ein v-Zeichen.

Um kurz vor drei kamen sie vor dem Hochhaus an, Lofart schloß ihre Fahrräder zusammen. »Das habe ich vergessen«, sagte er zu dem Jungen. »Wir holen nämlich noch eine Frau ab. Und für die ist es eine Überraschung, weißt du. Vielleicht schimpft sie sogar ein bißchen. Dann mach dir nichts daraus. Es ist alles nur Spaß, verstehst du?«

»Ja«, sagte der Junge.

»Gut.« Als sie auf die Haustür zugingen, surrte der Türöffner. Sie fuhren hinauf. »Die Fahne«, sagte der Junge.

Keine Sorge. Die werde nicht geklaut.

Dorothee stand in der Tür. »Wer ist das?« sagte sie.

Lofart legte dem Jungen eine Hand auf den Kopf. »Das ist Florian. Er begleitet uns heute zum Fußball. Florian ist nämlich ein großer Fan.«

Dorothee trat einen Schritt zur Seite, und sie gingen an ihr vorbei in die Wohnung. Lofart zog den Jungen ins Wohnzimmer. Dorothee kam nach und blieb neben der Vitrine stehen. Sie trug ein langes, kariertes Hemd und eine rote Strumpfhose. »Du mußt dich umziehen«, sagte Lofart. »Aber keine Eile. Ich habe schon Karten. Tribüne. Da können wir jederzeit rein.«

Dorothee hielt die Hände mit abgespreizten Fingern neben den Kopf. »Ich fasse es nicht«, sagte sie, »weißt du eigentlich, wie oft ich versucht habe, dich zu erreichen? Dreißigmal, hundertmal!«

»Ich hatte doch auf den Anrufbeantworter gesprochen«, sagte Lofart.

»Ja ja! Ich war sogar bei dir.«

»Das tut mir leid.« Er sah auf die Uhr. »Alle Zeit der Welt haben wir natürlich nicht.«

»Nein«, sagte Dorothee. »Jetzt einmal langsam. So geht das nicht.« Sie zeigte kurz auf den Jungen. »Können wir ihn nicht nach draußen schicken?«

»Ich bitte dich!« sagte Lofart. Sie standen eine Zeitlang schweigend, dann schnippte er einmal mit den Fingern.

»Du, Florian. Vielleicht ist es doch besser, du behältst die Fahne im Auge. Komm!« Er ging voran auf den Balkon und trat an das Geländer. »Ja«, sagte er. »Man sieht sie. Aber nicht zu weit rauslehnen, hast du gehört?«

Der Junge nickte, und Lofart ging zurück ins Zimmer, die Balkontür lehnte er an. »Also?«

Dorothee stand noch immer, wo sie gestanden hatte. »Wir müssen darüber reden«, sagte sie. »Das geht so nicht weiter. Das mit uns, das ist«, sie warf kurz einmal den Kopf in den Nacken, »das ist ein Ding der Unmöglichkeit.« Sie drückte sich von der Wand ab und faßte Lofart bei den Schultern. »Und ich muß mich noch entschuldigen. Ich habe das verbockt. Von Anfang an.«

Lofart zog die Stirn in Falten. »Wieso entschuldigen? Ich weiß nicht, wovon du sprichst.«

»Mann Gottes!« rief Dorothee. Sie rüttelte Lofart an den Armen, dann ging sie zur Couch hinüber und setzte sich. »Ulrich! Am Mittwoch. Ich schwöre dir, ich schäme mich. Was soll ich denn noch sagen?«

»Am Mittwoch?« sagte Lofart. Darüber müsse er nachdenken.

»Wie bitte?«

»Richtig. Da bin ich weg. Ich hatte noch einen Termin. Weißt du, ich war nicht ganz bei mir. Es hat sich nämlich alles geändert. Die nehmen jetzt tatsächlich ihre Maßnahmen zurück.«

»Ich glaube es nicht«, sagte Dorothee.

»Doch doch. Man hat mir ein Angebot gemacht. Ich könnte in Berlin eine Geschäftsleitung übernehmen. Im ganz großen Stil. Sozusagen unser neues Bein in der Hauptstadt. Verstehst du?«

»Das ist ja schön.«

»Ja.« Er zog die Schultern hoch. »Aber ich gehe nicht. Ich

könnte dich und den Jungen nicht aufgeben. Und ich will es auch nicht.«

»Bist du verrückt! Was heißt das?«

»Ich weiß, ich weiß«, sagte Lofart. »Wir sind in geschäftlichen Sachen unterschiedlicher Meinung. Gewissermaßen von Anfang an.« Er machte ein paar Schritte durchs Zimmer. »Und im Prinzip hast du ja recht. Aber ich kann einfach nicht weg. Ich hänge so an allem.«

»Moment, Moment«, sagte Dorothee. »Der Reihe nach. Bitte! Was, zum Teufel, hat der Junge damit zu tun?« Sie sprang auf. »Oder waren das alles Geschichten? Ist das etwa deiner?« Sie ging auf ihn zu.

»In gewisser Hinsicht.«

»Ich fasse es nicht.«

»Wir haben es beide gewollt. Vielleicht nur kurz. Aber was zählt, das zählt.«

Dorothee stand jetzt ganz nah vor ihm. »Ich verstehe kein Wort!« schrie sie. »Ich verstehe kein einziges verdammtes Wort! Ulrich!« Sie wollte ihn umarmen, da machte er zwei, drei Schritte rückwärts zur Tür, dabei trat er leicht gegen das Podest der Vitrine. Rasch wandte er sich um, sie zu halten, dabei stieß er sie vollends herunter; und als er sie greifen wollte, rutschte sie ihm aus den Händen und schlug mit einem Knall und einem Splittern zu Boden.

»O Scheiße!« rief Dorothee. Langsam kam sie heran, beide Hände vor den Mund geschlagen. Lofart war zur Seite getreten. »Das wollte ich nicht«, sagte er.

Dorothee sah vor sich auf den Boden und schüttelte den Kopf. Dann nahm sie die Vitrine vorsichtig an den hölzernen Streben und stellte sie zurück auf das Podest. Bis auf eine waren alle Glasscheiben zerbrochen, ebenso die Böden, und die Tassen und Untertassen lagen als ein Haufen Scherben umher. Zwischen ihnen die *Matchbox*-Autos.

Dorothee legte ein paar Scherben zur Seite, kniete sich hin und begann, sie einzeln aufzuheben. Jedes drehte sie ein paarmal im Licht, bevor sie es in seine Schachtel steckte. »Denen macht das nichts«, sagte sie. Die Schachteln stapelte sie neben sich.

»Das tut mir furchtbar leid«, sagte Lofart.

»Ich sag doch, denen macht das nichts.«

Vom Balkon her kam ein Geräusch. Sie wandten sich um. Der Junge stand hinter der Tür und sah erschrocken herein. Dorothee nahm eins der Autos vom Boden, stand auf und öffnete die Tür. »Es ist nichts passiert«, sagte sie und beugte sich zu dem Jungen. »Schau dir mal den an.« Es war ein blauer Imbißwagen. Eine Figur darin hielt eine Eistüte am ausgestreckten Arm hinaus. »Den hab ich gekriegt, als ich so groß war wie du. Weißt du, die halten schwer was aus, und wenn sie einen Kratzer haben, dann kann man den mit ein bißchen Farbe wegmachen. Oder man nimmt die Achsen und die Scheiben raus, legt sie in Verdünnung und spritzt sie ganz neu. Nur einmal«, sie strich sich die Haare aus dem Gesicht, »da habe ich bei einem die Gummireifen durchgeschnitten, damit es aussah, als hätte er einen Platten. Da hat mein Vater mich übers Knie gelegt. Verstehst du? Das ging nicht mehr zu kleben, das Gummi.«

Der Junge nickte.

»Ich bin nicht sein Vater«, sagte Lofart.

Dorothee flüsterte dem Jungen noch etwas ins Ohr, dann lehnte sie die Balkontür wieder an. »Sondern?« sagte sie, und bevor er antworten konnte, ging sie, holte einen Handfeger und kehrte die Scherben gegen die Wand. Dann setzte sie sich wieder auf die Couch. Lofart hatte seinen Platz nicht verlassen.

»Er ist –«, sagte er.

»Ja?«

»Er ist der Sohn dieser Frau.«

»Welcher Frau?«

»Der Frau aus meinem Büro. Die versucht hat, sich umzubringen.«

»Aha! Und du wolltest, daß ich ihn kennenlerne?«

Lofart nickte.

»Schön«, sagte Dorothee. »Ulrich, jetzt bitte. Wie kommen wir ruhig und ohne Panik auseinander? Laß uns darüber nachdenken, ja!«

»Ich dachte, wir wären wie füreinander geschaffen«, sagte Lofart leise.

Dorothee schwieg.

»Sag nicht, du bist anderer Meinung!«

»Du kannst einem das Herz brechen«, sagte Dorothee.

Sie sahen hinaus auf den Balkon. Der Junge führte auf allen vieren den Imbißwagen über den Boden und brummte dazu leise vor sich hin. »Euer Spiel fängt gleich an«, sagte Dorothee.

Lofart sah auf die Uhr. »Erst in ein paar Minuten.«

»Ihr seid mit dem Rad. Das ist eine Ecke von hier bis zum Stadion.«

»Also gut«, sagte Lofart. »Machen wir es so, wie du willst. Rufst du uns ein Taxi?«

Dorothee stand auf. Als sie an ihm vorbeikam, blieb sie stehen. »Noch was. Diese Entlassung. Vielleicht ist das die Chance für dich. Mach was draus. Hörst du?«

»Es war nur ein Scherz«, sagte er. »Ich werde versetzt. In die neuen Länder. Richtig genommen, ist es eine Beförderung.«

Dorothee wandte sich ab. »Dann eben nicht!« Sie telephonierte im Flur. Lofart holte den Jungen vom Balkon. Vor der Vitrine suchten sie zusammen die Schachtel für den Imbißwagen. »Kein Kratzer«, sagte der Junge, da waren sie schon im Flur. Die Wohnungstür stand offen, Dorothee war nicht mehr da. Die beiden nahmen den Fahrstuhl. Vor dem Haus warteten sie ein paar Minuten auf das Taxi. Die Fahne hatten sie losgebunden. Mit jedem Augenblick wurde der Junge jetzt unruhiger.

Gegen Mitte der ersten Halbzeit kamen sie im Stadion an. Auf der großen Anzeigetafel leuchteten ein Unentschieden und die Namen der Torschützen. Ein Ordner wies sie in die richtige Reihe, und Lofart erkundigte sich bei den Zuschauern nach dem Spielverlauf. Sie waren unzufrieden; mal sehe es nach Sieg, mal wieder nach Niederlage aus. Doch dann ging alles ganz schnell, und die Heimmannschaft führte bei Halbzeit schon mit zwei Toren Vorsprung. In der Pause holte Lofart Bratwürste und Limonade. Der Junge hatte während der ganzen Zeit nicht gesprochen. Jetzt aß er, ohne den Blick vom Spielfeld zu lassen, wo Werbeleute für einen Sportausstatter Fußbälle in die Reihen der Stehplätze schossen.

Die zweite Halbzeit begann, wie die erste geendet hatte. Einer der Zuschauer hatte ein Radio dabei, der Reporter sprach von einem Debakel für die Gäste, und alle im Umkreis applaudierten. Der Junge schrie jetzt bei jedem Angriff vor Begeisterung. Die Fahne hielt er mit beiden Händen. Als noch ein Tor fiel, legte ihm Lofart kurz eine Hand auf die Schulter.

Nach dem Abpfiff lief die Heimmannschaft eine Ehrenrunde, ein paar Spieler drückten ihre Trikots durch den Maschendraht. Über den Stadionlautsprecher kamen die Ergebnisse von den anderen Plätzen. Als der Tabellenführer genannt wurde, waren alle ganz ruhig, dann ging wieder Jubel durchs Stadion: Der Anschluß an die Spitze war geschafft. Lofart nahm den Jungen bei der Hand, langsam schob er sich zum Ausgang und weiter in dichten Menschentrauben zur Haltestelle. Zwei Sonderbusse mußten sie fahren lassen. In der Innenstadt gingen sie in ein Schnellrestaurant. Der Junge redete jetzt in einem fort. Immer wieder nannte er die Namen der Torschützen; schließlich bat er Lofart, sie ihm auf die Rückseite der Eintrittskarte zu schreiben. »Für Mama«, sagte er.

Gegen halb acht brachte Lofart den Jungen mit einem Taxi nach Hause. Sie hielten kaum, da trat die Sachbearbeiterin schon vors Haus. Der Junge warf die Fahne in den Vorgarten und lief ihr in die Arme. »Wie war es denn?« sagte sie. Lofart zahlte und ließ das Taxi fahren. Das sei ein einziger Spaß gewesen. Und nicht im mindesten ein Problem.

»Kommen Sie noch herein?«

Lofart schüttelte den Kopf. Er wies kurz auf den Jungen. Der habe sicher einiges zu erzählen. Aber morgen komme er wieder. Das Fahrrad bringen.

»Ach ja. Richtig. – Zum Kaffee?«

»Einverstanden.« Lofart hob eine Hand und ging davon.

Sie könnte ihn fahren! rief die Frau. Sie brauche nur die Schwester zu bitten.

Er war schon an der nächsten Kreuzung. »Danke!« rief er und drehte sich um, ohne anzuhalten. Die beiden standen auf dem Gehsteig und winkten ihm nach. Er winkte zurück. Dann war er um die Ecke. Am Kanal blieb Lofart auf einer Bank sitzen, bis es dämmerte. Dann ging er weiter. In einer Telephonzelle vor dem Bahnhof suchte er die Nummer des Zweiten Direktors. Er rief an, eine Frau meldete sich. »Ich störe ungern«, sagte Lofart. »Aber es ist nur kurz.« Dann war Schwering am Apparat.

»Ich konnte nicht bis Montag warten«, sagte Lofart. »Ich nehme das Angebot an.«

»Bravo!« rief Schwering. »Ich gratuliere.«

»Aber unter einer Bedingung.«

»Sagen Sie mal!«

»Eine Sachbearbeiterin aus meiner Abteilung, kann sie mit mir versetzt werden?«

»Ich denke schon«, sagte Schwering.

»Aber bitte, *Sie* müßten es ihr sagen. Die Frau ist ein bißchen schwierig. Es muß aussehen, als wäre es eine Entscheidung von ganz weit oben.«

Schwering lachte leise. »Ich verstehe. Verlassen Sie sich auf mich. Das kriegen wir schon hin.« Dann hängten sie ein, und Lofart ging weiter. In der Nähe seiner Straße kam ihm ein Zug singender Fußball-Fans entgegen. Aus einiger Entfernung rief er ihnen das Ergebnis zu. Sie wiederholten es im Chor.

Vor der Haustür fiel Lofart ein, daß er seit zwei Tagen nicht in seinen Briefkasten gesehen hatte. Er öffnete ihn; es steckte nur ein dicker Umschlag darin, wie es aussah, eine Werbesendung. Er überlegte einen Moment, ob er sie gleich in den Papierkorb im Flur werfen sollte. Doch dann trug er den Umschlag in die Wohnung und riß ihn dort auf. Es war ein dicker Katalog darin, Lofart setzte sich auf die Couch im Wohnzimmer und begann zu blättern.

Lange verstand er nicht, worum es ging. Was hatte das alles miteinander zu tun? Endlich fing er noch einmal von vorne an und las das Vorwort. Es gebe sie noch, die guten Dinge, hieß es da. Und die guten, das waren natürlich die handgefertigten. Die aus besonderen Manufakturen mit Renommee und Tradition. Die es nicht an jeder Ecke gab.

Lofart wendete jetzt langsam die Seiten. Da gab es Kleidungsstücke, die gediegen und zeitlos waren, Küchengeräte aus hochwertigen Materialien und in sehr erprobten Formen, Dinge des täglichen Gebrauchs, manche im Original und von Konstrukteuren, die sich in ihrer Zeit einen Namen gemacht hatten. Lofart las ein paar der Texte zu den Photos. Alles wurde genau beschrieben. Dann blätterte er wieder rascher und schaute nur auf die Preise. Er hatte sich nicht getäuscht. Das meiste war im Grunde kaum erschwinglich, und nur vereinzelt erschienen Sachen, die bloß ein paar Mark kosten sollten.

Lofart lachte leise. Wie wunderbar! Er stellte sich vor, wie es wäre, erfolgreich in Versuchung gebracht zu werden. Den Picknickkorb da, nein, den würde er niemals wollen. So praktisch er war. Schon eher denkbar, im Flur dieses elektrische Gerät stehen zu haben, sehr teuer und unscheinbar, das mit ausgesuchten Borsten die Schuhe verschiedenster Lederqualitäten reinigt und poliert. Zu einem sagenhaften Preis. Er ließ die Katalogseiten durch die Hand gleiten und griff wahllos hinein. Oder wie wäre es, eine Maschine zu besitzen, die Bleistifte spitzt und mehr kostet als alle Bleistifte, die einer in seinem Leben verbrauchen könnte? Er war beinahe entschlossen, sie zu kaufen.

Doch wie würde alles andere daneben aussehen? Wenn man wüßte, es gäbe von jedem eine Variante, die soviel präziser funktionierte, aus soviel besseren Materialien bestand und die überdies schön war? Da müßte man am Ende sein ganzes Leben ändern!

Lofart blätterte weiter. Da sah er das Photo einer Schreibmappe aus hellbraunem Leder mit feinem Innenbezug aus roter Seide. Sie war halb aufgeklappt; und in den Haltern aus rotem, geripptem Gummiband steckten Bleistifte verschiedener Stärke, ein kleines Lineal aus Elfenbein und ein Zirkel aus silbernem Stahl, eine matt schimmernde Pinzette und zwei Radiergummis, einer für Tinte und einer für Blei, ein Füller, ein Kugelschreiber und ein Schächtelchen für die Austauschpatronen.

Lofart traten, ohne daß er es recht bemerkte, Tränen in

die Augen. So eine Schreibmappe hatte er als Schüler besessen. Und sofort war in seiner rechten Hand das Gefühl von Widerstand, als hätte er einen Stift rasch unters Gummi schieben wollen und der sich dabei mit der Spitze verhakt. Ebenso der Schmerz, immer stärker als erwartet, mit dem sich ihm beim unordentlichen Hantieren der Zirkel irgendwo in die Haut bohrte. Und Lofart sah die im Zentrum noch feuchten Tintenflecke, wenn eine Patrone ausgelaufen war, und die von Faserschreibern, die er aus Langeweile mit der Spitze an das Innenfutter der Mappe gehalten hatte. Er sah die genähte Kante, an der sich nach all den Jahren der Reißverschluß abzulösen begann. Und er sah seinen Namen, den er außen aufs Leder geschrieben und immer wieder nachgezogen hatte.

Lofart weinte jetzt beinahe laut. Oben im Hals war ein Gefühl, als müßte er ersticken. Er legte den Katalog neben sich auf die Couch und schlug die Hände vors Gesicht, daß ihm die Tränen zwischen den Fingern hindurchliefen. Fünf Minuten saß er so da. Zehn.

Dann versuchte er, ruhiger zu atmen. Es ging. Er stand auf und ging in der Wohnung umher.

Das Herunterfallen kleiner Teile ist nach dem Umstürzen und Auslaufen des Farbtopfes für den Handwerker die schlimmste der alltäglichen Störungen. Es hemmt nicht nur den sinnvollen und reibungslosen Arbeitsablauf; seine furchtbarste Folge ist das Verschwinden des kleinen Teils, das, einmal der Kontrolle von Auge und Hand entraten, sich zu unerreichbaren oder widersinnigen Orten bewegt. Diese Erfahrung erwächst aus Tausenden ähnlicher Fälle; sie kann Gesetz genannt werden. Denn zwar unterliegt das kleine Teil bis zum Aufschlag auf dem Boden den Gesetzen des Falls; es kann also guten Glaubens damit kalkuliert

werden, daß es sich auf direktem Wege lotgerecht zu Boden bewegt. – Hingegen, nur in äußerst seltenen Fällen ist der Aufschlagort identisch mit dem späteren Ruhe- und Fundort. Und immer gibt es sogleich genügend Gründe, die Hoffnung fahren zu lassen.

Ebenso: zwar leiten sich von der Oberflächenbeschaffenheit des Aufschlagortes Vermutungen ab über die weiteren Bewegungen des kleinen Teils, ist es zum Beispiel sehr wahrscheinlich, daß es vom Parkett höher und weiter fortgeschleudert wird als vom weichen, tiefen Teppichboden, daß Linoleum seinen Abprall stärker bremst als Marmor, es in Sand gar auf der Stelle bleibt. Doch diese Überlegungen liefern wenig mehr als einen vagen Trost. Denn da sich das ungleichmäßig geformte kleine Teil im Fallen vielfach überstürzt, sind sein genauer Fortprall und endlich seine Bewegungen auf dem Boden in der Regel vollends unberechenbar.

Allenfalls gibt die Wahrscheinlichkeit, das kleine Teil treffe gerade herabfallend den Unterkörper oder die abgewinkelten Beine des sitzenden Handwerkers, Grund genug, das folgende zu tun: die Schenkel schnell und fest gegeneinander zu pressen, um den Niederfall zu bremsen; dabei zu lauschen, ob ein Aufschlag erfolgt. Und keimt dann die Vermutung, das kleine Teil habe den Boden nicht erreicht, so werden zunächst Körper und Kleidung systematisch durchsucht, dabei die Schenkel nicht eher geöffnet, als bis die Hände darunter zu Schalen geformt sind, das kleine Teil aufzufangen. Keinesfalls die Kleidung zur besseren Durchsicht rasch straffen! – Denn katapultartig geschoßgleich waagerecht vom Körper weggeschleudert, ist das kleine Teil ganz sicher verloren.

Also am besten gleich nach dem Schenkelschluß und ohne vermeidbare Bewegung, verharrend in einer vorgebeugten, kauernden Stellung vom Stuhl herab und zu Boden gleiten und, dort angekommen, sich ausstrecken, die Schenkel öffnen und die Kleidung mit Vorsicht entfalten. Damit das kleine Teil, so nahe wie möglich an den Boden herangeführt, nach dem Auftreffen dort nur unwesentlich abprallt und also wahrscheinlich im Umfeld des Körpers, bei Bauch und Beinen, zu liegen kommt.

Doch gilt das für die Regel? – Sehr kurz ist die Reaktionszeit; selten wird das kleine Teil vom Schenkelschluß gefangen; und sein Verbergen in der Kleidung steigert womöglich den Schmerz, wenn der Handwerker nach vergeblicher Suche später beim Auskleiden ahnen muß, daß das auf immer Verlorene sich lange Zeit ihm so nahe, fast auf der Haut befunden hat.

Also nimmt man es besser als Gewißheit, daß das kleine Teil, herabgefallen, den Boden erreicht und sich von dort ins Ungewisse begibt und fürs erste nach dem Fall verschwunden bleibt; und daß kein Schluß ihm folgt. Daß, was immer getan und geschafft wurde, jetzt innehält, nichts mehr bedeutet und nicht, zumindest fürs erste, fortfahren kann.

Schließlich, wie das Herabgefallene wiederfinden? Wenn es endgültig fest irgendwo am Boden liegt. Viele Methoden sind bekannt. Keine ist besser als die andere. Und keine Erfahrung vermittelt sich; nicht einmal die gute, die am wenigsten. Denn zwar, welche Freude, das kleine Teil im Geflecht der Dielenrillen auf den ersten Blick oder nach mühsamer Suche entdecken! Aber zugleich, welche Lehre daraus gewinnen? Nein, nichts ist im Grunde unsäglicher als der glückliche Fund.

Also nimmt der eine den Besen, kehrt das Zimmer zusammen und siebt den Staub; oder legt sich flach auf den Bauch, die Wange an den Boden gedrückt, und sucht die

Oberfläche nach Erhebungen ab. Und ein anderer löscht das Licht oder schließt die Augen und tastet, mit der Hand, mit den Fingerkuppen, mit der Zungenspitze, die das Kleinste sich groß anfühlen läßt. Oder wieder einer bleibt unbeweglich und still, und horcht.